Hong Ying

Die chinesische Geliebte

Hong Ying

Die chinesische Geliebte

Roman

Aus dem Chinesischen
von Martin Winter

Aufbau-Verlag

Die Originalausgabe unter dem Titel »K«
erschien 1999 im Verlag Erya, Taipeh, Taiwan.

ISBN 3-351-03008-8

1. Auflage 2004

Übersetzung des Gedichts auf Seite 137 f: Gunnar Cynybulk
Einbandgestaltung Andreas Heilmann, Hamburg
Druck und Binden GGP Media Pößneck
Printed in Germany

www.aufbau-verlag.de

KAPITEL 1

Am 6. Juli 1937 startet die Republikanische Armee die Brunete-Offensive, um die belagerte Hauptstadt Madrid zu befreien. Die Luft ist erfüllt vom Gebrumm Hunderter deutscher Flugzeuge, die für Franco fliegen. In den mit Freiwilligen aus ganz Europa verstärkten republikanischen Reihen sind die Toten und Verwundeten kaum mehr zu zählen. Rettungswagen fahren ständig hin und her, mit ihrem roten Kreuz auf dem Dach sind sie mindestens ein ebenso gutes Ziel wie die republikanischen Kampfverbände. Die Evakuierung der Verwundeten wird gegen Mitte des Monats immer schwieriger.

Einige Male schon ist er den Bombern knapp entkommen.

Am frühen Morgen des 18. Juli lenkt er wieder einen Rettungswagen – einen gerade erst reparierten Laster – an die Front. Auf dem Rückweg hört er abermals die verdammten Deutschen heranheulen. Die Straße ist schmal und schnurgerade, die leeren Felder auf beiden Seiten bieten keinen Schutz. Jetzt kann er nur das Gaspedal durchtreten. Näher und näher kommt das Dröhnen. Vor der Notbremsung in letzter Sekunde birgt er den Kopf und beugt sich nach unten. Unmittelbar vor ihm schlagen zwei Bomben ein. Die Druckwelle wirft den Wagen fast um, Bombensplitter zertrümmern den Motor. Zischend entweicht der Dampf aus dem kaputten Wassertank.

Die Messerschmitt zieht jaulend nach oben. Er klettert aus der Fahrerkabine, schüttelt die Glassplitter ab. Die verfluchte Maschine verschwindet am Horizont. Von der

Ladefläche kommt lautes Stöhnen. Er hat die Schwester noch gewarnt, dennoch liegt sie jetzt mitten unter den wehklagenden Verwundeten. Als sie begreifen, was geschehen ist, loben alle seine Kaltblütigkeit und beschimpfen die Deutschen in verschiedenen Sprachen.

Zur selben Zeit beginnt in Madrid ein internationaler Schriftstellerkongreß gegen den Faschismus. Es ist der erste Jahrestag des Bürgerkriegs. Man hat ihn, den zeitgenössischen Dichter, eingeladen. Aber er findet, daß es nicht an der Zeit ist, über Literatur zu diskutieren. Rettungsfahrer werden an der Front gebraucht, und im Bombenhagel zu handeln ist tatkräftiger als jeder Vers.

Der Laster kann nicht mehr weiter, und so muß er auf das nächste Fahrzeug warten, das die Verwundeten mitnimmt. Zurück im Lazarett, besteigt er sofort einen anderen Rettungswagen und fährt auf derselben schmalen Straße zurück an die Front.

Diesmal hat er kein Glück: Eine Bombe taumelt vom Himmel und trifft seinen Laster. Die Hälfte der Ladefläche und die Fahrerkabine werden in Stücke gerissen. Die Toten und Verwundeten werden von der Mannschaft des nächsten Wagens aus dem qualmenden Schrott geborgen.

Sein Gesicht und sein Körper sind voller Blut und Schmutz, als man ihn in das Escorial-Hospital der britischen Freiwilligen bringt. Der Arzt findet Splitter in seinem Brustkasten. Eine Operation würde den Tod nur beschleunigen. Überall liegen Verwundete, man versucht diejenigen zu retten, bei denen noch Hoffnung besteht. Eine Schwester versorgt die Patienten, die der Arzt schon aufgegeben hat. Der junge Mann liegt allein auf seiner Trage. Sie befeuchtet ein Tuch und wischt ihm das Gesicht sauber, um ihm das Sterben etwas zu erleichtern.

Ihr fällt auf, daß seine Züge unversehrt sind, glatt wie Marmor, vielleicht, weil er einen Helm getragen hat. Er scheint vor Erschöpfung eingeschlafen zu sein.

Als sich die Schwester von ihm abwendet, nimmt sie noch wahr, daß sich seine Lippen bewegen. Er möchte seine Augen öffnen, aber es gelingt ihm nicht. Sie beugt sich zu ihm hinab, im Lärm des Lazaretts sind seine Worte deutlich zu hören: »Ich hatte zwei Wünsche in meinem Leben: Ich wollte eine wunderschöne Geliebte und in den Kampf ziehen. Beides war mir vergönnt. Ich sterbe zufrieden.«

Die Schwester hebt verblüfft den Kopf. Der Verband um den Brustkorb dieses Mannes ist völlig rot. Das Blut ist nicht mehr zu stillen, es tropft auf den Boden neben seiner Pritsche. Dennoch scheint er keinen Schmerz zu spüren. Selten klingt ein Sterbender so friedlich, doch im Krieg ist alles möglich.

Seine allerletzten Worte sind kaum mehr zu vernehmen. Die Schwester, eine ehemalige Lehrerin, hört lateinische Versatzstücke heraus. Langsam sinkt er in ein Koma, aus dem er nicht mehr erwachen wird.

In der Nacht wird er mit den anderen Toten auf dem Fuencarral begraben.

Der diensthabende Arzt ist von Blutspuren übersät. Er zieht seine Handschuhe aus und wirft sie irgendwohin, wäscht sich das Gesicht und nimmt am Tisch Platz, um die Totenscheine zu unterschreiben. Diese tägliche Routine verrichtet er fast mit geschlossenen Augen. Nach der letzten Unterschrift legt er sie alle auf einem Stapel zurecht; plötzlich fällt ihm etwas ein. Zwischen den gerade unterschriebenen Blättern befindet sich eines, das einen vertraut klingenden Namen trägt. Er sucht die Seite heraus und stellt fest, daß er sich nicht getäuscht hat. Der

Name lautet Julian Bell. Die Benachrichtigung ist an den nächsten Verwandten, die Mutter, adressiert: Vanessa Bell, 46 Gordon Square, Bloomsbury, London.

Der Arzt legt das Papier wieder auf den Tisch, reibt sich die blutunterlaufenen Augen und ruft die Oberschwester.

Sie bringt ihm die hinterlassenen Gegenstände dieses Rettungsfahrers, die sich in einer einzigen Armeetasche befinden. Der Arzt leert sie auf dem Tisch aus: Waschzeug und ein handgebundenes Heft mit Gedichten, wie es scheint, in einer ihm unbekannten Schrift. Dazwischen stecken einige sorgfältig gefalzte Briefbögen ohne Umschlag, die sehr sauber beschrieben sind:

> Mögen Sie bitte so freundlich sein, diesen Brief an meine Mutter weiterzuleiten, falls ich an einer Krankheit oder infolge eines Unfalls sterben sollte oder wenn Sie davon gehört haben, daß ich an revolutionären Aktivitäten teilnehme.

Eindeutig ein Testament. Um so besser, denkt der Arzt, das macht es für alle einfacher. Es ist ziemlich lang, er hat weder das Recht noch die Zeit, um weiterzulesen. Seine Augen schweifen über den Briefkopf:

> Am 26. September 1935, während der Einfahrt der Fushimi Maru in den Hafen von Shanghai.

Vor zwei Jahren in China geschrieben? Was für ein seltsames Testament!

Sein Blick fällt auf ein gelbes Taschentuch, es fühlt sich angenehm dick an. Ein durchscheinendes Muster aus Bambusblättern, der Stoff glänzt auf der einen Seite etwas matter. Doppelt genähte Seide, sehr asiatisch. In einer Ecke ist mit dunkelgelbem Faden von Hand ein K hineingestickt. Der Arzt seufzt. Die Habseligkeiten der Toten bergen lauter Geschichten, doch sobald ihre Besitzer verstorben sind, strahlt jeder Gegenstand den gleichen fatalen Schein aus.

Er stopft die Dinge zurück in die Tasche und legt den Stapel von Totenscheinen wieder auf dem Tisch zurecht. Morgen wird die Sekretärin des Krankenhauses alles sortieren und abschicken.

Er fühlt sich hundemüde, Zunge und Kehle schmerzen wie verbrannt. Er erhebt sich, sein Bett steht gleich neben dem Tisch, er lehnt sich zurück und legt sich hin. Da fällt es ihm wieder ein.

Vor einigen Jahren ist es gewesen, da hat er mit Freunden an einer Versammlung teilgenommen, bei der es darum ging, wie man die weltweite Ausbreitung des Faschismus aufhalten solle. Zwei berühmte Frauen sah er dort, »die Schwestern von Bloomsbury«: Vanessa Bell, die Malerin, und die Schriftstellerin Virginia Woolf. Zwischen ihnen saß ein junger Mann mit flachsblondem Haar, groß und gut aussehend, strotzend vor Gesundheit. Er lachte etwas zu schallend, und zwar über den Redner, Professor Harold Laski von der Labour Party. Anscheinend hatte er gerade eine besonders sarkastische Bemerkung gemacht, welche die beiden Frauen sehr erheiterte. Sie umarmten ihn gleichzeitig von der Seite, als ob er ihr gemeinsamer Sohn sei.

»Julian Bell«, flüsterte ihm ein Freund ins Ohr. »Eine Leuchte vom King's College in Cambridge, Bloomsbury-Dichter ›der zweiten Generation‹, wie es heißt.« Abermals störte die kleine Gruppe die Rede. »Eingebildete Künstler!« fügte der Freund ärgerlich hinzu.

Ihm selbst kam der Junge wie ein frühreifes verwöhntes Kind vor. Er beneidete ihn.

KAPITEL 2

Von Hankou nach Wuchang mußte man eine Fähre über den Jangtse nehmen. Julian hatte noch keinen Fuß an Land gesetzt, als sich schon eine Rikscha direkt auf ihn zubewegte. Der Kuli überschüttete ihn mit einem Schwall von Chinesisch, der einige Worte Englisch zu enthalten schien. Er verstand nur: »Please, Sir.« Das ehrliche Gesicht des Jungen gefiel ihm. Dokumentarfilme hatten ihn bereits in England auf diese von Menschen gezogenen Mietwagen neugierig gemacht. Doch als er hineinkroch, ächzte und schwankte das Vehikel eine ganze Weile. Die Dinger waren offensichtlich nicht für seine Größe entworfen.

Dieser Kuli in kurzen Ärmeln und Shorts sah recht sauber aus, aber sein Rücken war rachitisch verkrümmt, und obendrein spuckte der Kerl beim Ziehen. Von diesem Siechen, der vielleicht auch noch lungenkrank war, sollte er sich ziehen lassen? Er wollte schon abspringen, weil er sich wie ein Bilderbuch-Imperialist im Fernen Osten vorkam. Doch die Taxichauffeure neben ihnen schimpften gerade lauthals in ihre Richtung. Sein Kuli antwortete selbstbewußt, wahrscheinlich weil er ihn als Kunden gewonnen hatte. Man konnte den Jungen nicht enttäuschen, und so blieb Julian sitzen.

Er wußte fast nichts von Wuhan, dieser dreigeteilten Stadt an zwei Flüssen, die auf eine zwei- oder dreitausendjährige Geschichte zurückblickte und von einer Million Menschen bewohnt wurde. Südlich des Jangtse, im alten Wuchang, wimmelte es vor Menschen. Die Geschäfte standen buchstäblich offen, denn die meisten hatten gar keine Fenster, so daß man die Ladentische gleich von der Straße aus sehen konnte. Unter den Dächern hing getrocknetes Fleisch in Streifen, auch ganze Schinken. Im Hintergrund vieler Läden funkelten kostbar dekorierte Götterfiguren: Unsterbliche im roten Mantel mit Goldgehänge, der fette männliche Buddha mit dem zum Lachen aufgerissenen Mund, der weibliche Bodhisattva mit langem ovalem Gesicht und aufgetürmtem Haarknoten. Die Menschen trugen alle Sorten von Kleidung: lange chinesische Gewänder, westliche Anzüge und sehr viele Mischformen. Hier und da sah man auch zerlumpte Bettler, aber nicht so viele wie im Londoner East End.

Er schwebte förmlich durch die fremden und verwirrenden Straßen, was ihn beinah vergessen ließ, daß er von einem Menschen gezogen wurde. Die Rikscha überholte eine lärmende Parade. Trommeln ertönten im rhythmischen Takt. Die Truppe glich einer westlichen Kapelle, nur solche Musik hatte er noch nie gehört. Zuletzt erschienen an der Spitze des Zuges acht Träger mit einer Sänfte aus rotem Brokat, die mit Lampions geschmückt und mit bunten Perlen in Phönixmotiven verziert war. Seltsam wirkten die großen funkelnden Spiegel an drei Seiten der Sänfte, worin sich die Köpfe der Passanten dicht an dicht drängten.

Vielleicht wollte der Rikschakuli sehen, was die Menge anzog, vielleicht wollte er seinen ausländischen Kunden zur Schau stellen: Nach Kräften drängte er durch die Lücken und war im Nu bei der Brautsänfte. Im schaukelnden Spiegel erblickte Julian seinen Kopf mit den strohblonden Haaren, der großen Nase und den runden Augen; er hob sich deutlich von seiner Umgebung ab. Die Menschen begafften ihn, und jemand schrie etwas, worauf alle gellend lachten. Wahrscheinlich machten sie sich über ihn lustig.

In Hongkong oder Shanghai waren Europäer keine Seltenheit, und auch in Hankou und Wuchang konnte man Ausländer sehen. Was regte die Leute so auf? Sein verzerrtes Ebenbild huschte und blinkte über die Sänfte. Das war es also. »Du Monster!« rief er seinem Spiegelbild zu, schnitt vergnügt Grimassen und genoß die lebhafte Szene.

Da schrie sein Rikschakuli: »Maizi bucuo! Maizi bucuo!« Die Leute nickten und wiederholten lauthals den Ausruf. Julian verstand kein Wort, aber die ausgestreckten Hände mit den nach oben gereckten Daumen galten ohne Zweifel der Schönheit der Braut. Der Kuli verlangsamte sogleich seine Schritte. Denn die Braut war neugierig geworden; sie hatte heimlich das rote Tuch über ihrem Kopf gelüftet und den Vorhang auf einer Seite angehoben, um nach dem Rummel und dem fremden Vogel zu spähen.

Der Rikschakuli zeigte auf die Wangen der Braut, die aus dem Vorhangspalt lugten, und schrie wieder: »Maizi bucuo!« Alles lachte und stimmte mit ein: »Maizi bucuo! Maizi bucuo!« Julian und die Braut wechselten einen kurzen Blick. Was sollte so schön sein an diesem kleinen Mädchen mit dem winzigen Mund und all dem lustigen Rouge? Ihr Schopf quoll über vor Perlen und Steinen, sie war nicht mehr als ein gepudertes Püppchen. Allerdings mußte sie ein recht verwöhntes Töchterchen sein, da sie ihr Gesicht so offen auf der Brautsänfte zeigte. Sie kam ihm vor wie eine Figur aus der komischen Oper »Der Mikado« von Gilbert & Sullivan, die den Londoner Bühnen entlaufen und bis in die Straßen Wuhans geraten war.

»Maizi bucuo«, wiederholte Julian, sie sieht gut aus, schöne Frau. So kurz vor dem Ziel fiel ihm erst ein, daß seine Fahrt in dieses exotische Land auch noch etwas anderes bringen mochte. Natürlich war er nicht wegen der

Frauen nach China gekommen – andererseits hatte eine chinesische Romanze sicher ihren Reiz.

Seit der Abreise von Southampton hatte er jeden Tag der langen Fahrt seiner Arbeit gewidmet: »Proletariat und Poesie, ein offener Brief an C. D. Lewis« betitelte er den Text, an dem er gerade schrieb – als ob er die westliche Welt noch nicht verlassen hätte. Erst mitten im Indischen Ozean fiel ihm ein, daß es nicht schaden konnte, ein bißchen Chinesisch zu lernen. An Bord fand sich ein Mitreisender aus Hongkong, der ihm täglich eine Stunde Unterricht gab. Bis zur Ankunft prägte er sich etwa zweihundert Zeichen und einige der leichtesten Sätze ein.

Ohne Vorwarnung drehte der Rikschakuli ab und entfernte sich von dem Festzug. Langsam ließen sie den Rhythmus der großen Trommel und die Menschenmenge hinter sich, während sie die Vorstadt ansteuerten. Frische Blütenblätter lagen auf dem ganzen Weg, besonders Chrysanthemen verströmten ihren herrlichen Duft. Er hatte einiges über chinesische Bräuche gelesen. Im Oktober gab es ein Fest, das dieser Tage stattfinden mußte: Man stieg auf einen Hügel, pflückte Blumen, trank und dachte an seine Lieben. Für gewöhnlich war es im Frühherbst noch sehr heiß in Südchina. Doch die letzten Tage waren mild. Der Himmel war hoch, die Luft war klar, die grünen Schatten wurden dichter und die Straßen immer sauberer, je näher sie dem Campus kamen.

Der Campus erstreckte sich fast über den ganzen Luojia-Berg. Zwischen den lauchfarbenen Schatten der Bäume lugten größere und kleinere Gebäude mit grünen Dachziegeln und silbern schimmernden Mauern hervor.

Es dämmerte bereits, als er ankam. Die Torwächter hatten telefoniert, und nach einer kurzen Weile schon kam Professor Cheng, der Dekan der Fakultät für Literatur, um ihn abzuholen. Zu Mittag hatte Julian Professor Cheng von Hankou aus angerufen; Cheng wollte ihn eigentlich dort erwarten, was er entschieden abgelehnt hatte. Professor Cheng war der klassische chinesische Intellektuelle. Er trug eine Brille und einen langen Kittel und sprach ein ausgezeichnetes Englisch. Zwei Diener standen schon für Julian bereit, wahrscheinlich warteten sie seit Mittag. Während sie sein Gepäck schulterten, empfahl sich Professor Cheng. Er habe noch zu tun, doch später am Abend gebe die Anglistikabteilung ein Essen zu Ehren des neuen Mitarbeiters.

Julian konnte es gar nicht fassen, daß er in einem zweistöckigen Haus wohnen sollte, das erst vor vier Jahren erbaut worden war. Jeder Lehrbeauftragte der Staatlichen Universität Wuhan bekam so ein Häuschen mit Garten zugewiesen. Das seine war vollständig möbliert und mit Teppichen, Kamin und Sofa ausgestattet. Chinesen liebten Zimmerpflanzen, und so mußte er die Räume gar nicht weiter dekorieren. Das ganze Haus war sauber und aufgeräumt, man hatte sogar die Wände und Decken in einem strahlenden Weiß gestrichen. Für seinen Geschmack wirkte es zu kühl. Er lächelte, weil er an seine Mutter denken mußte, die es sich zur Angewohnheit gemacht hatte, unermüdlich ihre vier Wände vollzupinseln. Nun bezog ihr Sohn ein gänzlich weißes Haus. Julian blickte aus dem Fenster und betrachtete den farbenprächtigen Sonnenuntergang über dem See, der fast ein mediterranes Szenario abgab.

Da das Badewasser erhitzt war, riß er sich los und suchte das luxuriöse Badezimmer auf. Er hatte sein Erstaunen nicht verbergen können, als ihm der stellvertretende Bildungsminister bei ihrem ersten Gespräch das für ihn angesetzte Gehalt genannt hatte. Mit seinen gelegentlichen Aufsätzen hätte er nie so viel verdienen können. Seine Eltern waren keine Aristokraten. Tante Virginia drehte jeden Groschen zweimal um, man besaß ein gebrauchtes Auto. Die Familie seines Vaters betrieb ein Bergwerk, aber Clive gab nur für seine Hobbys Geld aus. Unter ihren Freunden hatte lediglich Keynes ein beträchtliches Vermögen angesammelt, das er jedoch zum Ankauf von Bildern und zur Unterstützung der Balletttruppe seiner russischen Frau verwendete. Von klein auf machte sich Julian nichts aus Geld, allerdings war eben nie sehr viel durch seine Hände gegangen. Und jetzt sollte er um die neunhundert Pfund im Jahr verdienen, steuerfrei. Dafür mußte er jede Woche lediglich neun bis zwölf Stunden englische Literatur unterrichten! Die Miete für sein Haus belief sich auf dreißig amerikanische Dollar. Fünfundzwanzig Dollar kosteten die beiden überbezahlten Diener; nur weil sie ein bißchen Englisch sprachen, erhielten sie doppelt soviel Lohn wie ein einfacher Arbeiter. Für Lebensmittel würde er im Monat sicher nicht mehr als dreißig Dollar ausgeben müssen. Alles in allem hatte er es noch nie so gut gehabt.

Hier werde ich am Ende noch ein kleiner rundlicher Kapitalist, dachte Julian. Die wissen sicher, warum ich eigentlich herkomme, und wollen mich schön gefügig machen mit einem guten Gehalt. Er schlang sich ein Handtuch um die Hüften und rasierte sich vor dem Spiegel. Sobald seine Haare länger waren, wurden sie etwas wellig. Ob die Friseure hierzulande mit diesen komischen Strähnen fertig wurden?

Er fühlte sich als neuer Kolumbus, Entdecker des sagenhaften Orients, wo die Straßen mit Gold gepflastert waren.

Er hörte Schritte auf der Treppe, dann klopfte es an der Tür. Julian fragte unwillig, was denn los sei.

»Herr, um Punkt sieben kommt das Taxi, nur zur Erinnerung.«

Julian trat heraus und stand seinen beiden Dienern gegenüber, die sich respektvoll vor ihm verbeugten. Sie waren nicht besonders groß; der eine war um die Vierzig, hatte ein Muttermal an der Lippe, bewegte sich träg und sprach ein grobes, nahezu unverständliches Englisch. Da sich Julian seinen chinesischen Namen sowieso nicht merken konnte, nannte er ihn im stillen den »Hexer«. Und der jüngere mit dem unsteten Blick sollte ab heute »Wühlmaus« heißen.

Der Hexer hatte im Auftrag von Professor Cheng ein Taxi bestellt. Professor Bell brauche sich keine Sorgen zu machen, man werde ihn rechtzeitig verständigen, teilte er Julian mit. Man habe es ihm lediglich ankündigen wollen, damit er sich richtig vorbereiten könne.

»Vorbereiten?«

»Ankleiden, mein Herr.«

Julian vertrieb die beiden mit einer Handbewegung. Ihre Fürsorge erschien ihm doch ein wenig zu aufdringlich. Statt sich um seine Garderobe zu sorgen, legte er sich auf sein Bett und war in wenigen Augenblicken eingeschlafen.

Das Restaurant »Zum exquisiten Duft« konnte man fast mit dem »Dorchester« in London vergleichen. In Wuhan lebten einige Tausend Ausländer, hauptsächlich Geschäftsleute; allein an die hundert englische Firmen hatten sich hier niedergelassen. So hatte sich ein internationales Nachtleben etabliert. Bei Einbruch der Dämmerung erwachten die Menschen zum Leben, und all die Herren und Damen putzten sich aufs feinste heraus.

Man führte Julian zu einem Extrazimmer, das durch einen fächerförmigen Wandschirm abgetrennt war. Dort saßen bereits sieben oder acht wohlgekleidete Gestalten. Der Dekan, Professor Cheng, stand als erster auf und stellte Julian seinen neuen Kollegen vor, die schon lange auf ihn gewartet hatten. Ein jeder hatte Rang und Namen und sprach ein gepflegtes Englisch. Selbst die Fakultätsmitglieder, die in Chicago geforscht hatten, sprachen ohne amerikanischen Akzent.

Eine etwas ältliche Professorin glich einer Eskimofrau. Die nächste Dame war irgend jemandes Gattin; besondere Kennzeichen: keine. Nur eine Frau fiel ihm auf, die ihm Cheng als Schriftstellerin und Literaturredakteurin der »Wuhaner Zeitung« vorstellte. Wie fast alle Anwesenden trug sie eine Brille und gab sich bescheiden und still. Doch das Auf und Ab des Tischgesprächs verfolgte sie mit wachem Ausdruck. Ihr schwarzes Haar hatte sie im Nacken ordentlich hochgesteckt, während es ihr in Fransen in die Stirn fiel. Jedesmal, wenn sie in seine Richtung sah, lächelte sie. Er fühlte sich geschmeichelt und als echter Ehrengast. Sie war die Frau des Dekans.

Ihr Englisch hatte sie in China gelernt. Anscheinend konnte sie Gedanken lesen, denn sie sagte lächelnd:

»Ich heiße Lin und spreche das englische Kauderwelsch der Pekinger.«

Er mußte lachen. Ihre exotische Aussprache klang angenehm, etwas genuschelt, jedoch gerade deswegen sympathisch, besonders in Verbindung mit ihrem lebhaften Gesichtsausdruck.

Seit seiner Studienzeit in Cambridge galt Julian als Experte für schöne Frauen. Er hatte es sich zur Angewohnheit gemacht, die Frauen seiner Freunde nach ihren Reizen zu klassifizieren; man hatte ihm nie widersprochen. In Lins Fall kam es auf das Lächeln an. Wenn sie nicht lächelte, sah ihr Gesicht gewöhnlich aus. Wenn sie aber lächelte, schürzte sie einen Teil ihrer Oberlippe; gab dieses asymmetrische Lächeln nun Punkte oder Abzüge? Er war etwas verwirrt.

Julian nahm sich zusammen, wandte den Blick von Professor Chengs Gattin und parlierte aufmerksam mit den anderen Lehrern. Alle waren eloquent und kannten sich aus in der englischen Kultur. Von manchen neuen Tendenzen und Publikationen wußten sie womöglich mehr als er. Ein junger Dichter namens Bian übersetzte gerade die beste Biographie über Königin Victoria, nämlich jene von Lytton Strachey, dem Freund seiner Eltern. Bloomsbury hatte erstaunlich viele chinesische Jünger hervorgebracht, das war ihm früher nie aufgefallen. Nach China zurückgekehrt, hatten sie versucht, einen ähnlichen Zirkel zu bilden, den sie »Neumondgesellschaft« nannten. Der Name klang zwar etwas romantisch, aber eine beachtliche Zahl an Dichtern und Schriftstellern hatte sich darunter zusammengeschlossen; auch Politologen, Architekten und sogar jemand vom Militär gehörten dem Kreis an, dem gleichwohl nur ein »halber« Maler beigetreten war. Er hieß Wen, hatte in London Kunst studiert und schrieb nunmehr Gedichte.

Während der Überfahrt hatte Julian gelesen, daß Chinesen ihren Gästen gerne Leckerbissen auf den Teller legten und sie zum Trinken nötigten. Gegen diese Geste der Höflichkeit dürfe man sich keineswegs sträuben. Seine neuen Kollegen waren jedoch westlich orientiert, und jeder bediente sich selbst. Julians Nachbar erklärte ihm lediglich, wie die Köstlichkeiten – exotische Früchte und Gemüse, die wie Blumen arrangiert waren – zubereitet wurden.

Professor Cheng wies ihn auf ein Bild an der Wand hin. Es stelle eine örtliche Legende dar, die vom Zitherspieler und seinem Zuhörer handele. Der Zuhörer, erklärte Cheng, sage zu dem Künstler: »Deine Hoffnung ist hoch wie ein Berg, doch so schwer zu fassen wie fließendes Wasser.« Dem Zitherspieler wurde sofort klar, daß er die einzige Person getroffen hatte, die ihm mitten ins Herz sah, und beide wurden unzertrennliche Freunde. Als der Zuhörer starb, zerbrach der Musiker seine Zither, zerriß die Saiten und spielte nie mehr. Die »Zitherterrasse« liege im Stadtteil Hanyang, am Ufer des Mondsees an der Westseite des Schildkrötenhügels.

Julian nickte, als Cheng endete: blindes Verständnis unter Freunden. Über dergleichen hatte er bereits in einem Buch über chinesische Malerei gelesen. Vielleicht würde auch er jemanden finden, der ihn innig verstand. Wenn er sich umsah, mußte er sich eingestehen, daß die Chinesen hier bei Tisch doch ganz anders waren als die Mitglieder des Bloomsbury-Kreises. Einerseits wirkten sie viel sanfter und uneitler; zu Hause gab es bei jedem Treffen gleich eine scharfe Debatte, oder man stellte gemeinsam eine neue Theorie auf. Vanessa und Virginia siebten ihre Gäste unbarmherzig aus. Langweiler wurden nicht wieder eingeladen, wohl im Gegensatz zu diesem Teekränzchen hier.

»Das ist also der Pinselstrich eines chinesischen Meisters?« fragte Julian seinen Vorgesetzten.

»Natürlich nicht.« Lin war schneller als ihr Mann. Unter solchen Bildern mit allegorischen Gestalten sei dieses durchaus von Rang, aber richtige Meisterwerke hänge man nicht ins Restaurant, auch nicht in den »exquisiten Duft«. In der chinesischen Malerei, belehrte ihn Lin, müßten Form und Inhalt korrespondieren, so daß sich der wahre Rang eines Kunstwerkes nicht am Pinselstrich allein ablesen lasse.

Julian war angetan von ihren deutlichen Worten. Auch ihr Englisch war viel flüssiger, wenn sie von Kunst sprach, leicht und harmonisch. Bei einem Maler aus der

Yuan-Dynastie, fuhr sie fort, fänden sich nur ein paar hingetupfte Wolken zwischen fernen Bergen und dann in der Nähe drei, vier angedeutete Bäume; der Großteil des Bildes sei leer. Geradezu überirdisch rein.

Chinesische Bilder waren also möglichst leer? Der Gedanke war gar nicht uninteressant. Das könne er nicht so leicht begreifen, sagte Julian, es klinge sehr geheimnisvoll, im Westen gebe es keine vergleichbare Schule und auch nicht soviel freien Platz auf der Leinwand. Bei Gelegenheit würde er gerne mehr von ihr darüber erfahren. Lin lächelte ihn an.

Tief in der Nacht kehrten die Taxis zum Campus zurück.

Julian fand den Lichtschalter nicht, also tastete er sich im Schein des Mondes bis zum Sofa. Er war beschwipst. Diese Leutchen sprachen von Bloomsbury, als ob sie dort ein und aus gingen. Tatsächlich hatte Professor Cheng einmal Leonard Woolf besucht, den Mann seiner Tante, um sich über die Chancen ihrer Bewegung in China zu erkundigen. Julian erinnerte sich, daß Virginia von einer Gruppe chinesischer Studenten gesprochen hatte, die sehr an Politik interessiert waren, aber nicht wußten, zu welcher Partei sie sich bekennen sollten.

Virginia Woolfs Name war an diesem Abend überhaupt am häufigsten erwähnt worden. Julian hatte es jedesmal einen Stich versetzt. Er hatte kein Heimweh, aber er mußte doch an seine Lieben denken. Am meisten sehnte er sich nach seiner Mutter Vanessa. Gleich danach kam Roger Fry, dessen unerwarteter Tod ein Jahr zuvor einer der Gründe gewesen war, England erst einmal den Rükken zu kehren. Julian fand es jammerschade, daß es Roger nicht mehr nach China geschafft hatte; er wäre äußerst angenehm überrascht gewesen. Sein Lobpreis chinesischer Kunst war Julian oft maßlos übertrieben vorgekommen, aber jetzt dachte er, daß Roger doch recht haben mochte. Dieser Ästhet, der ihm wie ein Vater gewesen war, hatte immer viel Geheimnisvolles über China erzählt. Seine Hochschätzung der Chinesen war vielleicht doch nicht nur ein Tick gewesen. – Ja, Julian sehnte sich nach diesem erlesenen Haufen mit all seinen Komödien und Skandalen.

Nach dem Essen war das Gespräch auf den Dichter Xu gekommen, die zentrale Figur der »Neumondgesellschaft«. Xu war 1931 bei einem Flugzeugabsturz gestorben; er hatte an der London School of Economics und auch am King's College studiert. Er war kurz vor Julian dagewesen, beinahe hätte man einander getroffen. Der Lieblingsschüler Roger Frys soll er gewesen sein. Unsinn! Julian schüttelte den Kopf. Er hatte etwas gegen diesen Dichter Xu, obwohl er ihm ja nie begegnen würde. Lin jedoch hatte offenbar eine hohe Meinung von Xu, wie er sofort gespürt hatte.

»Maizi bucuo!« – Plötzlich lagen sie ihm wieder auf der Zunge, diese aufgeschnappten Worte. Richtete er sie an den stolzen und einsamen Mond, oder dachte er doch an eine Frau? Beschwipst setzte er sich auf, nahm Stift und Papier zur Hand und begann einen Brief. Still war die Nacht, rhythmisch plätscherte das Wasser des Sees, die Kiefern rauschten. Natürlich liebte er die Frauen, aber er konnte sie alle wieder verlassen, bis auf Vanessa, seine Mutter.

KAPITEL 3

Es war gar nicht nötig, aus England Bücher schicken zu lassen. Obwohl die Universität erst seit vier Jahren existierte, war sie bestens mit Werken chinesischer und ausländischer Literatur ausgestattet – zumindest für Julians Kurse sollten die Bestände reichen. Die Bibliothek schien sich an den Berg zu lehnen, auf dessen Gipfel eine mit rotem Kupfer gedeckte Pagode thronte. Die Bibliothek hatte zwei Flügel, einen für die Geisteswissenschaften und einen für die Naturwissenschaften. Sie wirkte exotisch, erinnerte an einen antiken Palast.

Vor seiner ersten Vorlesung holte Lin Julian zu Hause ab. Sie erklärte ihm, daß der Herr Dekan sie darum gebeten habe, da englische Lehrer ja nicht unbedingt wüßten, wie man chinesische Studenten unterrichte, und mehr als vierzig fremde Gesichter stellten sicherlich eine Herausforderung dar.

»Ich möchte auch selbst mehr über zeitgenössische englische Literatur lernen«, sagte Lin.

Ihr ernsthaftes Interesse freute Julian. Er fing an, über die englische Literaturszene zu sprechen, und nach den ersten Minuten war sein Lampenfieber verflogen. Ihm war, als säße Lin ganz allein im Klassenzimmer, ihre unvergleichlichen schwarzglänzenden Augen auf ihn geheftet. Diese Augen konnten nachdenklich wirken, sie konnten ein Lächeln ausstrahlen und anerkennend blinzeln. Julian erinnerte sich an seine Zeit in Cambridge, wo er bei seinen angeregten Diskussionen mit seinen Kommilitoninnen oftmals den Professor ignoriert hatte. Jetzt ignorierte er eben die Studenten.

Dabei hatten die chinesischen Studenten Niveau und benahmen sich sehr respektvoll, fast schon zu respektvoll. Doch für den Anfang war das natürlich in seinem Sinn. Er hoffte, daß keiner so streitlustig werden würde wie er damals. Dank seiner Eloquenz und Schlagfertigkeit hatte er bei Debatten am King's College brilliert und es den Professoren gezeigt; jetzt aber spielte er den Lehrer und mußte die Studenten beeindrucken.

Wenn die Studenten jedoch immer so höflich und reserviert blieben, würde er nie erfahren, was sie von seinen Vorlesungen hielten. Dann aber sprach er über Thomas Hardy, und seine Zuhörer waren ganz offensichtlich von seinen Worten fasziniert, obwohl sie nie lachten oder gar lärmten. Julian hatte Hardy schon immer bewundert, und er war davon überzeugt, daß eine trockene Vorlesung nicht der richtige Weg war, um diesen eigensinnigen Typen schätzenzulernen.

Lins Wißbegier riß den ganzen Jahrgang mit. Ihre Anwesenheit hatte einen positiven Einfluß auf die anderen Studenten, alle waren diszipliniert und bereiteten sich nach seinen Anweisungen vor. Jede Woche ließ er im Büro einige Werke vervielfältigen, die die Angestellten bis spät in die Nacht mit Hilfe von Wachsmatritzen abzogen.

Prousts Romane seien unsterblich, erklärte Julian seinen Zuhörern, Joyce hingegen führe in seinem »Ulysses« lediglich ein paar Kunstgriffe vor und reiche bei weitem nicht an das Niveau der Meister heran. Nach der Vorlesung scharten sich einige Studenten um ihn und stellten höflich ein paar Fragen. Lin wartete geduldig mit ihrem Buch unter dem Arm und verließ dann mit ihm den Saal. Ihm fiel auf, daß sie sich kaum von den anderen Studenten unterschied: Gesicht und Figur glichen den Zwanzigjährigen; sie trug eine Brille, benutzte aber kein Make-up und war mit einer kurzen grünen Bluse und einem langen Rock bekleidet. Dabei mußte sie fast doppelt so alt sein wie die anderen! Im Westen sah eine Frau ihres Alters doch auch nicht wie ihre eigene Tochter aus, dachte Julian.

Lin lobte ihn: »Sie können wirklich gut unterrichten. Wenn Sie über interessante Details aus den Biographien der Dichter sprechen, erwecken Sie sie ja fast wieder zum Leben!«

»Jeder Schriftsteller ist ein lebendiger Mensch. Jedes kurze Gedicht, jede Erzählung ist eine kleine Autobiographie«, erwiderte Julian.

Lin wandte sich zu ihm und sagte: »Das haben Sie schön gesagt! Sie sind ziemlich scharfsinnig!«

Julian lachte: »Das war ein Zitat. Aber wann darf ich Ihre Erzählungen sehen?«

»Wieso denn? Wollen Sie beim Lesen etwas über meine Autobiographie erfahren, oder soll ich besser gleich Ihre Autobiographie lesen?« fragte sie in herausforderndem Ton.

Die Unterhaltung mit Lin beflügelte ihn. Sie lachte und fuhr fort: »Zukünftig möchte ich auch Ihre anderen Seminare besuchen, geht das? Zum Beispiel die Aufsatzübung, damit ich auf englisch schreiben kann und Sie meine Erzählungen sofort lesen können.«

Julian war verblüfft, daß er Lin jeden Tag sehen würde. Sie würde jede seiner Stunden besuchen? Und sie würde sogar ›Hausaufgaben‹ abgegeben?

»Nur sollten Sie mich nicht die ganze Zeit über fixieren, wenn Sie unterrichten«, fügte sie hinzu. Ohne eine Antwort abzuwarten, wandte sie sich mit errötendem Gesicht ab. Sie nahm ein paar Steinstufen, murmelte noch »Bye-bye«, drehte sich jedoch nicht wieder um.

Julian war zutiefst überrascht. In Cambridge galt er als

Schürzenjäger, der stets den ersten Pfeil abschoß. Und nun ergriff diese Chinesin auf einmal die Initiative!

Er legte sich auf eine laubübersäte Wiese und schaute in den Himmel. Die Sonne kroch gerade hinter den spärlichen Wolken hervor. Er schloß die Augen und sah Lins Lächeln.

»Diese chinesische Zauberin hat mich verhext«, dachte er. »Gott sei Dank ist sie nicht besonders schön!«

Mondsichelförmig umschloß der große Ostsee den Luojia-Berg. Zum Campus gehörten ein Steg mit Booten und ein Badestrand. An der Uferstraße, zwischen Trauerweiden, Birken und Zypressen, saßen die Studenten paarweise oder in Grüppchen mit ihren Büchern. Die Jungen waren in eine Art Kittel gekleidet, die Mädchen hatten schmale, geschlitzte Qipaos an und trugen Pagenköpfe.

Während Julian die Studenten mit seiner Vortragsmappe unter dem Arm passierte, faßte er den Entschluß, sich sofort auch so einen Kittel nähen zu lassen. Die Idee, als Ausländer im chinesischen Gewand herumzulaufen, fand er faszinierend. Er würde seiner Mutter ein Foto schicken, das sie gewiß für sehr stilvoll halten würde.

In der Ferne hatte es wohl geregnet, denn am Himmel stand noch der blasse Rest eines Regenbogens. Alle Hügel waren voller langstieliger weißer und violetter Blumen, wahrscheinlich Anemonen, deren Blätter schon an den Rändern vergilbten. Außerdem wuchs hier eine Art Ahorn, dessen feines Laub rot und orange gefleckt war, so daß kein Blatt dem anderen glich. Rund um den See und auf dem ganzen Berg leuchteten die warmen Farben des Herbstes.

Das Schicksal meint es gut mit mir, dachte Julian. China war so ganz anders als England mit seinen grasgrünen Ebenen und sanften Hügeln. Doch war diese

Universität am Rande der Welt nicht doch ein bißchen zu idyllisch? Besonders des Nachts erschien es ihm manchmal so.

Julian ging gern allein spazieren, vor allem spät abends, wenn die Vögel über den Mond zogen. Einmal stürzte er fast in ein Grab, das, wer weiß warum, offenstand. In der nächtlichen Stille konnte er die Glocken eines zwei Meilen entfernten Tempels deutlich hören, die im Abstand von etwa fünfzehn Sekunden geschlagen wurden. Auch konnte man die Schreie der Katzen und Wölfe vernehmen, die aus den Wäldern drangen.

Dieser wunderschöne Campus konnte doch unmöglich in China liegen, dieser Brutstätte der Revolution, dachte Julian. Allzuviel Stille war ihm unerträglich.

Wenn man etwas Unruhe stiftet, wird die Welt gleich viel lebendiger. Seit Kindertagen lebte er nach diesem Motto. Damals kamen jedes Wochenende viele Gäste nach Charleston, wo seine Eltern und Duncan Grant auf ihre sonderbare Weise zusammenwohnten. Julian versuchte stets, seine Grenzen auszureizen. Er kletterte bis aufs Dach und ließ seine Beine vom Giebel baumeln. Doch seine Mutter kannte sein Temperament und verbot allen, entsetzt hinaufzustarren. Wenn ihn niemand beachtete, kam er nach einer Weile von selbst wieder herunter.

An der Universität gab es anscheinend doch noch einige Gesinnungsgenossen, die seine politischen Ansichten teilten. Nicht lange nach Semesterbeginn kam Julian ins Klassenzimmer und sah, daß Hammer und Sichel auf die Tafel gemalt waren. Die Studenten glotzten ihn nur stumm an und warteten anscheinend auf seine Reaktion.

Wir haben also Kommunisten im Jahrgang, dachte Julian. Lin wollte ihm schon zu Hilfe eilen, doch er verbat es sich mit den Augen. Er wischte die Zeichnung nicht etwa weg, sondern schrieb während seines Vortrags fortwährend Namen und Titel auf den Schiefer. Schnell stand die Tafel voll mit den großen Autoren und Meisterwerken der englischen Literatur, von Beowulf bis Virginia Woolf. So hatte er das revolutionäre Zeichen ganz nebenbei übertüncht.

Die Kommunisten in der Klasse hatten ihn für einen reaktionären Kolonialisten gehalten und ihn einschüchtern wollen. Seine Gelassenheit jedoch hatte sie sichtlich beeindruckt – Lin im besonderen.

Die Nachrichten meldeten Sieg um Sieg der Regierungstruppen, die Rote Armee sei schon längst am Boden zerstört. Unzählige Gerüchte kursierten, und viele Studenten waren voll revolutionären Eifers. Doch Julian war nicht so naiv, mit diesen Kinderchen einen Aufstand an der Universität Wuhan anzuzetteln. Außerdem war der Campus doch gar zu schön, so daß es eine Schande gewesen wäre, ihn zu zerstören. Die einzige Aufregung, die Julian gebrauchen konnte, war erotischer Natur.

Das Leben an der Universität brachte einige Veränderungen mit sich. Bisher hatte Julian immer ein offenes Hemd getragen, wie es unter Künstlern eben üblich war. Nun mußte er sich etwas konventioneller kleiden. Darüber hinaus mußte er Chinesisch lernen, täglich ein bis zwei Stunden. Auch die Möbel in seinem Haus wollte Julian austauschen. Er hatte vor, sich einen antiken Schreibtisch aus Mahagoni-Holz zu kaufen. Den mußte er sich natürlich selbst in Hankou aussuchen, denn wie sollten die Diener wissen, was ihm gefiel? Obendrein brauchte er eine Flinte, um in den Bergen jagen zu gehen. Er würde auch Zeit zum Rudern haben, und es interessierte ihn, wie weit er auf den riesigen See hinausrudern konnte, dessen anderes Ufer nicht mehr zu sehen war. In

Cambridge galt er als guter Ruderer, hier war er sicher der beste. Er war ein siebenundzwanzigjähriger Dozent mit zuviel Geld und zu vielen Plänen.

Er ging zum Ufer. Es war die Zeit der Herbstflut, und das Wasser ragte bis an den Steg. Einige Studenten schwammen, andere versuchten, einer zehnjährigen Professorentochter unter den Augen ihres Vaters das Schwimmen beizubringen. Sie redeten dem Mädchen gut zu, aber es wollte nicht ins Wasser. Als Julian herantrat, fürchtete sich die Kleine vor seinen blauen Augen. Er wartete, bis sie nicht mehr auf ihn achtete, dann stieß er sie ganz plötzlich ins Wasser. Während alle anderen starr vor Schreck dastanden, schlug sie mit Händen und Füßen um sich.

Julian sprang ins Wasser und stützte das Mädchen mit einer Hand unter dem Bauch ab. Die Kleine fing jetzt richtig zu schwimmen an, so, wie sie es gelernt hatte. Nun verwandelten sich die erbosten Gesichter der Umstehenden in freudige, dankbare Mienen. Er übergab die Kleine den Studenten und schwamm auf den See hinaus, ohne sich seiner Kleidung zu entledigen.

Früher am Tag hatte Julian einige Seiten von Tante Virginias Roman »To the Lighthouse« vervielfältigen lassen. Während seines Vortrags fiel ihm auf, daß er scheinbar doch kein besonders guter Literaturwissenschaftler war, denn er konnte den Studenten das Buch einfach nicht nahebringen. Sie verstanden diese seltsamen Sätze nicht, und er versuchte vergeblich, ihnen die Erzähltechnik des »Stream of consciousness« zu erklären. Doch dieser theoretische Begriff verwirrte die Studenten nur noch mehr. Auch er selbst war sich am Ende nicht mehr sicher, worüber er da redete.

Da fragte Lin, ob er die Gestalten aus dem Roman kenne.

Natürlich kannte er sie. Damals war er achtzehn Jahre alt gewesen und hatte gerade die Hochschulreife erlangt. Julian wußte genau, wer die Vorbilder für die Romanfiguren waren, angefangen bei seiner Großmutter, der Mrs. Ramsey im Roman. Er erkannte alle Mitglieder der Familie Stephens und all ihre Erlebnisse mit der Liebe und dem Tod wieder. Und er wußte, daß Virginia mit diesem Roman zeigen wollte, daß die Kunst über die Vergänglichkeit des Lebens triumphierte. Dank dieser Hintergrundinformationen konnte Julian einen eigenen Zugang zu dem Roman entwickeln, und am Ende waren die Studenten hellauf begeistert.

Während er darüber nachsann, kroch er in seinen triefenden Kleidern ans Ufer. Er hob den Kopf und stellte fest, daß Lin direkt vor ihm stand. Sie lachte. Eben hatte er noch an sie gedacht.

Sie trug ihr Haar immer noch hochgesteckt und sah jetzt noch jünger aus als im Vorlesungssaal. »Alle anderen Frauen auf dem Campus haben Pagenköpfe. Warum Sie nicht?« fragte er.

»So paßt es besser zu meinem Alter«, erwiderte sie.

Das überraschte ihn. Wieso war sein Blick so verschieden von dem der Chinesen? Wieso erschien ihm eine damenhafte Frisur als besonders jugendlich?

Vor achtzehn Jahren, meinte Lin, habe sie als eine der ersten die Haare kurz getragen, um ein Zeichen für die Emanzipation zu setzen. Jetzt sei ihr aber der traditionelle, unaffektierte Stil lieber, und das Frisieren beanspruche nicht mehr als ein paar Minuten.

»Bestimmt setzen Sie damit einen neuen Trend«, sagte er und blickte ihr in die Augen. »Nur das Ungewöhnliche zieht die Menschen an.«

»Sie im Westen sind immer hinter Neuigkeiten und Sensationen her.« Sie lachte und ging, kam aber nach wenigen Schritten wieder zurück. Fast habe sie es vergessen, sagte sie. Ihr Ehemann und sie wollten Julian heute abend zum Essen einladen, ganz zwanglos bei ihnen daheim, nur zu dritt. Und damit entschwand sie zwischen den Bäumen.

Julian ging bei jeder Gelegenheit ein Risiko ein. Früher war er mit dem Rad oder mit dem Auto immer zu schnell gefahren, ganz instinktiv. Aber wodurch konnte er hier und jetzt für den nötigen Nervenkitzel sorgen?

Hier und jetzt, das war also dieser Herbst 1935. Julian lebte in China, im fremdesten aller fremden Länder. Er hatte sich tief ins Landesinnere begeben, in diese »Stadt der hundert Seen«. Hinter ihm glitzerte das Wasser, vor ihm verzweigte sich die Straße auf den Berg in viele kleine Pfade, bis sie sich schließlich unter den Bäumen verlor – ein chinesischer Irrgarten. Im Hier und Jetzt stand er, großgewachsen und mit leuchtend goldenen Haaren, klar umrissen von der untergehenden Sonne, während um ihn herum langsam alles verblaßte. Er blickte gelassen drein, weder abwesend noch sorgenvoll.

In nassen Kleidern kam er nach Hause. Die Diener wollten sofort wissen, wann und wie der Herr das Abendessen einzunehmen beliebe. Julian ignorierte sie und fragte sich, warum er gleich zwei von der Sorte ertragen mußte. Da jedoch jede Lehrkraft mindestens zwei Diener hatte, konnte er wohl kaum etwas dagegen sagen. Hexer sprach flink und mit öliger Stimme, er war wohl der Wortführer. Wühlmaus hingegen ließ nicht viel verlauten, war aber wahrscheinlich der fleißigere. Die beiden teilten sich ein Zimmer im Erdgeschoß. Sie hatten schon mitbekommen, daß der ›weiße Teufel‹ sie nicht leiden konnte. Deshalb blieben sie, wenn sie nicht gerade einkaufen gingen, in der Küche oder in ihrem Zimmer. »Wenn dich der Chef nicht sehen will, mußt du ihn meiden«, lautete die Goldene Regel für alle Diener dieser Welt.

»Eßt für euch allein«, sagte Julian, »ich bin eingeladen.«

Die Sonne war schon hinter die Berge gesunken, als Julian aufbrach, doch das Abendrot spiegelte sich noch im Wasser des Sees. Wenn man die Straße nahm, brauchte man eine Viertelstunde zum Haus des Dekans. Es gab jedoch noch einen schattigen Bergpfad, der kaum benutzt wurde und vom Laub bedeckt war. Der Weg war steil, doch trotz aller Vorsicht brauchte man nur zehn Minuten von Tür zu Tür. So gesehen waren sie Nachbarn.

Julian klopfte, doch da niemand öffnete, ging er durch den Garten. Das Haus des Dekans glich seinem eigenen, nur der Garten war viel größer. Im Gegensatz zu England verfügten die hiesigen Grundstücke über keine Zäune, die Eigentümer legten die Grenzen selbst fest. Chengs gepflegter Garten stand in voller Blüte und verbreitete einen sehr intensiven Duft, so daß Julian niesen mußte. Als er den Kopf hob, sah er in die lächelnden Gesichter seiner Gastgeber.

Julian trug keinen Anzug, er hatte nur das Hemd gewechselt. Die beiden obersten Knöpfe standen offen, und sein Haar wand sich in unzähmbaren Locken.

»Sie sind der einzige, der sich unserem Haus durch den Garten nähert, fast wie ein Dieb«, meinte Lin.

Julian hob die Arme, als ob er sich ergeben wollte. »Bitte verzeihen Sie, daß ich kein Gastgeschenk mitgebracht habe.«

»Nicht der Rede wert«, entgegnete Cheng. »Fühlen Sie sich ganz wie daheim. Das machen alle unsere Freunde so.«

Das Haus der Chengs stand voller antiker Möbel und

alter Keramik, sogar die Stühle waren einige hundert Jahre alt. Sie waren mit kunstvollen Blumen- und Tierschnitzereien verziert, die sich jedoch mit der Zeit abgeschliffen hatten. »Das sind alles Erbstücke, Geschenke von meiner Mutter zur Hochzeit«, erklärte Lin, während sie Julian durch das Haus führte. Die Vorhänge, Wand- und Lampenschirme im Schlafzimmer waren im japanischen Stil gestaltet. Lin hatte ein großes Arbeitszimmer, das mit einem geräumigen Schreibtisch und einer japanischen Tatami-Matratze ausgestattet war. Als Julian sein Erstaunen darüber zum Ausdruck brachte, erklärte sie, daß sie eine ganze Weile in Japan gelebt hätten. Sie selbst habe dort schon als Mädchen japanische Literatur studiert und liebe Japan noch mehr als ihr Mann. Sie sei übrigens eine Nachteule und arbeite oft bis zum Morgengrauen. Dann schlafe sie gleich hier im Arbeitszimmer, um Cheng nicht zu stören.

Sie schliefen getrennt! Julians Herz tat einen Sprung. Doch als er mit Lin wieder hinunterging, fand er es lächerlich, daß er sich schon Gedanken über Lins Liebesleben machte. Auf seinen Lippen erschien wieder sein altes selbstironisches Lächeln.

Lin war weder geschminkt noch zurechtgemacht, es war wirklich ein ganz ungezwungenes Beisammensein. Sie erzählte ihm von ihren beruflichen Plänen. So wie es jetzt sei, könne es nicht weitergehen, meinte sie. Sie müsse sich Arbeit und Freizeit anders einteilen, sie wolle ihre Stellung als Literaturredakteurin der »Wuhaner Zeitung« aufgeben, da sie im Moment einfach zu viel zu tun habe. Julian vermutete, daß sie damit auf seine Vorlesungen anspielte.

»Woran denken Sie?« Lin war seine Abwesenheit aufgefallen.

»Sie haben zu viel zu tun und ich zu wenig«, antwortete er.

Sie schien ihn nicht verstanden zu haben.

Das ganze Haus der Chengs atmete den Geist einer Frau. Alles war ordentlich und sauber. Wo ein Bild hingehörte, war eines angebracht, und wo die Wand besser leer bleiben sollte, hing auch nichts. Hier fand sich nichts von dem fröhlichen Chaos, in dem seine Mutter wohnte. Ein riesiger Wandteppich im Wohnzimmer, der Männer und Frauen in alter Tracht bei Musik und Wein zeigte, gefiel ihm besonders. Er mochte die verblichenen und doch warmen Farbtöne des Teppichs, die von Lebensfreude und Lust kündeten.

Auf dem Kamin stand ein kleiner Rahmen mit einem Zeitungsausschnitt. Julian trat näher. Es war ein Foto aus der »Peipinger Morgenpost« von 1924 mit chinesischer Bildunterschrift. Es zeigte Lin, Cheng und ein Dutzend anderer. Im Zentrum des Bildes stand ein Inder mit langem Bart.

»Tagore?« fragte Julian.

»Richtig«, antwortete Cheng, »unser Heiratsvermittler.«

Der bengalische Dichter war zuerst in London berühmt geworden, doch mittlerweile war er in China noch beliebter. Für die Chinesen gebe es keine faszinierendere Gedichtsammlung als »Gitanjali«, erklärte Cheng. Der bisher einzige asiatische Nobelpreisträger sei das hochverehrte Vorbild der Neumondgesellschaft, selbst ihr Name entstamme einem seiner Werke.

Die Asiaten hielten sich an ihresgleichen, dachte Julian. Er hatte zwar Tagore gelesen, konnte in dessen Gedichten jedoch keine intellektuelle Spannkraft erkennen. Daß Yeats und Pound Tagore über alle Maßen lobten, war in Julians Augen kaum mehr als koloniales Gönnertum.

Lin stand vor der Kommode mit dem Grammophon und sagte nach einigem Zögern: »Welche Musik haben Sie gern? Nehmen Sie sich doch heute abend einfach einige Platten mit! Musik kann Ihnen die hiesige Kultur näherbringen.«

Sie hatte recht. Bisher war Julian nur mit Büchern gut versehen. Lin wählte sorgfältig einige Schallplatten für ihn aus. Julian sah auf die Hüllen mit der fremden Schrift und fragte Cheng, ob er sich die Platten tatsächlich ausborgen dürfe. Dieser erwiderte, daß die Gastgeberin von »mitnehmen« und nicht von »borgen« gesprochen habe.

Julian war begeistert. »Einfach großartig«, rief er.

Cheng wurde von Julians guter Laune angesteckt und sagte auf chinesisch zu Lin: »Er benimmt sich wie ein Kind.«

»Er ist ja auch noch in dem Alter«, erwiderte sie.

Sie hatten schnell gesprochen, so daß Julian nur das Wort »Kind« und seinen Namen aufschnappen konnte. Er fragte, worum es gehe, doch die beiden sahen sich nur lachend an. Cheng sagte, Lin habe es gern ruhig zum Schreiben. Früher jedoch, vor mehr als zehn Jahren in Peking, als sie beinahe täglich mit ihren Freunden aus der Neumondgesellschaft beisammen gewesen waren, sei das Grammophon ununterbrochen gelaufen. Lin konnte es damals nicht turbulent genug haben und wollte dauernd Musik hören, ganz anders als jetzt.

Julian fühlte sich wohl bei Cheng und Lin. Anders als die meisten Chinesen betrachteten sie ihn nicht als Außenseiter und waren ihm gegenüber offen und herzlich. Das irreale Gefühl, das Julian seit seiner Ankunft in Wuhan hatte, war plötzlich verschwunden.

Später suchte Lin einen von Xus Gedichtbänden heraus und reichte ihn Julian. Xu, erinnerte er sich, war die zentrale Figur der Neumondgesellschaft und in aller Munde. Auf dem Einband war ein Foto. Xu trug, wie alle chinesischen Intellektuellen, eine Brille, und für einen Mann wirkte er recht zierlich. Julian blätterte in dem Buch. Die senkrechten Zeilen waren sauber angeordnet und fast alle gleich lang. Da jedes Zeichen eine Silbe darstellte, hatten alle Strophen den gleichen Rhythmus und folgten offenbar den Gesetzen der französischen Metrik, vermutete Julian. Aber Cheng behauptete, moderne chinesische Lyrik sei, wie die englische Poesie, durch Versfüße charakterisiert. Er bat Lin, das Gedicht in ihrem Pekinger Hochchinesisch vorzutragen.

Jeder chinesische Schüler könne einige Gedichte von Xu auswendig, meinte Lin, besonders »Erneuter Abschied von Cambridge« kannten alle. Wenn man von Klassikern der chinesischen Moderne sprechen könne, dann gehöre dieses Gedicht zweifellos dazu. Lin las insgesamt sieben Strophen, die siebte ein Echo der ersten.

Julian wollte sie nicht unterbrechen, es klang einfach wunderbar, wenn sie Chinesisch sprach, wie wahrhaftige Musik. Am Ende fragte er sie, ob sie ihm dieses Gedicht über seine Alma mater übersetzen könne.

Lin kannte eine gute aktuelle Übersetzung und rezitierte das Gedicht auswendig:

Leicht, ganz leicht bin ich gegangen,
Wie ich leicht gekommen bin;
Leicht, ganz leicht heb ich die Hand
Grüßend zu den Wolken hin.

Die goldene Weide am Ufer,
Die Braut im Sonnenuntergang;

Die prächtigen Schatten der Wellen
Spielen mein Inneres entlang.

Die abschließende Strophe lautete:

Still und leise ging ich,
So wie ich still und leise kam;
Die Ärmel schwenkend,
Und keine Wolke nahm.

Als der letzte Reim verklungen war, hielt Julian es nicht mehr aus. Er konnte sein Lachen kaum noch unterdrücken und fürchtete, bald zu ersticken. Was für ein drittklassiger Shelley! Sein Gesicht war schon ganz rot und geschwollen, aber Lin und Cheng hatten offenbar noch nichts bemerkt. Also tat er so, als hätte er sich am Wein verschluckt, und stürmte prustend hinaus in den Garten.

Im Verlauf des Abends lasen Lin und Cheng keine weiteren Gedichte mehr vor, statt dessen redeten sie begeistert von Xus Londoner Erfahrungen im Jahr 1923.

Sogar der größte Sinologe Englands, Arthur Waley, habe den damaligen Auslandsstudenten Xu um Rat gebeten, berichteten sie. Julian kannte den Mann, er arbeitete im British Museum und war dort für den Fernen Osten zuständig. Waley wohnte am Gordon Square 36. Er fuhr jeden Tag mit dem Rad zur Arbeit, man traf sich oft auf der Straße. Waley bewunderte den Bloomsbury-Kreis, und weil chinesische Gedichte damals in der angloamerikanischen Szene en vogue waren, lud man ihn ein. Vanessa und die anderen fanden ihn dann aber zu langweilig und ließen ihn später nicht wiederkommen. – Julian verkniff es sich allerdings, jetzt etwas gegen den braven Waley zu sagen.

An einem regennassen Abend, erzählte Cheng, habe sich Xu ganz allein auf den Weg in die Bond Street gemacht, um das Haus von Katherine Mansfield zu suchen. Sie wollte ihn erst nicht empfangen, als er jedoch darauf bestand, gab sie ihm zwanzig Minuten. Mansfield trug eine zartgelbe Bluse aus hauchdünner Seide und einen weinroten Wickelrock. Darin sah sie aus wie eine Tulpe. Sie saß mit ihm auf einer blauen Couch. Das matte Licht fiel auf ihre wundervollen Schultern, und Xu sah sie wie unter Hypnose an. Sie fragte ihn, ob er chinesische Gedichte übersetzt habe, denn sie war sich sicher, daß nur Muttersprachler chinesische Gedichte übertragen konnten. Das war ihr einziges Treffen, denn einen Monat später starb sie an Tuberkulose. Als Xu wieder nach Europa kam, reiste er extra nach Fontainebleau, um Blumen und Gedichte auf ihr Grab zu legen. Er weinte am Ort ihrer letzten Ruhe wie ein treuer Geliebter.

Lin könnte die chinesische Mansfield werden, hatte Xu ihnen gegenüber behauptet. »Das war jedoch zuviel der Ehre«, sagte Cheng bescheiden im Namen seiner Gattin. Damit ging er hinaus in den Garten.

Ein zweites Mal konnte Julian den schlechten Geschmack der chinesischen Literaten nicht mehr hinnehmen. »Tante Virginia konnte Katherine Mansfield nicht leiden«, sagte er langsam. »Sie fand sie kitschig, billig und sentimental. Ihre Sprache ist zwar in Ordnung, aber sie läßt auch ihre übertriebene Gefühlsduselei nur noch stärker hervortreten. Virginia hatte die Nase voll von Mansfields Kitsch. Er erinnerte sie an billiges Parfum.« Eigentlich mochte er es nicht, wenn seine Tante eine verstorbene Kollegin angriff, doch im Moment war ihm selbst danach. »Ich finde es gar nicht erstaunlich, daß Xu ihre Geschichten so bewunderte.«

Lin hatte mit Julian zusammen auf dem Sofa gesessen.

Nach seinen Worten stand sie auf und blickte in den Garten, wo Cheng sich an irgend etwas zu schaffen machte. Julian hatte sich noch nie um die Gefühle anderer gekümmert, warum sollte er also jetzt auf sie Rücksicht nehmen? Lin tat zwei Schritte und drehte sich dann mit einem breiten Lächeln im Gesicht zu ihm um. Diese Frau konnte sich sehr gut beherrschen, und ihre Nachsichtigkeit suchte ihresgleichen.

Sie bat ihn, sich umzudrehen und das Bild neben dem Fenster zu betrachten. Es handelte sich um ein Aquarell, eine Schäferszene, nichts Besonderes.

»Dieses Bild ist ein ungewöhnlicher Schatz für mich«, sagte Lin. Damals, vor vier Jahren, habe Xu anscheinend gespürt, daß ihm etwas zustoßen könnte, und so vertraute er ihr einige persönliche Gegenstände zur Aufbewahrung an, hauptsächlich Geschenke aus Europa. Dieses Bild habe ihr Xu damals zum Andenken geschenkt. Roger Fry wiederum habe es ihm gewidmet.

Verblüfft trat Julian näher. Das Gemälde ließ tatsächlich seinen Stil erkennen, und die Unterschrift erlaubte keinen Zweifel. Julian fehlten die Worte. Xu hatte sich also keineswegs nur als Rogers Student ausgegeben, er mußte mit Roger und auch mit G. L. Dickinson sehr vertraut gewesen sein und hatte wohl tatsächlich Zutritt zur englischen Gesellschaft erhalten.

Julian tat es weh, das Bild zu sehen. Roger Fry lebte nicht mehr. Als Kind hatte Julian in ihm so etwas wie einen Vater gesehen, und er konnte nicht verstehen, warum Roger diesen abscheulichen Xu so freundlich behandelt hatte. Der Kerl war doch nicht mehr als ein Emporkömmling, der sich in London stets an die Rockschöße berühmter Leute gehängt hatte.

Die Köchin unterbrach seine Gedanken: »Gnädige Frau, soll ich hier oder draußen im Garten auftragen?«

»Fragen Sie den gnädigen Herrn.«

Cheng kam gerade wieder herein. Die Herbstnächte seien kühl, meinte er, wenn sie den Eßtisch ans Fenster stellten, könnten sie ebenso die Landschaft genießen.

Die Umrisse der Berge und Bäume zeichneten sich in der Dämmerung ab. Die letzten Sonnenstrahlen ließen die Wolken über dem Wasser silbern glänzen. Nur die Blumen im Zimmer wirkten im Zwielicht der hereinbrechenden Nacht unverändert frisch.

Die Speise auf dem Tisch heiße »zusammengerollter Drache«, erklärte Lin, obwohl es recht gewöhnlich aussehe. Sie und Cheng liebten das Gericht, weil es so mysteriös sei. Das Rezept sei schon vierhundert Jahre alt. Man drehe das Fleisch durch den Fleischwolf und hacke den Fisch klein; dann werde das Ganze in Teigstreifen eingewickelt und gedünstet, so daß der Inhalt verhüllt sei. Sie saßen in einem Halbkreis um den Tisch, Julian war als Gast in der Mitte plaziert, gegenüber der Glastür zum Garten. Auf dem Tisch brannten zwei rote Kerzen, das Bier kam aus Deutschland.

Im folgenden servierte die Köchin eine dampfende grüne Suppe aus einer Schüssel feinsten Porzellans. Das Gemüse in der Suppe war noch ganz frisch und bißfest. »Was für ein herrliches Aroma!« rief Julian nach den ersten Löffeln. Dieses Essen war noch viel schmackhafter als das aus dem »exquisiten Duft« und um Längen besser als alles, was die beiden Kerle in seinem Haus zustande bekamen. Er müsse seine Diener entlassen, um noch einmal in den Genuß einer derart wohlschmeckenden Suppe zu kommen, schmeichelte Julian seinen Gastgebern.

Cheng sah Lin zufrieden an und erklärte ihm, daß seine Frau eine Feinschmeckerin sei, die jedes berühmte Gericht im Reich kenne. Die Suppe, fügte Lin hinzu, bestehe aus Erbsensprossen. Jetzt sei zwar eigentlich nicht die Saison dafür, aber manche Händler hätten sich darauf spezialisiert und verkauften auch jetzt noch frische Sprossen. Man nehme nur die zartesten Triebe, höchstens so lang wie ein halber Finger, und gieße die Brühe von einer ganzen Ente kochend heiß über die Sprößlinge. Diese Speise habe man extra für ihn zubereiten lassen. Julian verbeugte sich und dankte für die Ehre.

In diesem Moment klopfte jemand ans Tor. Der Hausherr werde verlangt, meldete ein Diener. Cheng ging hinaus und kam nach einer Weile mit der Nachricht zurück, daß die Studenten die Verwaltung besetzt hielten; sie wollten die ganze Universität zum Streik bewegen, um gegen das schrittweise Nachgeben der Regierung angesichts der japanischen Aggression zu protestieren, berichtete er. Die Situation drohe außer Kontrolle zu geraten. Da der Rektor allein nicht damit fertig werde, habe er alle Dekane um Hilfe bei der Verhandlung gebeten.

»Das ist sicher wieder eine neue japanische Provokation«, sagte Cheng sehr niedergeschlagen. »Wenn die Regierung schon nichts tun kann, was sollen wir dann machen?« Er nahm noch zwei Bissen, entschuldigte sich und brach auf. Aus Sorge um ihren Mann hieß Lin die beiden Diener ihn begleiten und ihr Bericht erstatten.

Plötzlich war es still im Haus. Lin und Julian waren etwas beklommen und fanden nicht gleich die Worte für ein Gespräch. Schweigend aßen und tranken sie weiter. Lin mochte etwas zuviel getrunken haben, denn auf einmal sagte sie stotternd: »Julian, warum verspotten Sie meinen besten Freund?«

Ihren besten Freund? Also konnte sie doch nicht so leicht wegstecken, was er über Xu gesagt hatte. Aber sie drückte sich immer noch sehr gewählt aus, und diese vollendete Höflichkeit konnte er nicht länger ertragen. Es drängte ihn, diese Dekansgattin zu attackieren.

»Wie war denn der Dichter Xu im Bett? Hat er da auch so viel geleistet?«

Lins Gesichtszüge erstarrten, während Julian scheinheilig lächelte. Nach einer Ewigkeit brach es endlich aus ihr heraus: »Wie können Sie nur so etwas sagen? Chinesische Intellektuelle machen so etwas nicht!« Ihr Englisch kapitulierte vor dieser unerwarteten Beleidigung. Sie schwitzte und mußte ihre Brille abnehmen, um sich mit der Serviette das Gesicht abzuwischen.

Zum ersten Mal sah Julian sie ohne Brille. Er hätte nie gedacht, daß Lin so schön war. Die Röte ließ ihr Gesicht sehr fein und glatt erscheinen, und wenn sie zornig wurde, wölbten sich ihre Lippen ein wenig, als ob sie ihn zu einem Kuß verführen wollten. Ohne daß sie Lippenstift aufgetragen hätte, wirkten sie voll und rot.

In ihrer Verlegenheit stand Lin auf, um die heruntergefallene Serviette aufzuheben. Erst jetzt nahm er auch ihr traditionelles Kleid wahr. Der Qipao bestand aus weißem Satin, hatte einen eingefaßten Kragen, der mit durchbrochenen Elfenbeinknöpfen verziert war, und war ganz anders als die sackähnlichen Baumwollkleider der Studentinnen. Es lag eng auf der Haut an und war bis zum Oberschenkel geschlitzt. Alle Kurven ihres Körpers kamen zum Vorschein. Im Haarknoten steckten drei Nadeln mit blauen und weißen Edelsteinen.

Gott, ich muß blind gewesen sein! warf er sich vor.

Dachte er an seine ersten Tage, fiel ihm ein, daß sie sich doch von Anfang an von dieser fremden, wogenden Masse abgehoben hatte. In ihrer Nähe fühlte er sich wohl, und tief in seinem Innern wußte er, daß er sie begehrte. Was hatte ihn also zurückgehalten? Ihre Brille war es, die verdammten Augengläser. Daß sie sie nun abnahm, war ein Wink der Götter, und endlich öffneten sich auch Julians Augen.

Lin setzte sich gerade hin und zog die Dochte der Kerzen höher, so daß es ein wenig heller wurde. Dann rückte sie in den Halbschatten und vermied es, ihn anzusehen. Im behaglichen Schein der Kerzen war sie Julian so vertraut, als ob sie einander seit langem kannten. Lin spielte weiterhin die perfekte Gastgeberin und schenkte ihm Rotwein ein, als wenn nichts geschehen wäre. Julian achtete auf jede ihrer Bewegungen. Er wußte, daß er sich nicht mehr zurückhalten konnte, er mußte sie aufschrecken, sie um ihren Anstand bringen. Rücksicht auf seinen Vorgesetzten und seine Stelle wollte er nicht nehmen, und so kehrte er ungeniert zum alten Thema zurück.

»Chinesische Intellektuelle haben also keine Affären? Da haben die englischen Lehrer ihren chinesischen Studenten aber nicht genug beigebracht.«

In ihrer Verwirrung schien Lin ihn nicht ganz verstanden zu haben, also redete er von seiner eigenen Familie, so als würde er eine Dichteranekdote im Unterricht erzählen. Als seine Mutter mit ihm schwanger gewesen sei, habe sein Vater Clive ein Verhältnis mit Tante Virginia gehabt. Nach seiner Geburt habe sich seine Mutter Vanessa Roger Fry als Geliebten genommen und Clive ermutigt, mit ihren Freundinnen anzubändeln. Sein Vater habe sich darauf mit dieser oder jener in Paris oder London herumgetrieben. Vanessa jedoch habe ihm zu Hause immer ein Schlafzimmer, ein Studio und ein Wohnzimmer bereitgehalten, die mit ihren Wandgemälden dekoriert waren. Sie kümmerten sich umeinander und blieben immer noch Mann und Frau. Mutters Dauerlebensgefährte Duncan Grant sei bisexuell, fuhr Julian fort. Wenn sein Freund kam, schlief er mit seinem Freund, wenn keiner kam, schlief er mit Vanessa. Julian habe zwei Geschwister, Quentin und Angelica, aber Angelica sei die Tochter von Duncan und nicht von Clive.

»Und sie machen einander keine Szenen?« fragte Lin ungläubig.

Als seine Mutter entdeckt habe, daß ihre jüngere Schwester und ihr Mann eine Affäre hatten, habe sie lediglich gemeint: »Die beiden sind die liebsten Menschen in meinem Leben, und daran wird sich auch jetzt nichts ändern.« Clive brachte oft seine Freundinnen mit, um sie Vanessa vorzustellen, und Vanessas Freunde haben sich auch immer gut mit Clive verstanden. Roger und Clive zum Beispiel seien seit eh und je die besten Freunde gewesen. Vaters Theorie zur modernen Ästhetik und Kultur etwa sei von Roger Fry überarbeitet worden und sei nun auch als »Bell-Fry-Theorie« bekannt. Vanessa und Virginia waren nicht zuletzt Geschwister im Geiste, mit ihrem Charme und ihrer Intelligenz bildeten sie das Zentrum des Bloomsbury-Kreises. Es ging ihnen nicht um die Männer oder um das Geschlechtliche – allerdings, hielt Julian inne, könne man ebensogut sagen, daß es ihnen ausschließlich darum ging. In seiner Familie gebe es also keine plumpe Eifersucht. Von klein auf sei ihm der Anblick von nackten Männern und Frauen vertraut gewesen. Duncan liebte es, männliche Körper zu malen. Manchmal habe er sie in akrobatischen erotischen Stellungen arrangiert, und während Duncan malte, habe seine Mutter daneben gestanden und den Anblick genossen.

Julian kam immer mehr ins Reden. Voller Stolz sprach er von seiner Familie, ihren anti-viktorianischen Idealen und ihrer freizügigen Sexualität. Lin hörte sich seine detaillierten Schilderungen an und hielt verlegen den Kopf gesenkt. Im Kerzenschein schimmerte ihr Haar tiefschwarz. Unter ihrem Fransenpony schaute sie auf das Tischtuch, wo die geschnitzten Eßstäbchen aus Horn neben der Brille lagen. Lin war deutlich erregt und wußte nicht, wohin sie mit ihren Händen sollte. Nervös hob sie

sie von ihren Beinen auf den Tisch und legte sie wieder zurück.

»Und was ist mit dir, Maizi bucuo?« sagte Julian.

Lin hob erstaunt den Kopf und sah ihn an. Sie war sichtlich überrascht, den hiesigen Dialekt zu hören, stärker noch war ihre Verlegenheit. Julian hielt es nicht mehr auf seinem Stuhl. Er hatte sich an seinem eigenen Bericht über das süße Leben in Bloomsbury ebenso berauscht wie an ihrer sichtlichen Erregung. Impulsiv, wie er war, stand er auf, ging um den Tisch herum und zog sie in seine Arme. Sie wehrte sich kaum.

Sein Gesicht berührte ihre brennend heiße Wange. Er küßte ihren Hals, ihr Antlitz, suchte nach ihren Lippen. Seine Hände fuhren von ihrer Taille bis zu ihren Schultern empor, um zu ihren Brüsten zu wandern. Ihre aufgerichteten Brustwarzen zeichneten sich unter dem hauchdünnen Kleid ab und machten ihn rasen. Auch Lin brannte vor atemlosem Begehren.

Das Zimmer war groß, und nur der Eßtisch wurde von den Kerzen und der Lampe beleuchtet. In stiller Verabredung rückten sie an die Wand und in die Ecke, wo das Licht schwächer wurde. Lins Lippen berührten jetzt sein Gesicht. Ihre Hände hingen nicht mehr untätig herunter, sondern umfaßten seine Hüften mit leichtem Druck. Beinahe unbewußt führte Julian ihre Hand zu seinem aufgerichteten Glied.

Mit einemmal sprang Lin weg, weiß im Gesicht. Sie stützte ihre Hand auf einen Stuhlrücken und sah Julian verschreckt an. »Was soll das?« keuchte sie.

Julian wußte nicht, was sie meinte. War er zu direkt und ließ den nötigen Anstand vermissen, oder hatte sie seine Erregung so erschreckt? Sie zitterte vor Bestürzung: »Das ist nicht mehr menschlich!«

KAPITEL 4

Als Julian aufwachte, sah er, daß es schon nach zehn war. Er hatte vergessen, seine Tür zu schließen. Von unten drangen die Stimmen der Diener herauf. Das Chinesisch der Frauen war ein Singsang, es klang wie Vogelgezwitscher, wogegen die Männer wie wilde Tiere grollten und brüllten. Julian wurde klar, daß es der örtliche Dialekt war, den die Diener da sprachen. Er unterschied sich stark von Lins sanftem Pekinger Hochchinesisch – wenn Julian auch beides nicht verstand. Er zog den Vorhang auf und wurde von der strahlenden Sonne geblendet. Er bemerkte, daß er noch die völlig zerknitterten Kleider vom Vortag trug.

Unten an der Treppe standen Hexer und Wühlmaus und starrten ganz ratlos auf ein großes Grammophon. Der Hexer hob den Kopf und sah ihn an. Das habe die Frau Dekan bringen lassen, es sei für Herrn Professor Bell, erklärte er. Gestern abend, als der Herr Professor gegangen sei, habe sie vergessen, es einem Diener mitzugeben.

Julian ließ den Hexer das Grammophon und eine Lackschachtel mit einem Stapel Schallplatten hinauftragen. Er wählte eine chinesische Scheibe aus und legte sie auf. Zum typischen Klagen der zweisaitigen Erhu wusch und kämmte er sich; Hemd und Unterwäsche lagen gebügelt bereit. Hörner und Trompeten mischten sich in das Gefiedel. Julian war überhaupt nicht nach Frühstück zumute, es würde ja gleich wieder Mittagessen geben, also fiel er aufs Bett zurück. Die Musik erinnerte ihn an die vergangene Nacht. Sein Herz schlug schneller, und in seiner Körpermitte begann es zu kribbeln. Er mußte dem Drang widerstehen, die Hose aufzuknöpfen.

Gestern abend war der von Cheng geschickte Diener gerade rechtzeitig zurückgekommen, um Lin und Julian aus ihrer Verlegenheit zu befreien. Die Studenten seien weich geworden, berichtete er, und hätten ihre Forderungen zurückgeschraubt. Madame brauche sich keine Sorgen zu machen. Julian nahm die Gelegenheit wahr, sagte gute Nacht und floh. Zu Hause öffnete er sofort eine Flasche Scotch und legte sich ins Bett. Nur der Mond und die Schatten der Berge waren seine Zeugen.

Einsam und schmerzerfüllt sang die Erhu. Er wünschte sich, daß dieses seltsame Gewimmer möglichst bald aufhöre oder wenigstens nicht so eintönig dahingleite.

Er hatte noch nie Probleme mit Frauen gehabt. Liebeskummer kam bei ihm gar nicht erst auf, im entscheidenden Moment ließ er sie fallen. Seine erste Beziehung ging er im dritten Collegejahr ein. Es kostete ihn mehrere schlaflose Nächte, das Mädchen ins Bett zu bekommen, aber dann war es gar nicht mehr so schwer. Die körperliche Liebe, das wurde ihm schnell klar, zerstörte jegliches Geheimnis. Nach dieser Erfahrung wußte er: Bevor man gemeinsam ins Bett sprang, waren die Männer schlichtweg unzurechnungsfähig, die Hormone vernebelten ihr Urteilsvermögen.

Er war nicht jedesmal bei klarem Verstand, doch er bekam seine Gefühle im Lauf der Zeit immer besser unter Kontrolle. Das erste Mal dauerte es am längsten, weil er dem Mädchen nachlief. Später war es fast immer umgekehrt. Nach und nach lernte er, die Frauen ohne Reue zu verlassen.

Daß er seine Zuneigung zu einer Frau nie lange aufrechterhalten konnte, lag vermutlich weniger daran, daß er die Abwechslung suchte. Schuld war vielmehr das intensive Verhältnis zu seiner Mutter Vanessa. Julian kannte keine Frau, die sich an Intelligenz und Talent mit ihr messen konnte. Auch ihre Schönheit war unübertroffen. Er erinnerte sich noch ganz genau, wie atemberaubend sie vor zwanzig Jahren ausgesehen hatte. Vielleicht gab es keine zweite Frau wie sie.

Sein Bruder Quentin hielt sein Liebesleben immer im verborgenen. Bei Julian jedoch endete jede Affäre in einem großen Krach, so daß es schließlich die ganze Stadt wußte. Dabei wollte er gar kein Aufsehen erregen und wußte selbst nicht, wie es immer dazu kam.

Wie jedesmal, wenn er seine Gedanken ordnen wollte, schrieb er an Vanessa. In seinen Briefen hatte er immer auch über sein Liebesleben berichtet. Er war so offen und detailfreudig, daß andere Leute beim Lesen mitunter peinlich berührt waren, aber Julian und seine Mutter fanden es ganz selbstverständlich. Mit seiner ersten Affäre vertraute er sich ihr an, und sie war sehr gerührt und sah darin einen Beweis ihrer tiefen gegenseitigen Zuneigung.

Seit er denken konnte, redeten seine Mutter und seine Tante vor ihrer Anhängerschaft, die im wesentlichen aus gelehrten Männern bestand, völlig ungezwungen von »Sex«, »fleischlicher Lust«, »Orgasmen« und »erigierten Gliedern«, als ginge es um den Haushalt. Diese oder jene sexuelle Leistung beurteilten sie wie eine Ballettvorstellung. Seine Mutter hatte einmal erzählt, wie das offene Reden über Sexualität seinen Ausgang nahm: An einem Frühlingsabend im Jahr von Julians Geburt saßen Virginia und Vanessa im Wohnzimmer und stritten sich; es war eine verfahrene Situation. Unbemerkt war der Historiker Lytton Strachey hereingekommen. Er zeigte auf einen Fleck an Vanessas weißem Kleid und fragte: »Sperma?«

Darauf brachen die beiden Frauen in lautes Gelächter

aus. Mit diesem einen Wort löste sich all ihr Groll in Wohlgefallen auf, und von diesem Tag an redeten sie über geschlechtliche Befriedigung genauso offen wie über das Wesen der Schönheit in der Kunst. Sie verwandelten sich in Menschen, die alle künstlichen Hemmungen ablegten und ihre Bedürfnisse frei auslebten.

Julian hielt inne. Diesmal stockte sein Stift auf dem Papier. Eigentlich müßte er ihr von Lin schreiben, müßte ihr mitteilen, daß er sie berührt, ihre festen Brüste gespürt hatte, wenn er auch noch nicht unter ihre Kleider vorgedrungen war. Doch er fand nicht die richtigen Worte. Seine Gefühle für Lin waren mehr als nur körperlicher Natur. »Bin ich etwa in sie verliebt?« fragte sich Julian, nur um gleich darauf aufzulachen. Er hatte sich noch nie so richtig in irgendeine Frau verliebt. Diese verdammte chinesische Musik war viel zu gefühlvoll und machte ihn unnötig sentimental.

Vierzehn Tage brauchte ein Brief nach London mit der Transsibirischen Eisenbahn, bis eine Antwort kam, verging also mehr als ein Monat; mit dem Schiff dauerte es noch länger, aber die Fracht war wohl etwas sicherer. Also schickte er jede Woche zwei Briefe an seine Mutter, einen per Bahn und einen auf dem Seeweg. Daß Vanessa so weit entfernt war, verunsicherte ihn und schwächte sein Urteilsvermögen. Freilich hatte sie ihm niemals geraten, was er tun sollte, sondern ihn nur ermuntert. »Sehr interessant«, pflegte sie zu sagen, »möchte die junge Dame gerne mal kennenlernen«, oder auch: »Wenn sie wirklich so schön ist, wird sie gleich als Modell verwendet.« Aber hier in Wuhan fehlten ihm diese kleinen Reaktionen – wie sollte er sich also verhalten?

Er stellte das Grammophon ab. Sein Herz schlug ruhiger, und er konnte wieder klarer denken. Lin gefiel ihm einfach, das war alles. Er war dabei gewesen, sie zu verführen, aber lediglich aus Neugier; er wollte eben wissen, wie es sich mit einer Asiatin anfühlte.

Sie war eine namhafte Schriftstellerin, hatte Prestige und war mit einem Gelehrten verheiratet. Beide spielten wichtige Rollen in der chinesischen Geisteswelt, besonders in der Neumondgesellschaft. Von außen betrachtet, war ihre achtjährige Ehe intakt, und auf den äußeren Schein kam es doch an, besonders in China. Welches Recht nahm er sich heraus, diese Ehe zu zerstören? Er konnte und wollte sie ja schließlich nicht heiraten, und selbst wenn, dann wäre sie bestimmt nicht glücklicher als im Moment. Welchen Grund hatte er also, ihr offenbar erfülltes Leben zu ruinieren?

Es war die reine sexuelle Neugier, gestand Julian sich ein. Doch wenn das alles war, dann könnte er sich doch genausogut eine Konkubine suchen. Diese Feststellung beruhigte ihn augenblicklich.

Julian hatte inzwischen an die dreihundert chinesische Zeichen gelernt, er verstand das gesprochene Chinesisch schon etwas besser und beherrschte bereits einige der gebräuchlichsten Wendungen – er konnte sagen, was ihm schmeckte und gefiel. Außerdem hatte er den Umgang mit dem Pinsel gelernt. Er liebte es, ihn langsam in die Tusche zu tunken und irgendein Zeichen zu malen; er fand ein jedes unsagbar schön. Die Schönheit der Schrift und die Verlockung der Frauen waren für Julian ein und dasselbe. Man erfaßte die Konturen und spürte umgehend ein starkes Verlangen.

Julian ermahnte sich, daß es Zeit zur Vorbereitung des Unterrichts war. Er wollte über das »wahre Moderne« in der Literatur sprechen, insbesondere über die ästhetische Theorie seiner beiden Väter Bell und Fry. Aber dann fragte er sich, ob die chinesischen Studenten schon den

Vorrang der Form vor dem Inhalt akzeptieren könnten, und beschloß, diesen Teil vorerst zu überspringen. Sein ursprünglicher Lehrplan sah als nächstes zeitgenössische englische Gedichte vor. Von zu Hause hatte er »The Waste Land« von Eliot mitgebracht und sogar Pounds »Cantos«. Doch diese Bombe wollte er jetzt noch nicht zünden. Er dachte nach und entschied sich für das einfachere »The Love Song of J. Alfred Prufrock« von Eliot.

Julian stand am Katheder und ließ seinen Blick über die Sitzreihe schweifen, in der für gewöhnlich die Studentinnen Platz nahmen. Lin fehlte. Sie hatte bereits mehrere Stunden verpaßt. Er begann seinen Vortrag, indem er fragte, wer dieser überempfindsame, feige und ängstliche Prufrock sei. Was war das für ein Mensch, der die Bedeutungslosigkeit seines eigenen Lebens kaum ertragen konnte und doch gleichzeitig befürchtete, es zu verschwenden? Und warum fürchtete er sich derartig vor der Liebe? Julian zitierte zwei Zeilen des Gedichts:

> Dann laß uns ausgehen, nur wir zwei,
> Denn der Abend liegt vorm Himmel frei ...

Als er geendet hatte, sah er, daß Lin sich auf leisen Sohlen hereinschlich. In der Hand hielt sie einen der Abzüge, die er vorab hatte anfertigen lassen. Sie mußte die beiden Zeilen und einen Teil seines Vortrags gehört haben. Würde sie denken, daß er von ihr oder von sich sprach?

Während Julian das Gedicht weiter analysierte, berührte es ihn zum ersten Mal. Früher hatte ihn Eliot nicht groß beeindruckt, was zum Teil natürlich daran lag, daß er sich zeit seines Lebens von den etablierten Meistern, von der ganzen Generation seiner Eltern und ihrer Freunde emanzipieren wollte. Jetzt allerdings war er überwältigt von Eliots erstem veröffentlichtem Gedicht.

Die Grundproblematik der zivilisierten Gesellschaft lag hier offen zutage.

»Hab ich den Mut, das Universum zu stören?« Genau das dachte er, während er Eliots Zeile las. »In einer Minute sich zu entscheiden, zu widerrufen, in einer Minute zurückzukehren.« Julian kam es vor, als handle das Gedicht von Lin und ihm.

Ich bin ja schon mit ihr bekannt, sagte er sich, sie bedeutet mir sehr viel, aber dennoch wage ich mich nicht näher an sie heran. Werde ich jetzt zu einem dieser Kleinbürger, die sich nicht trauen, gesellschaftliche Konventionen zu durchbrechen? Ich habe ja nicht die Absicht, vor der Welt zu kapitulieren, warum fürchte ich mich dann vor mir selbst? Unbarmherzig nahm er diesen Prufrock auseinander, zu dem er beinahe selbst geworden wäre, hier in der Klasse vor Lin.

Nach dem Läuten verließen die Studenten nacheinander den Saal, die Taschen auf dem Rücken, Notizhefte unter dem Arm. Lin war mitten unter ihnen. Er stürmte zur Tür, doch er fand sie nicht. Er hatte sie zwar hereinkommen sehen, dann aber nicht mehr wahrgenommen, wo sie saß. Wie war das möglich? Konnte sie direkt vor seinen Augen verschwinden?

Er hätte sie sicher erwischen können, wenn er durch den überfüllten Korridor gerannt wäre, aber das entsprach nicht dem Benehmen einer Lehrkraft. Julian fühlte sich plötzlich alt.

Um sich abzulenken, fuhr er nach Hankou, in diese quirlige Stadt auf der anderen Seite des Jangtse. Mit dem Bus brauchte man zwar auch nur zwanzig Minuten zum Ufer, aber Julian nahm ein Taxi. Während der Fahrt sah er seinen Diener Wühlmaus mit allerlei Einkaufstaschen am Straßenrand sitzen. Er ließ das Taxi anhalten.

Wühlmaus redete dort mit einem Alten, der auf einem Schemel hockte. Der Hexer hielt daheim die Stellung, die Wühlmaus wieselte draußen herum. Sollten sie tun, was sie wollten; Julian war es gleichgültig. Dennoch wollte er wissen, was Wühlmaus und der Alte so ernsthaft miteinander besprachen. Der Alte sah mit seinem weißen Bart und der zerlumpten Robe wie ein Wahrsager aus. Die beiden drehten die Köpfe und sahen ihn an. Wühlmaus brummelte irgend etwas zur Erklärung. Der Alte unterbrach ihn und überschüttete ihn mit einem Wortschwall. Der kroch aus dem Taxi und fragte, was der Alte da erzähle, doch Wühlmaus rückte nicht mit der Sprache heraus.

»Sag es, ohne Rücksicht, keine Sorge!« ermunterte ihn Julian.

Wühlmaus behauptete, er könne es nicht übersetzen.

Daraufhin verlangte Julian eine grobe Zusammenfassung, denn er war sich sicher, daß der Alte sein Schicksal voraussagte. Er legte eine Handvoll Münzen in den Teller vor dem Schemel. Der Alte plapperte wieder los, hielt dann inne und klopfte sich mit einer Hand aufs Knie, als gäbe es noch mehr zu sagen.

Wühlmaus mußte wohl oder übel reden. Der Meister sage, der Herr sei zwar Ausländer, aber doch ein vernünftiger Mensch, übersetzte er. Der Herr habe breite Augenbrauen, dicke Ohren, rote Lippen und eine lange gerade Nase, das deute auf Reichtum hin, seine Familie sei sicherlich begütert.

»Shuo xia qu!« verlangte Julian. »Weiter!«

Wühlmaus piepste und quietschte, sein Englisch wurde immer unverständlicher, so daß er nur mehr ein paar Brocken aufschnappte:

»Aber Gesichtshaut ist angespannt, Ohrläppchen hängen nicht lang herunter, Stirnfalten zu tief. Müssen allein bleiben, verletzen Weib und Tochter nicht, aber – «

»Hao! Gut, gut! Mach weiter, sag mir die Wahrheit!« Julian wurde immer neugieriger.

»Glauben Sie nicht, Herr, ist nur chinesischer Aberglaube, wer nicht glaubt, dem nichts tut!« erwiderte Wühlmaus.

»Warum denn nicht? Ich glaub es schon.« Julians Mundwinkel zuckten spöttisch.

Wühlmaus suchte noch einige Ausflüchte und lief dann einfach davon, trotz seiner vielen Taschen flink wie ein Wiesel. Als Julian sich umdrehte, war der Alte ebenfalls verschwunden, mitsamt seinem Schemel und den Kupfermünzen im Teller. Der Wahrsager fürchtete wohl, wegen eines Ausländers in Schwierigkeiten zu geraten. Er hatte ja selbst ein hartes Schicksal, warum sollte er sich darum kümmern, was anderen Leuten bevorstand?

Es gab zuviel Aberglauben in China, fand Julian. Wühlmaus hatte ihm vor ein paar Tagen sehr furchtsam berichtet, daß der Pfirsichbaum im Garten wieder Blüten treibe. Julian fragte natürlich, was das bedeutete. Darauf reagierte Wühlmaus ausweichend. Es sei doch Herbst, daher müsse die Pfirsichblüte ein Omen sein, aber was genau dahinterstecke, sei ihm auch nicht klar. Wenn er nicht wußte, was es bedeutete, warum fürchtete er sich dann!

Der Aberglaube, so schien es Julian, war wie ein Fluch für die einfachen Chinesen. Dennoch hinderte er sie nicht an der Revolution. Julian fragte sich, ob es da eine Verbindung gab.

Die Ausländer verkehrten in den Bars und Clubs der ehemaligen Konzessionen in Hankou, dort konnte man natürlich erfahren, was gerade in Europa los war. Aber Julian wollte einen Schreibtisch kaufen, wie ihn Lin besaß, also suchte er erst einmal nach einem Möbelgeschäft.

Der seltsam geformte Tisch fiel ihm sofort ins Auge, als er eintrat. Er war sehr groß, sah von der Seite wie ein altes Schiff aus und war, abgesehen von der Arbeitsfläche, überall von Rosenschnitzereien verziert. Dazu gehörte ein Stuhl mit hoher Lehne im gleichen Stil. Die beiden Stücke stammten aus dem Haushalt eines Prinzen aus der Ming-Dynastie, erklärte ihm der Ladenbesitzer. Manche der Möbel seien in Kriegswirren und sonstigen Katastrophen zerstört worden, aber einige wenige hätten im Volk verstreut überdauert. Der Antiquar trug eine schöne Robe, und sein Englisch war ganz passabel. Die seriösen Geschäftsleute in Hankou konnten meistens Englisch. Ein Bein sei etwas beschädigt, räumte der Mann ein, deshalb sei der Preis so niedrig. Julian hatte es noch gar nicht bemerkt. Die Reparatur werde selbstverständlich prompt und kostenlos in diesem bescheidenen Laden durchgeführt. Julian verstand nicht recht, warum der Ladeninhaber so ehrlich war. Doch da Tisch und Stuhl nur zwanzig Dollar kosteten, hinterließ er seine Adresse, und der Mann versprach, daß die Ware innerhalb einer Woche ins Haus geliefert werde.

Julian war richtig froh über seinen Kauf. Später würde er die Sachen mit nach Hause nehmen, und Mama würde sicher vor Freude überschäumen. Ob der Tisch nun ein originales Ming-Stück war, kümmerte Julian nicht weiter. Auf jeden Fall war er originell und würde der Omega-Werkstatt in Bloomsbury als wunderbare Inspiration dienen. Der schlichte rötlich-schwarze Glanz paßte ideal zu den nackten Frauen in Mamas Wandgemälden. Außerdem sah er in dem Schiff sein ruheloses Wesen symbolisiert.

Er ging noch in eine Reihe anderer Läden, ließ einen Schneider Maß nehmen und wählte den Stoff für eine von diesen Roben aus. Außerdem kaufte er ein Paar

Blumenvasen. Auf der einen waren Männer dargestellt, die sich bückten, um Reis zu pflanzen. Die andere Vase zeigte zwei Töchter aus reichem Haus, die mit einem Lächeln auf den Lippen unter blühenden Bäumen standen. Die Frauen in altchinesischer Tracht waren wie üblich gertenschlank und zart gemalt, im Gesicht sahen sie aber ein bißchen wie Vanessa und Tante Virginia aus. Als sich Julian angesichts dessen überrascht zeigte, erklärte ihm der Verkäufer, daß dieses Porzellan im vorigen Jahrhundert speziell für Kunden aus dem westlichen Ausland angefertigt worden sei.

Auf der Straße sprachen ihn drei Ausländer an. Sie hatten, ganz wie er selbst, europäische Gesichtszüge und helles Haar. Sie sprachen Englisch mit deutschem Akzent und wollten etwas mit ihm trinken gehen.

Es waren tatsächlich deutsche Geschäftsleute. Einer von ihnen, ein Brillenträger, fragte Julian, ob er schon im »Imperial Red House« gewesen sei. Als er verneinte, zeigte sich der Deutsche erstaunt: Dann sei er ja ganz umsonst nach Wuhan gekommen; im »Imperial Red House« gebe es schließlich die geilsten russischen Kätzchen.

Das Eingangstor zum »Imperial« war ziemlich klein und schlecht beleuchtet. Man sah nicht viel beim Eintreten, wahrscheinlich war das Absicht. Das Etablissement war groß und in viele Räume unterteilt. Es glich weder einem französischen Café noch einem englischen Pub. Sie setzten sich an die Bar und wurden tatsächlich von leichtbekleideten russischen Mädchen bedient. Ihre Brüste waren künstlich hochgedrückt, die Taillen eng geschnürt, und die Röcke endeten weit über dem Knie. Offensichtlich versuchten sie, die Barmädchen aus dem Film »Der Blaue Engel« nachzuahmen.

Julian bestellte Brandy und fühlte sich schnell wohl.

Hier ging es ganz wie in Europa zu. Obwohl es noch nicht Abend war, herrschte ein ständiges Kommen und Gehen, und als Westeuropäer wurde man hier gleich wie ein alter Bekannter behandelt.

Die Deutschen klärten ihn, den Neuling, über Wuhan auf. Der Glanz und Reichtum der Stadt komme aus dem Westen. Hafenanlagen, Eisenbahn, Straßen, Krankenhäuser und Fabriken seien samt und sonders von Europäern gebaut worden. Die undankbaren Schlitzaugen allerdings hätten schon im Zuge des Ersten Weltkriegs die deutschen und russischen Konzessionen kassiert. Dann, vor acht Jahren, sei ihnen die Revolution zu Kopf gestiegen und bewaffnete Arbeiter hätten das Territorium der Engländer besetzt, um die Souveränität über die Verwaltung wiederzugewinnen. Die Konzessionen von Shanghai dienten nunmehr den Kommunisten als Zufluchtsorte und Basisstationen. »Ohne uns wären sie alle arbeitslose Habenichtse«, schlossen die Deutschen.

Julian sagte nichts dazu, denn ihn hatten schließlich Chinesen angestellt.

Schwere Vorhänge aus violettem Samt ließen kein Tageslicht in die Bar dringen. Ein vielsprachiges Stimmengewirr mischte sich in den Dunst des Branntweins.

»Wie viele gelbe Medaillen hast du in den letzten Tagen gewonnen?« fragte ein großer fetter Kerl mit südeuropäischem Aussehen und schob sich an die Bar.

»Hab mich wieder verzählt«, antwortete sein Geschäftsfreund in einem aufdringlichen Yorkshire-Dialekt und fügte prahlerisch hinzu: »In der Tabakfabrik rennen zu viele schlitzäugige Weiber herum.«

Julian wurde klar, daß die Männer über ihre sexuellen Abenteuer mit den Fabrikarbeiterinnen redeten. Er bestellte ein Glas nach dem anderen und spürte durchaus die Wirkung des Alkohols. Doch während die übrigen

Gäste zusehends in Stimmung kamen und von ihren Heldentaten schwadronierten, wurde er immer nüchterner. Der Tabakfabrikant brüstete sich damit, fünf chinesische Jungfrauen in einer Nacht abgefertigt zu haben, und erntete darauf großes Gelächter. Julian war über die Menschenverachtung dieser primitiven Kolonialisten entsetzt.

Eine Russin, wahrscheinlich die Wirtin, sah Julians schockierten Gesichtsausdruck. Sie flüsterte ihm ins Ohr: »Um diese Idioten brauchen Sie sich nicht zu kümmern. Sie haben bessere Gesellschaft verdient. Lassen Sie mich Ihnen Anna vorstellen.« Julian wich etwas zur Seite und sah, daß der Rücken der Wirtin völlig nackt war. Sie war viel zu stark geschminkt und hatte sich über und über mit Schmuck behängt. Das etwa zwanzigjährige Mädchen hinter ihr sah sehr gut aus, wirkte jedoch etwas melancholisch.

»Anna ist die Tocher von Graf Wassilij«, sagte die Wirtin. »Sie ist die Tangoprinzessin von Hankou. Alle wollen es von ihr lernen.«

Julian küßte den beiden Russinnen die Hand und erklärte, heute leider zu beschäftigt zu sein. Gern käme er aber ein anderes Mal wieder. Mit diesen Worten schob er einen Geldschein unter sein Glas und verließ das »Imperial Red House«.

Draußen stach ihm die Sonne in die Augen, so daß er sie schließen und langsam wieder öffnen mußte. Auch nachdem er sich wieder ans Tageslicht gewöhnt hatte, sah er Häuser, Straße und Passanten schief und verschwommen. Julian wunderte sich, daß so viele Leute unterwegs waren, bis er merkte, daß er in so etwas wie eine Prozession geraten war. Junge Männer und Frauen – offenbar Studenten – hielten Transparente und Schilder in die Höhe, vorne schrie jemand eine Losung.

Julian hob die Faust und brüllte mit. Auf den Schildern konnte er lediglich das Wort »Japan« ausmachen. Ihm war egal, worum es ging, er war auf jeden Fall dafür.

Plötzlich jedoch verwandelte sich die Demonstration in einen Tumult. Die vorderen Reihen stockten, und viele machten panisch kehrt. Obwohl einige Studenten einfach stehenblieben, leerte sich die Straße in kürzester Zeit. Auch Julian blieb wie angewurzelt stehen und sah sich Hunderten von Polizisten in schwarzen Uniformen mit schwarzen Kappen und Knüppeln gegenüber.

Auf einen Befehl hin stürmten die Polizisten mit wilden Schreien heran. Sogar die standhaftesten Demonstranten, die sich in der Straßenmitte aufgebaut hatten, rannten nun davon. Julian allerdings rührte sich nicht von der Stelle. Als ihn die Polizisten erreichten, hob er bloß eine Hand, um sich zu schützen, und wiederholte abermals einen dieser unverständlichen Sätze. Der Knüppel fuhr auf seinen Kopf nieder. Ihm wurde schwarz vor Augen, und er stürzte zu Boden.

Er hatte Bettruhe verordnet bekommen. Man hatte ihn sofort ins Krankenhaus gebracht und die Platzwunde mit drei Stichen genäht. Die Studenten, die nicht schnell genug weglaufen konnten, hatte man allesamt auf die Wache gezerrt, ob sie schwer verwundet waren oder nicht. Er war mit dem Schrecken davongekommen.

Seine beiden Diener witterten ihre Chance, ihm nun ihre Fähigkeiten zu demonstrieren. Zum Frühstück tischten sie ihm sowohl Kuhmilch als auch Sojamilch mit gefüllten Hefeklößchen auf; dazu gab es pochierte Eier in Reiswein. Das Mittagessen bestand aus zwei Gängen und einer Suppe. Auch am Nachmittag bereiteten sie eine klare Suppe mit kandierten Lotuskernen, Shrimps-Teigtaschen oder ähnlichem zu. Am Abend servierten sie große Portionen Rindfleischs mit Reisnudeln und frischen Fischs. Um die Diener nicht zu enttäuschen, probierte Julian von allem. Doch er verspürte keinen Appetit; alles, wonach er sich sehnte, war Ruhe. Falls er etwas benötige, würde er läuten, ließ er sie wissen.

Hexer und Wühlmaus blickten unterwürfig drein, schließlich hatte er an einer Demonstration teilgenommen und sich sogar mit Polizisten geprügelt.

Als die Vasen und Möbel aus Hankou geliefert wurden, befahl er den beiden, sie irgendwo unten im Wohnzimmer aufzustellen. Nur den Schreibtisch und den Stuhl ließ er sich ins Schlafzimmer herauftragen.

Er wußte sehr wohl, wie es um seinen Heldenmut bestellt war. Er war nicht heroisch, sondern lediglich unvorsichtig gewesen. Und auch wenn der knüppelschwingende Beamte seinen Arm nicht mehr zurückhalten konnte, als er erkannte, daß Julian ein Ausländer war, so hatte er doch offenbar weniger fest zugeschlagen. Wenn seine Wunde mit zehn Stichen hätte genäht werden müssen und er zuvor noch stundenlang mit bluttriefendem Kopf verhört worden wäre wie die anderen Demonstranten, dann könnte man vielleicht von Heldenmut sprechen. Doch so kam ihm der Verband um seine Stirn gar nicht mehr echt vor.

Während er seinen trüben Gedanken nachhing, hörte er ganz leise Schritte auf der Treppe, die vor seiner Tür innehielten. Hexer und Wühlmaus konnten es nicht sein, die würden seinen Wunsch nach Ruhe nicht mißachten. Julian spitzte die Ohren. Einen Moment lang war es still, dann klopfte es.

Er reagierte nicht sofort, sein Herz schlug wild. Er meinte, sie vergessen zu haben, doch in diesem Moment wurde ihm klar, daß das Gegenteil der Fall war. Er hatte sich nach ihr gesehnt, und nun kam sie.

Die Tür ging auf.

Zuerst sah er nur ihre Hand, um deren Gelenk ein Reif aus grün-rot gemusterter Jade lag. Ihre zarten Finger ruhten auf der Türklinke. Dann erblickte er ihre Füße, die in flachen blausamtenen Schuhen steckten, und endlich kam ihre ganze Gestalt zum Vorschein. Über einer weit geschnittenen Hose trug sie eine kurze enganliegende Bluse. Ihr Haar war zu einem schlichten Zopf geflochten. Sie glich dem Porträt einer Palastdame. Es war eine neue Lin, die da in prächtigem Blau und Türkis zu ihm kam. Sie hatte sich extra für ihn so zurechtgemacht, er war baß erstaunt. Hinter ihren Ponyfransen verbarg sich sicher eine hohe Stirn. Er liebte Frauen, die wie Mama und Tante Virginia eine hohe Stirn hatten.

Sie trat ins Zimmer, stellte sich an das Kopfende seines Bettes und schwieg. Julian spürte, wie ihm eine Last von der Brust fiel. Mit einemmal atmete er frei.

Sie ging zum Fenster und zog den Vorhang halb zu, damit die Sonne ihn nicht blendete.

Julian zeigte sein gewohnt spöttisches Lächeln, während Lin näher kam und zurück lächelte, wie er zufrieden bemerkte. Jetzt, wo sie da war, hatte er keinen Grund mehr zum Trübsinn.

Sie setzte sich ans Bett und musterte ihn von oben bis unten. Ihm fiel auf, daß sie ihre Brille in den Fingern hielt. Als er ihr ins Gesicht sah, stand sie plötzlich auf und ging hinüber, um seinen bootsartigen Schreibtisch zu begutachten. Ihm war, als ob ihre Augen feucht wurden.

Lin war nicht nur kurz zu Besuch gekommen, das spürte er; sie würde lange bleiben. Seine Verletzung war ein guter Vorwand. Sie fuhr ihm über die Stirn, strich an der kleinen Wunde unter dem Mull entlang, bevor sie leise sagte: »Du hast noch ein bißchen Fieber.«

Julian wollte etwas erwidern, aber Lin legte ihren Finger an seine Lippen, um ihn dann an ihren eigenen Mund zu führen, fast so wie Mama, als sie ihn früher zu Bett brachte. Dann ließ sie die Diener eine Hühnersuppe mit roten Datteln heraufbringen und sah ihm beim Essen zu.

Lin bei sich zu haben war so schön. Eigentlich brauchte er gar nicht viel, nur etwas Frieden und Wärme. Er war satt und etwas wirr im Kopf. Erstmals seit Tagen ließ die Anspannung nach, Julian schloß die Augen und sank augenblicklich in einen tiefen und zufriedenen Schlaf.

Plötzlich hörte er einen Laut und wachte auf. Lin stand vorm Fenster und wirkte sehr wütend.

Ich muß träumen, dachte Julian. Er sammelte sich, bis der Schlaf verflogen war. Es war kein Traum: Lin stand leibhaftig in seinem Zimmer und hielt wütend einige beschriebene Seiten in der Hand. Jetzt fiel ihm ein, daß er vor dem Zusammenstoß mit den Polizisten an seine Mutter geschrieben hatte. Der unfertige Brief hatte auf der Kommode gelegen.

Lin fragte mit zitternder Stimme: »Wer ist K?«

Julian setzte sich mühevoll im Bett auf, um besser reden zu können. »Das sind private Briefe. Bitte lies sie nicht.«

Er hielt inne und bemerkte, daß Lin auf seinen Protest nicht reagierte. »Also gut, ich werde es dir verraten: K ist eine Seriennummer.«

Lin hielt immer noch den Brief in der Hand, sie wollte ihn offenbar um keinen Preis zurücklegen. Ihm war, als könne sie in seinen Augen lesen, was er damit gemeint hatte: »K steht also für die Elf. Deine elfte was? Und wer ist das?«

Julian wollte die Situation schnell klären und sagte: »K ist niemand anderes als du.«

Lin sah nun noch überraschter aus.

Sie schaute noch einmal kurz auf den Brief, las eine Zeile und legte ihn wieder auf die Kommode. Ihre Stimme zitterte vor Wut. »Ich? Deine elfte Geliebte? Wir haben schon eine Affäre?« Vor Aufregung brachte sie keinen vollständigen englischen Satz zustande. »Absurd! Unbegreiflich! Lüge!«

Julian wurde erst in diesem Moment bewußt, wie sehr sein beiläufig hingeschriebener Satz, er habe schon eine Affäre mit K, Lin getroffen hatte. Jedes seiner banalen Worte hatte ihr einen Stich versetzt. Sie war die elfte, bereits im Alter von siebenundzwanzig Jahren hatte er zehn Frauen verführt! In ihren Augen mußte er absolut schamlos wirken.

Allein das Wort »Affäre« ertrug sie nicht, noch schlimmer klang das »schon« in ihren Ohren.

Sie war kreidebleich. »Sie und ich haben schon eine Affäre?«

Julian gab zu, daß er beim Schreiben etwas übertrieben habe, es sei mit ihm durchgegangen. Er habe seine Mutter lediglich wissen lassen wollen, daß in China alles in Ordnung sei und nach Wunsch verlaufe. Er habe angenommen, daß er innerhalb weniger Tage ans Ziel gelangen werde, zumindest bis der Brief in England eingetroffen sei.

»Wenn du jetzt zu mir ins Bett kommst, ist es dann nicht ›schon‹ wahr?« Julian rückte ein Stück beiseite; diese Schocktherapie half für gewöhnlich bei zornigen Frauen.

»Sie haben überhaupt kein Schamgefühl!« brüllte sie.

Mit sanfter Stimme entgegnete ihr Julian: »Es tut mir leid, wenn ich dich verletzt habe. Glaub mir, normalerweise ist das nicht meine Art. Doch bei dir mußte ich einfach alle Scham vergessen.«

Lin nahm ihre Brille von der Kommode, hielt sie aber noch in der Hand. Ohne ein Wort zu sagen, blickte sie Julian an.

Er lächelte verhalten und sagte: »Nummer elf, du bist die letzte. Ich möchte dir beweisen, daß ich der beste und außergewöhnlichste Liebhaber der Welt bin.«

Doch das war zuviel. Ungestüm senkte sie den Kopf, setzte ihre Brille auf, wandte sich um und verließ sein Zimmer. Alles geschah so schnell, daß er es kaum begriff.

Nachdem Lin das Haus mit einem lauten Türknallen verlassen hatte, fiel er abermals in den Schlaf. Diesmal träumte er, daß er am Jangtseufer durch dichten Nebel ging. Die Fähre fuhr schon nicht mehr. An beiden Ufern standen blaugekleidete Chinesen, die geheimnisvoll lächelten und auf ihn zu warten schienen. Er wußte nicht, was sie von ihm wollten. Er wendete den Kopf und erblickte Lin hinter sich. Er ging auf sie zu, sie aber verschwand im Nebel.

Als die Nacht hereinbrach, starrte Julian aus dem Fenster und versuchte, seine wirren Gedanken zu ordnen. Der Streit mit Lin hatte sein Fieber vertrieben. Gerade fragte er sich, ob er sie jemals wiedersehen würde, da klopfte es überraschenderweise an seiner Tür. Er war völlig perplex, Lin erneut in der Tür zu sehen, bis auf eine weiße Strickjacke noch in derselben Aufmachung wie wenige Stunden zuvor. Diesmal kam sie in Begleitung ihres Mannes und gab sich, wie es sich für die Gattin des Dekans ziemte.

Professor Cheng erkundigte sich, ob es Julian bessergehe. Er habe vernommen, daß seine Verletzung zum Glück nicht sehr schwer sei. Sie hätten etwas zur Stärkung mitgebracht, das werde unten gerade von den Dienern zubereitet. »Wenn Sie etwas brauchen, lassen Sie es uns wissen. Und machen Sie sich keine Gedanken über Ihre Vorlesungen. Sie sollen erst unterrichten, wenn Sie völlig wiederhergestellt sind. Im Moment streiken die Studenten ohnehin aus Protest gegen die Niederschlagung der Demonstration.«

Cheng war sehr taktvoll und unparteiisch, er ließ sich in keine Debatte hineinziehen. Da gab es keine Spur von Tadel, keine Andeutung, daß Julian nicht nach Hankou hätte gehen und mit den Studenten demonstrieren sollen; er sagte lediglich, daß man einen direkten Konflikt mit der Polizei hätte vermeiden müssen. Julian seinerseits sah also auch keine Veranlassung, sein Handeln in irgendeiner Form zu erklären.

»Bitte seien Sie in Zukunft besonders vorsichtig. Die Universität ist für Ihre Sicherheit verantwortlich«, sagte Cheng. »Vom britischen Konsulat in Hankou ist jemand gekommen und hat sich nach Ihrem Zustand erkundigt. Man mache sich Sorgen um Sie.«

»Das Konsulat!« stöhnte Julian. Vom Konsulat hielt er sich tunlichst fern, er hatte die nicht wissen lassen, daß er sich in Wuhan aufhielt. Er war der Meinung, daß man Regierungsapparaten grundsätzlich nicht trauen konnte. Und was er später, nach seiner Zeit an der Universität, noch vorhatte, konnte keinen Beamten seiner Majestät erfreuen.

Die Diener brachten Stühle für die Gäste. Cheng nahm Platz, doch Lin setzte sich nur kurz hin, um dann wieder hinter den Stuhl zu treten. Sie sah sehr verwirrt aus. Bestimmt hatte ihr Mann sie gebeten, ihn zu begleiten, und sie hatte keine Ausrede gefunden, es nicht zu tun. Obwohl ihre Augen Julian die ganze Zeit suchten, wich sie seinen Blicken aus. Er konnte schwer beurteilen, was sie im Innersten fühlte.

Chengs ambivalente Haltung mißfiel Julian. Der Liberalismus, den die chinesischen Intellektuellen vom Westen gelernt hatten, brachte nur schöne Worte hervor und keine Taten. Chengs Gelassenheit gegenüber den japanischen Aggressoren ebenso wie Lins Zurückhaltung gegenüber der Liebe bewiesen ihm, wie unreif die Chinesen waren. Scheinbar waren sie gänzlich unfähig zu politischem Handeln. Doch das konnte er ihnen wohl beibringen, besser als alles andere. Erst dann war er die neunhundert Pfund wert, die ihm das chinesische Volk zahlte.

Es war offensichtlich, daß Lin jetzt Abstand zu ihm hielt. Doch wenn er sie nur einen Tag nicht sah, tat es Julian weh. Wer eine Chinesin liebte, mußte sie heiraten, das hatte er nur allzu deutlich begriffen. Mama würde Lin sicherlich mögen, und Lin wäre zweifellos eine gute Schwiegertochter.

Solche Gedanken jedoch waren völlig aus der Luft gegriffen. Außerdem war Lin bereits fünfunddreißig und damit acht Jahre älter als er. Seltsam, dachte er, nach westlichen Maßstäben sah Lin erst wie Anfang Zwanzig aus, sowohl ihr Gesicht als auch ihr Körper wirkten jugendlich. Verglichen mit westlichen Frauen, war sie etwas zierlicher, fast knabenhaft. Europäische Frauen jedoch verblühten viel schneller. Er rief sich einige Frauen um die Fünfunddreißig ins Gedächtnis: Um Augen und Mund und auch am Hals hatten sie tatsächlich alle Falten; die dickeren weniger, dafür saß das Fett auf ihren Hüften. Sogar die Frau von Maynard Keynes, die Ballettänzerin, hatte zugenommen.

Nun, dachte er, wenn eine Chinesin jünger als er aussah, dann war sie eben jünger. Wieso sollte man sich dann noch über ihr tatsächliches Alter Gedanken machen? Daß Lin eine verheiratete Frau war, stellte für Julian kein großes Problem dar. Das war letztlich ihre Angelegenheit; er konnte ihre Entscheidung nur akzeptieren. Er jedenfalls hatte keinerlei moralische Bedenken, mit einer verheirateten Frau eine Affäre anzufangen. Im Gegenteil: Wenn sie sich für ihn entschied und er auf einmal Skrupel wegen ihres Ehemannes bekam, dann würde er über sich ins Grübeln kommen.

KAPITEL 5

In der Nacht war ein Unwetter niedergegangen. Begleitet von grellen Blitzen, ergoß sich ein Platzregen über den Campus. Am nächsten Morgen war die Luft besonders frisch und vom hellen Gezwitscher der Vögel erfüllt.

Julian saß im Garten. Lediglich ein kleines Pflaster auf seiner Stirn zeugte noch von seiner Verletzung, und sein Gesicht hatte wieder Farbe bekommen. Er betrachtete die weißen Löwenhaar-Chrysanthemen, die nun schon seit zwei Wochen prächtig blühten, ohne daß auch nur ein Blatt welkte. Er rollte seine Ärmel und Hosenbeine hoch und nahm eine große Schere zur Hand. Er wollte den Garten ohne die Diener pflegen und schickte sie mit anderen Aufträgen weg.

Der Pflaumenbaum trug schon ganz kleine grüne Früchte, und der Pfirsichbaum daneben war tatsächlich ein Phänomen. Wühlmaus hatte recht, es war wirklich sonderbar, daß er im Herbst abermals Knospen bildete. Die Triebe kamen jedoch nicht zur Blüte, sie wurden gelb und verdorrten, ohne aufzugehen.

Regentropfen hingen in den Zweigen, die seiner Schere gleich paarweise zum Opfer fielen. Der Luojia-Berg und die Landschaft um den See wären ideal gewesen für Tschechow oder Jane Austen. Malraux oder Faulkner dagegen konnte man sich hier nicht vorstellen. Doch auch zu seinen eigenen Gedichten paßte die Szene:

> Flach auf des Flusses Spiegel liegen die roten
> Blätter des Herbstes

Ohne Wind, in treibender Ruhe rinnen sie
weiter.
Im stillen vergeht für immer die Zeit,
Nach Osten hinab in Richtung der See.
Unter dem gleichmäßig grauen Himmel
Entgleiten die Dinge.

Julian war auf den grünen Wiesen Englands aufgewachsen. Städte mochte er nicht, weder London noch Wuhan. Die urbane »Modernität« der Lyrik Eliots oder Pounds hatte er immer schon abgelehnt.

Er erinnerte sich an einen Traum aus der vergangenen Nacht. Zusammen mit seinem Bruder Quentin, der ihm als Wasserbüffel erschien, rannte er durch das weite Land. Eine Hundeschar war ihnen auf den Fersen, gefolgt von einer Gruppe besorgt rufender Menschen. Rücksichtslos trampelte er eine Hecke nieder und zertrat eine Fläche leuchtender wilder Blumen. Ob der Traum in England oder in China spielte, wußte er nicht.

Während er über den Sinn des Geschehens nachdachte, schnitt er alle knospenden Pfirsichzweige ab. Er hatte ein ganzes Bündel für die beiden großen Vasen aus dem Antiquitätenladen zusammen. Julian mußte über den idiotischen Aberglauben seines Dieners Wühlmaus lachen. Andererseits, wenn er nicht daran glaubte, warum schnitt er dann all die Blüten ab?

Julian blieb keine Zeit, nach einer Antwort zu suchen. Er spürte etwas in seinem Rücken und wußte, daß er nicht länger allein war. Langsam drehte er sich um. Lin stand vor ihm. Er hob die Schere vom Boden auf. Sie war augenscheinlich ganz erschöpft. Ihr Haar hatte sie im Nacken eingerollt, ihre entstellende Brille hatte sie abgenommen.

»Ich bin dir nicht willkommen?« fragte sie sanft.

Julian ging wortlos zurück ins Haus, Lin folgte ihm ohne Aufforderung.

Mit einer ihm selbst nicht ganz erklärlichen Wut warf Julian alle Zweige auf den Boden. Seine nackten Füße hinterließen Spuren auf dem Teppich, sie waren noch naß vom Gras. Auf der Truhe neben dem Kamin lagen einige chinesische Bücher, die er sich wegen des alten Drucks und der aufwendigen Bindung gekauft hatte. Ohne ein Wort zu verstehen, blätterte er darin herum. Er tat, als ob er in die Bücher vertieft wäre, und fragte sich, warum sie nicht näher kam. Lin jedoch machte keine Anstalten, sich von der Stelle zu bewegen. Sie wirkte wie eine aquarellfarbene Frau auf einem chinesischen Bild. Mit welchem Recht drang sie in sein Haus ein? Schließlich war er der Unruhestifter, einmal abgesehen von den Japanern. Später konnte er kaum glauben, wie eiskalt und feindselig er an diesem Vormittag zu ihr gesprochen hatte.

»Sind Sie aus einem bestimmten Grund in dieses Haus gekommen, Frau Cheng?« hörte er sich sagen.

Lin war verblüfft. Sie sah Julian an, als wollte sie etwas erwidern, drehte sich dann aber plötzlich um und eilte zur Haustür, wobei die Zweige sie fast zu Fall brachten. Die Tür schlug hinter ihr zu, daß es ihn schauderte.

Julian verspürte nun einen unglaublichen Tatendrang. Er wollte irgend etwas unternehmen, um nicht verrückt zu werden. Vielleicht sollte er sofort aufbrechen und auf die Jagd gehen. Doch er ermahnte sich, daß es besser sei, vorher noch etwas zu essen. So rief er laut nach seinen Dienern, nur um sich im selben Moment daran zu erinnern, daß er sie weggeschickt hatte.

Schnaubend ging er im Wohnzimmer auf und ab. Er dachte an seine Mutter Vanessa, die immer so gelassen war. Tante Virginia hingegen bewegte sich am Rande des

Nervenzusammenbruchs. Im Augenblick fühlte er sich so überspannt wie sie.

Nur langsam beruhigte sich Julian wieder. Es half nichts, gegen die Welt zu grollen. Er aß irgend etwas, das ihn sättigte, und nahm dann seine Flinte zur Hand. Zweige, Gras und Blätter ließ er auf dem Wohnzimmerboden liegen. Er setzte seine Kappe auf, zog die Stiefel an und warf sich den Jagdrock über die Schultern.

Als er die Haustür öffnete, bemerkte er den Nieselregen. Es war kein Tag zum Jagen. Doch was ihn bis ins Mark erschreckte, war nicht der Regen, sondern Lin. Sie stand nicht an der Tür, sondern hatte sich mit dem Rükken zu ihm auf dem schmalen Weg, der durch den Vorgarten führte, aufgestellt. Sie war völlig durchnäßt und nicht bereit, sich unter seinen nur wenige Schritte entfernten Giebel zu begeben. Drei Stunden lang hatte sie sich nicht von der Stelle bewegt.

Julian setzte sein Gewehr ab und ging zu ihr hin.

Sie wandte sich nicht um. Ihre Stimme war heiser vom Weinen. Ganz leise sagte sie: »Julian, hier kann ich nicht bleiben, ich halte es nicht mehr aus, hier bin ich zu nahe bei dir. Ich werde in Peking auf dich warten.«

Nach diesen Worten ging sie, ohne eine Antwort abzuwarten, fort. Ihre Schritte ließen keine Verwirrung oder Nervosität erkennen.

Julian war so überrascht, daß er nichts sagen konnte. Wortlos sah er ihre zierliche Figur auf dem Pfad entschwinden. Er blickte empor in den Nieselregen und spürte, wie die Tropfen auf Haut und Haare fielen.

Am frühen Morgen des nächsten Tages wurde ihm ein großer Briefumschlag zugestellt. Darin fand er Lins Pekinger Adresse und einen ansehnlichen Stapel von Manuskriptseiten, die auf englisch geschrieben waren. In einer

Notiz teilte ihm Lin mit, daß sie ihre Erzählung beigelegt habe, er möge sich damit auf der Reise die Zeit vertreiben.

Lin war unter dem Vorwand aufgebrochen, ihren kranken Vater zu besuchen. Julian wollte bis zum Ende des Semesters warten, und bis dahin verheilte seine Wunde vollständig.

Die Tage vergingen, und er fragte sich, ob er ihrer Aufforderung folgen sollte. Instinktiv hatte er Angst vor einer allzu intensiven Liebe und wurde immer unentschlossener. Er glaubte, daß er sie vergessen würde, wenn er sie nicht mehr sah. Aber jedesmal, wenn er die Haustür öffnete, sah er gleichsam von neuem die Silhouette ihres Rückens im Regen. Ihre Worte hatten ihn tief bewegt. Eine solche Leidenschaft war ihm noch bei keiner Frau begegnet, dagegen war sein Zögern nichtig. Er konnte ihre Einladung nicht ablehnen.

Als die Winterferien herankamen, hatte Julian seine Fahrkarte nach Peking schon bestellt. Jetzt gingen seine Befürchtungen in die umgekehrte Richtung. Wie würde sie sich ihm gegenüber verhalten? Warum sollte sie ihre Meinung nicht geändert haben? Eine Frau wie sie konnte er sehr schlecht einschätzen. Am Ende hatte sie sich womöglich gegen ihn entschieden, und er fuhr ganz umsonst nach Peking.

Unglücklicherweise trat Julian seine Reise an einem Sonntag an. Wühlmaus und er saßen auf je einer Rikscha und steckten in den quirligen Straßen von Hankou fest. Um den Zug noch zu erreichen, hielt er dem Kuli eine Banknote vor die Nase: »Noch einen Dollar, wenn wir es schaffen!« Der Wagen von Wühlmaus wich auf den Gehweg aus und kam gut voran. Julians Läufer hingegen war nicht zu gebrauchen, also stieg er ab, zahlte und hielt nach einem stärkeren Ausschau. Als er endlich am Bahnhof ankam, blieben ihm keine zehn Minuten. Wühlmaus hatte den Lederkoffer seines Herrn schon längst ins Abteil gebracht.

Die Zugverbindung führte direkt von Hankou nach Peking. Julian mußte also nicht fragen, wann er aussteigen sollte. Er trug seine chinesische Robe aus dunkelblauer Seide, die mit Kamelhaar gefüttert war. Sein Äußeres war ihm ganz egal, angesichts der Kälte war dieses Kleidungsstück eine Wohltat. In Peking konnte es noch frostiger sein, deshalb hatte er seinen schwarzen Wintermantel und den passenden Zylinder eingepackt. Die Erste Klasse kostete immerhin sechzig Dollar, das entsprach anderthalb Tagessätzen seines Professorengehalts. Doch man reiste mindestens genauso bequem wie auf der Strecke zwischen Paris und Marseille. Alle Hinweise im Zug waren in französischer Sprache verfaßt, und auch das Personal sprach französisch.

Langsam schlängelte sich der Zug durch Hankou. Die Gleise führten durch die Dörfer am Rande der Stadt, überbrückten viele Seen, passierten Felder und durchquerten Wälder und unzählige Tunnel.

Nachdem das Gebirge von Hubei erklommen war, lag die chinesische Zentralebene vor ihnen. Doch die Provinzen Henan und Hebei, das Einzugsgebiet des Gelben Flusses, die Wiege der chinesischen Kultur – das alles wirkte völlig verkommen. Julian war entsetzt über die öden Felder, nicht einmal Bäume waren zu sehen. Die weit verstreuten Häuser und Hütten aus Lehm und Stroh sahen aus wie Kuhställe. Hier und da sah er Erwachsene und Kinder an den Rändern der Dörfer, sie waren in Lumpen gekleidet und hatten schmutzige, abgezehrte Gesichter. An jeder Station strömten die bettelnden Menschen auf den Zug zu. Halbnackt standen sie im eisigen Wind, sie sahen krank und ausgemergelt aus. Je weiter es nach Norden ging, desto furchtbarer wurde die Armut.

In England hatte wenigstens die Landschaft noch ihre Reize, und die Bauern lebten doch ein bißchen besser als die Arbeiter in den Städten. In China hingegen war die Lage der Arbeiter schlimm genug, aber das Elend auf dem Lande war schier unerträglich. Julian geriet regelrecht in Rage, so wie damals, als er zum ersten Mal Londons East End gesehen hatte. Die Welt wurde von Krieg, Elend und Revolution heimgesucht, und womit war er gerade beschäftigt?

Er dachte an den halbnackten zerlumpten Menschen, den er fast umgestoßen hatte, als er am Bahnhof von seiner Rikscha sprang. Der Mann kniete am Boden und streckte bettelnd beide Hände aus. Als Julian genauer hinsah, bemerkte er, daß der Bettler nicht kniete, sondern keine Beine mehr hatte; seine Stümpfe gingen in Holzklötze über, auf denen der Mann gewissermaßen stand. Vor ihm lag ein beschriebenes Tuch, doch Julian hatte keine Zeit, jemanden nach dem Wortlaut zu fragen. Er konnte nur einige Münzen darauf werfen, während er in das Innere des Bahnhofs eilte, um seinen Zug zu erreichen. Vielleicht war es ein verwundeter Soldat, den die japanischen Faschisten verstümmelt hatten und die eigene Regierung im Stich ließ; oder er hatte seine Beine im Bürgerkrieg verloren, und dafür fühlte sich erst recht niemand zuständig.

Nicht, daß Julian nichts von den Zuständen in China gewußt hätte. Die englischen Zeitungen und Bücher waren voll davon. Chinareisende hatten stets sehr detailliert von der Armut und dem Leid berichtet. Geschichten aus China glichen fürchterlichen Tragödien, die die zartbesaiteten Damen gar nicht zu Ende lesen konnten. Das

Land galt als Pulverfaß, jeden Moment konnte eine Revolution ausbrechen. China brauchte aufopfernde Helden, wie sie in den Romanen von Malraux vorkamen, dachte Julian. Er erinnerte sich jetzt sehr genau an die Fahrt von Hongkong nach Shanghai im letzten September. Von welchem Enthusiasmus für die Revolution war er erfüllt gewesen, als das Schiff in den Hafen einlief! Er hatte gar ein »Testament« an seine Mutter verfaßt, so gefahr- und verheißungsvoll war ihm seine Mission vorgekommen:

> Es scheint mir möglich, daß ich durch irgendwelche Umstände in die chinesische Revolution verwickelt werde. Ich denke, ich könnte ein guter Mann der Tat sein, und wenn es darauf ankommt, möchte ich es probieren. Was auch immer ich tue, es entspringt auf jeden Fall der festen Überzeugung, daß ich es tun muß. Ich habe ein Gefühl der Verantwortung dieser heillosen Welt gegenüber, und manchmal habe ich auch sehr großes Mitleid mit den armen Teufeln, die an dieser Hölle leiden. Und wenn meine chinesischen Freunde sich in Gefahr begeben, werde ich wahrscheinlich nicht abseits stehen wollen.

Diesen Brief trug er immer noch bei sich. Denn nachdem er in China angekommen war, hatte er kaum etwas von dem allseits erwähnten Leid gesehen. Im Gegenteil: Die einfachen Leute nahmen das Leben mit Humor. Sobald sie der harten Arbeit nur ein bißchen den Rücken kehrten, konnten sie ihr kleines Glück genießen. In jeder drittklassigen Kaschemme von Wuhan hing mindestens eine Kalligraphie an der Wand, und die Theke war immer mit Blumen oder Bonsais geschmückt. Die reichen Leute indes stellten ihren Lebensstil nicht in Frage. Gutsbesitzer konnten ihre Söhne und Töchter in Japan oder Europa studieren lassen. Die Intellektuellen beschäftigten sich mit liberalem Gedankengut, und viele Frauen, die Julian getroffen hatte, waren eine Augenweide und frönten dem schönen Leben. So war die Schattenseite Chinas bisher nicht in seinen Blick geraten. Es mochte aber durchaus sein, daß er vorsätzlich wegsah, wenn es vor seinen Augen eiterte und schwärte.

Hätte Mama seinen Abschiedsbrief gelesen, würde sie ihn verstehen und natürlich sehr froh sein, daß er es sich anders überlegt hatte. Es gab jedoch eine Passage, die er seiner Mutter inzwischen nur ungern zeigen würde:

> Ich hatte bis jetzt ein außerordentlich glückliches und erfülltes Leben und würde lieber gewaltsam getötet werden, als auf irgendeine andere Weise zu sterben. Freilich möchte ich die Zukunft keinesfalls versäumen und werde mit aller Kraft dafür kämpfen, am Leben zu bleiben – ich bin wahrhaftig kein Märtyrer –, aber ich könnte mir ein solches Ende mit ziemlicher Gelassenheit ausmalen. Falls ich etwas in der Richtung tue, nehme ich auf jeden Fall Zyankali mit, Du brauchst Dir also keine Sorgen über irgendwelche schrecklichen Details zu machen.

Da saß er nun im bequemsten Abteil des Zuges und rollte gemütlich auf die berühmteste Stadt in China zu, das alte Peking mit seinen sagenhaften Palästen. Trotz aller Gewissensbisse wollte er sich nicht unnötig quälen. Er war verführt worden durch den Charme einer Chinesin, durch die chinesische Kultur höchstselbst. Vielleicht war er schlicht zur süßen Freude geboren, wie es bei William Blake hieß. Ihm fiel nichts weiter zu seiner Verteidigung ein, aber er schwor sich, das Leid und die Armut dieses Landes nicht zu vergessen und eines Tages seinen Beitrag zu ihrer Abschaffung zu leisten. Das jedenfalls nahm er sich ganz fest vor.

»Ich werde in Peking auf dich warten«, hatte sie gesagt. Angesichts einer so wunderbaren Ankündigung hatte er alles Recht der Welt, sein Zyankali eine Zeitlang zu vergessen.

Julian entnahm seinem Lederkoffer das große Briefkuvert und zog Lins Manuskript daraus hervor. Als er zu lesen anfing, überquerte der Zug gerade eine langgestreckte Brücke. Räder und Schienen schepperten wie Tschinellen, und der Wagen schwankte ganz leicht, das Wasser unter der Brücke war jedoch nicht zu sehen. Während die Landschaft langsam von der Dunkelheit erfaßt wurde, schaltete er das Licht über seinem Sitz an. Auf seinem Tischchen standen kühles Bier, frisches Obst und französische Delikatessen. Die Annehmlichkeiten der Ersten Klasse umgaben ihn wie seidene Vorhänge, die ihn vor der unwirtlichen Welt schützten.

Lin hatte eine feine und zierliche Handschrift. Er las und verbesserte gegebenenfalls die Wortwahl mit einem Bleistift. Doch der Roman zog ihn zunehmend in seinen Bann, und er änderte fortan nichts mehr.

Es war die Geschichte eines Mädchens, das in einer seltsamen Familie aufwuchs. Der Vater hatte neun Frauen und Konkubinen, die Mutter des Mädchens war seine vierte Gattin. Sie entstammte einer der vier reichsten Familien von Kanton. Der Vater weilte im Auftrag des Kaiserhofs in der Stadt und wurde für die Dauer seines Aufenthalts in ihrem Haus beherbergt, dessen Wände sie zu dem Anlaß mit Bildern und Kalligraphien schmücken mußte. Ihre Bluse und ihre Hose bestanden aus dunkelroter Strickseide. Wie Seerosen öffneten und schlossen sich ihre Finger. Der kaiserliche Gesandte war bezaubert von diesem fünfundzwanzig Jahre jüngeren Mädchen und hielt am gleichen Tag um ihre Hand an. Da das Mädchen ein Adoptivkind war, hatte es als vierte Nebenfrau noch ein gutes Los gezogen.

Aus einem unerfindlichen Grund liebte der Mann diese Frau viel mehr als seine anderen Gattinnen und verbrachte die meisten Nächte mit ihr. Die Frauen seines großen Haushalts hatten sich seit eh und je auf jede erdenkliche Weise bekämpft. Die Halbgeschwister des Mädchens waren deutlich älter als sie, und sie war zu jung, um ihrer Mutter beistehen zu können. So teilten sie kein leichtes Schicksal.

Der Vater war Mitglied der Kaiserlichen Akademie und bewohnte ein entsprechendes Anwesen. Das Mädchen hatte nie herausgefunden, wie viele Hinter- und Nebenhöfe eigentlich dazugehörten. Oft verirrte sie sich zu Hause. Die Hauptfrau nannte sie »Mama«, zur eigenen Mutter durfte sie nur »Vierte Mama« sagen. Niemand wußte genau, wie viele Personen in diesem großen Haushalt lebten – da gab es Sekretäre, Hausdiener und Verwalter, Schneider, Gärtner und Köche für heimische und ausländische Gerichte, außerdem allerlei Gesinde jeden Alters.

Bis dahin dachte Julian, daß er eine einfache Familiengeschichte las: ganz nett geschrieben, etwas exotisch, aber ohne große Bedeutung. Doch nun beschrieb Lin in knappen, dichten Sätzen, daß sich der Vater zusehends den Reformkräften zugetan fühlte und regen Anteil an ihren Plänen und Veranstaltungen nahm. Als die Reformbewegung von den Konservativen blutig niedergeschlagen wurde, war somit auch der Vater betroffen. Seine Güter wurden größtenteils konfisziert, ihn selbst verbannte man in die Wüste von Chinesisch-Turkestan. Nur die Mutter war als einzige willig, ihn zu begleiten, der Vater wollte auch niemand anderes mitnehmen. So blieb das Mädchen unter der Obhut seiner Hauptfrau zurück. Die Reise in die Verbannung war sehr beschwerlich, die Eltern erkrankten und starben beide unterwegs.

Der Vater war seiner Familie ein stattlicher und schützender Baum gewesen. Sein Sturz verursachte ein großes Getöse. Jeder in der Familie kämpfte um das Erbe, und am Ende wurde die Residenz verkauft, ihre Bewohner verschlug es in alle Himmelsrichtungen, und das kleine Mädchen war völlig verlassen und allein auf der Welt.

Julian war gerührt, auch wenn das nicht die Art von erzählender Prosa war, die er bevorzugte. Es war bereits Mitternacht, er hatte ohne Pause gelesen. Er sortierte die Seiten des Manuskripts. Lins Roman unterschied sich ziemlich von den Werken seiner Tante Virginia. Für seinen Geschmack klang er etwas zu realistisch, er konnte sich schon denken, daß Lin in Teilen ihre eigene Geschichte aufgeschrieben hatte. Doch das war genau das faszinierende daran. Was war wahr und was ausgedacht? Es konnte wohl nicht alles Fiktion sein. Wie dem auch war, ihr schriftliches Englisch jedenfalls übertraf ihre mündlichen Fähigkeiten bei weitem. Ihre Sprache war kräftig, prägnant und lebendig. Es war nur gut, daß dieser Dichter namens Xu mit dem Flugzeug abgestürzt war. Die Leitfigur der Neumondgesellschaft hatte Lin ja mit Katherine Mansfield verglichen, was wahrhaftig von schlechtem Geschmack und mangelnder Urteilskraft zeugte. Lins Roman war die erste Probe ihres Talents, die Julian hatte kosten dürfen. Er war erleichtert, daß sie ihm gemundet hatte, und sogar ein bißchen stolz auf sie. Er mochte Frauen, die sowohl schön als auch begabt waren.

In Peking brachte ihn ein Taxi zu der von Lin angegebenen Adresse. Da stand er nun vor einem großen Tor, hinter dem sich ein prächtiges Anwesen verbarg, in der einen Hand seinen Koffer, in der anderen den Mantel. Am Ende von fünf Treppenstufen versperrten rote Türflügel mit vergoldeten Beschlägen und einem Türklopfer in Form eines Ungeheuermauls seinen Weg; neben den Stufen standen steinerne Löwen.

Julian stellte sich als »Professor Bell« vor. Er wurde angemeldet und hineingeführt, der Wächter trug sein Gepäck. Sie durchquerten mehrere Höfe und kamen schließlich an eine Wand, die mit Himmelsschnitzereien verziert war. Davor standen riesige Porzellantöpfe mit blühenden Chrysanthemen.

Er durchquerte eine Halle nach der anderen, dazwischen lagen viele verschiedene Gärten mit künstlichen Felsen. Manche Gärten machten einen sehr gepflegten Eindruck, andere wirkten verwahrlost und verlassen, scheinbar hatten sie verschiedene Besitzer. Rote und weiße Pflaumenblüten ragten hoch über die Mauern, diese knorrigen bemoosten Bäume zeigten gerade ihre volle Pracht. Pflastersteine bildeten Ornamente auf den Wegen zwischen den kleinen Teichen. Ilexhecken schützten die Türen und Fenster vor direkten Blicken. Manchmal tauchten Frauen auf, wahrscheinlich Dienerinnen. Sie gingen ihren Besorgungen nach und nahmen nicht weiter Notiz von diesem Ausländer.

Endlich hielt sein Führer am Ende eines Wandelgangs, stellte den Koffer ab und sagte respektvoll: »Mein Herr, die junge Dame erwartet Sie.«

Julian holte tief Luft und sah sich um, doch der Diener war schon nicht mehr zu sehen. In einer Biegung des Wandelgangs standen zwei glänzend lackierte Bänke aus Rotholz. Darüber hing eine Tafel mit vier großen Zeichen in Kursivschrift. Er wandte sich um, und tatsächlich wartete Lin vor der Tür und sah ihn an. Sie war äußerst prunkvoll gekleidet. Ein purpurrotes Gewand mit feinen Mustern glänzenden Silbers schmiegte sich eng an ihren Körper. Ein weinroter Fuchspelz verzierte den Kragen, die Handgelenke und den Saum. Dazu trug sie einen langen blauen Überrock aus dünnem Satin. Ihre dichten langen Haare waren kunstvoll nach alter Sitte hochgesteckt, ihr Pony glänzte tiefschwarz.

Diese Frau mußte gerade erst einem klassischen Gemälde entstiegen sein, dachte Julian. Ihr Blick war unvergleichlich frisch und lebendig, und von der Gelehrten aus Wuhan fehlte jede Spur. Er war völlig verblüfft.

Einige Sekunden sahen sie einander schweigend an, als ob ein Wort den Zauber des Wiedersehens zerstören würde. Dann hatten sich ihre Augen verständigt. Lin tat einen Schritt auf ihn zu, gab ihm aber nicht die Hand. »Du übernachtest woanders, ich habe dir schon ein Hotel beschafft«, sagte sie und zog sich den Silberfuchs über, den sie auf dem Arm getragen hatte. Julian nahm seinen Koffer und folgte ihr.

Auf ihrem Weg nach draußen trat plötzlich ein alter Herr mit weißen Haaren, silbernem Bart und funkelnden Augen zwischen den künstlichen Felsen eines Gartens hervor. Er lachte freundlich und stellte sich als Lins Vater vor. Sein Englisch war passabel.

Nach einigen höflichen Grußformeln fragte der Vater, ob Julian nicht ein wenig länger bleiben wolle, um mit seinen beiden japanischen Gästen die Pflaumenblüten zu bewundern. Die beiden Japaner saßen hinter den künstlichen Felsen in einem Pavillon beim Tee und wurden von prächtig gekleideten Mädchen bedient. Julian sah, wie ihm Lin mit den Augen einen Wink gab, und lehnte dankend ab. Sie fügte hinzu, daß Julian ein Kollege sei, der nur kurz in Peking vorbeischaue; beim nächstenmal bringe er sicher mehr Zeit mit. Lins Vater bestand nicht auf ihrer Anwesenheit, verabschiedete sich und ging zu seinem Pavillon zurück.

Während Julian und Lin auf die Pforte zusteuerten, konnte er seine Neugier nicht mehr zurückhalten und fragte sie: »Wieviel Autobiographisches enthält dein Roman denn nun?«

»Mein Vater wurde vor Antritt seiner Verbannung vom Kaiserhaus begnadigt. Jetzt haben wir ja eine Republik; mein Vater ist schon lange kein Beamter mehr, er lebt zurückgezogen zwischen seinen Büchern. Aber ich bin tatsächlich eine Waise«, sagte Lin trocken, »meine Mutter ist nicht mehr am Leben.«

»Wie kommt es, daß dein Vater Englisch spricht?« wollte Julian wissen.

»Mein Vater beherrscht etliche Begrüßungsfloskeln in mehreren Sprachen, mehr auch nicht. Als Gast hättest du dann mit ihm chinesisch sprechen müssen. Er ist über siebzig, hält sich jedoch ausgezeichnet. Er möchte sich wieder eine Konkubine nehmen, das wäre dann schon seine vierzehnte.« Etwas traurig fügte sie hinzu: »Von den anderen dreizehn leben nicht mehr viele.« Sie wechselte das Thema: »Hast du meinen Roman zu Ende gelesen? Es ist nicht alles wahr, und vieles habe ich gar nicht erwähnt.«

»Was denn zum Beispiel?«

Lin schwieg und beschleunigte ihre Schritte.

Während sie durch die Kaskaden von Höfen gingen, trat die Wintersonne zwischen den Wolken hervor und ließ die Farben innerhalb der hohen Mauern erstrahlen. Unzählige runde Ziegel bedeckten die Dächer, manche leuchteten blauschwarz, andere waren aus goldgelber Keramik gefertigt. Die Säulenkapitelle unter den Giebeln waren kunstvoll geschnitzt und lackiert. An manchen Dachfirsten hingen Messingglöckchen. Hier und da konnte man in das Innere eines der Häuser spähen, wo die Farbe Rot dominierte und sehr elegant gearbeitete Möbel und Bronzeöfen zu sehen waren. Die Fischteiche blitzten im Sonnenlicht und blendeten die Augen. An diesem warmen Winternachmittag herrschte geradezu eine märchenhafte Atmosphäre, und Julian war überwältigt von der Pracht und Farbenvielfalt. Zweifellos war diese wundersame Residenz der Schauplatz ihres Romans.

Doch Lin schien nicht in der Stimmung zu sein, noch länger an diesem seltsamen Ort zu verweilen; immer eiliger führte sie ihn weiter. So hasteten sie in schweigendem Einvernehmen dem Ausgang zu, ohne sich irgendwo aufzuhalten. Fast schon im Trab erreichten sie die Straße.

Ein Taxi fuhr sie zum Hotel. Auf dem ganzen Weg sprachen sie kein einziges Wort, auch nicht im Wagen. Sie wechselten keine Blicke, sondern lauschten nur auf das leise Atmen des anderen. Sie saßen dicht beisammen und wagten es doch nicht, sich einander zu nähern; jede Berührung würde sie alle Beherrschung kosten.

Das Luxushotel war nach westlichem Standard eingerichtet und lag in einer der belebtesten Straßen der Innenstadt. Sie fuhren in den dritten Stock. Der Page öffnete die Tür des Zimmers und schaltete die Wandlampe ein. Lin gab ihm Trinkgeld und schloß die Tür.

Julian tat ein paar Schritte in das geräumige Zimmer, das fast eine Suite war. Er wandte sich um und sah, daß Lin mit dem Rücken noch an der Tür lehnte. Sie hatte den Kopf in den Nacken und ihre Hände auf den Bauch gelegt; sie atmete heftig. Ihre Lider lagen schwer auf ihren Augen, ihre Lippen waren ganz leicht geöffnet. Sie zitterte und schien sich keinen Moment länger auf den

Beinen halten zu können. Julian streckte seine Hände nach ihr aus. Sie stürzten sich in die Arme und hielten einander fest umschlungen. Später konnten sie sich nicht mehr genau erinnern, wie sie an jenem Nachmittag von der Tür bis ins Bett gelangt waren. In inniger Umarmung schoben sie einander stolpernd vorwärts, während Julian versuchte, Lin die Kleider vom Leib zu streifen. Lin stieß ihn zurück, aber ihr Fuchsmantel lag schon auf dem Boden. Ihr enger Qipao war so kompliziert geschneidert, daß Julian nicht wußte, wo er mit dem Aufknöpfen beginnen sollte. Sein Griff wurde etwas lockerer, und Lin wand sich ein bißchen nach hinten.

Julians Herz raste, taumelnd drängte er Lin bis an die Bettkante, während er sich seiner Sachen entledigte. Im Zimmer hätte man eine Stecknadel fallen hören. Lin vermied es, ihn anzusehen, er aber konnte seine Augen nicht von ihr wenden.

Ihr Rücken beugte sich weit nach hinten. Er ließ sie ein wenig los, so daß sie sich noch fester an ihn klammern mußte, um nicht zu fallen. Langsam reckte sie ihr Gesicht dem seinen entgegen. Er küßte ihr Haar und ihre Augen. Ihre Haarklemme fiel zu Boden, und ihre Schuhe folgten mit dumpfem Klang.

Regungslos lag sie auf dem Bett, während Julian sich die letzten Kleidungsstücke auszog. Er zügelte seine brennende Begierde und suchte nach den Knöpfen an ihrem Kleid. Einen nach dem anderen öffnete er sie, bis ihr Oberkörper entblößt war. Lin wirkte so schüchtern und ängstlich wie eine Jungfrau. Es genügte ihr nicht, die Augen fest geschlossen zu halten, sie bedeckte auch noch ihr Gesicht mit beiden Händen. Behutsam zog er ihr den Slip von den Schenkeln, und sofort verschränkte sie angespannt ihre Beine.

Das war die Situation, von der er Tag und Nacht geträumt hatte, jetzt endlich lag sie nackt vor ihm. Ihr Körper war ebenmäßig und glänzte golden, als ob er gar nicht aus Fleisch und Blut bestand. Zu seinem Erstaunen konnte Julian unter ihren Achseln und zwischen ihren Beinen nicht die Spur eines Haares entdecken. Als er ihre Beine sanft auseinanderbog, sah er ihre blanken Schamlippen, die sich wie Blütenblätter öffneten. Nie zuvor hatte er das Geschlecht einer Frau so völlig ohne schützende Schamhaare gesehen. Es erschien ihm mehr wie ein Kunstwerk denn wie der Teil eines menschlichen Körpers. Ihm brach der Schweiß aus. Er fühlte sich wie ein Knabe, der zum ersten Mal die verbotene Frucht der Liebe kostete.

Lins schwarzes Haar breitete sich fächerförmig um ihren Kopf aus. Wie ein Rahmen aus schwarzer Seide umschloß es ihr Gesicht und ihre Schultern. Mit beiden Händen fuhr er behutsam über ihren Oberkörper. Ihre vollen, fest aufgerichteten Brüste beeindruckten ihn, ihr perfekter Körper glich einer Elfenbeinskulptur und war vollendeter als alle Modelle, die seine Mutter je gezeichnet hatte. Ihre Haut war seidig und samtweich, vom Gesicht bis zu den Füßen. Er drückte sie fester an sich. Lins Hände bedeckten noch immer ihr Gesicht, so daß er sie nicht küssen konnte. Begierig nahm er ihre linke Brustwarze in den Mund. Seine Hand umfaßte ihre rechte Brust, folgte ihren Hüften, ihrem Bauch, ihren Schenkeln, glitt dann zwischen ihre Schenkel und berührte ihre aufragende Klitoris. Sie stöhnte und öffnete sich ihm, sie war ganz naß und heiß. Vor Überraschung und Freude riß er ihr die Hände vom Gesicht und küßte sie leidenschaftlich.

Plötzlich spürte er, wie sein aufgerichtetes Glied langsam erschlaffte. Vielleicht war er zu erregt. Er drehte sich auf den Rücken, versuchte gleichmäßig zu atmen und sich zu beruhigen. Dann ergriff er Lins zarte Hand und führte sie zu seinem Penis.

Nun öffnete Lin zum ersten Mal die Augen. Ihre Hände zitterten, und staunend musterte sie Julians behaarte Brust und Schenkel und dieses gewaltige Ding in ihrer Hand. In Panik schloß sie abermals die Augen, dann erst folgte sie seinem Drängen. In ihren Fingern wurde sein Glied sofort wieder steif, und seine Eichel glänzte prall. Julian packte Lin mit beiden Armen und stieß nach diesem weichen feuchten Ort zwischen ihren Beinen. Er kam gar nicht dazu, die geeignete Position zu suchen. Mit einem dumpfen Schrei ergoß er sich und rollte sich keuchend von ihr.

»Tut mir wirklich leid«, stammelte er. Er kramte sein Taschentuch hervor und wischte Lins Schenkel sauber. »Ich habe ein gutes halbes Jahr keine Frau mehr angerührt.«

Lin ließ seine unbeholfene Erklärung unerwidert. Nach einer Weile aber richtete sie sich auf, streckte beide Arme nach ihm aus, umarmte Julians Nacken und hielt seinen Kopf, als ob sie ihn anflehte, nichts mehr zu sagen. Engumschlungen sanken sie ins Bett zurück und sahen einander in die Augen. Ganz allmählich erschien auf ihren Gesichtern ein Lächeln, es war das Lächeln zweier anderer Menschen. Jahre schienen im Flug vergangen zu sein.

Im Zimmer war es warm wie im Spätfrühling. Neben der Zentralheizung gab es einen großen Kamin, in dem das Feuer prasselte. Darüber hing ein Spiegel. Hinter dem großen Bett befanden sich ein Badezimmer und ein Ankleideraum. Durch die bodenlangen Spitzengardinen sickerte die Sonne, deren Strahlen sich mit dem matten Widerschein der Wandlampe mischten.

Lin streichelte Julians Gesicht und seine krausen

flachsfarbenen Haare. Sie beugte sich über ihn, so daß ihr schwarzes Haar seine Wangen und Brust umspielte. Sie schloß die Augen und zeichnete mit ihren Händen seine Züge nach, sie befühlte seine Augen, seine Nase, seine Ohren, seine langen festen Arme, die Muskeln seiner Brust und schließlich die Oberschenkel. Wo ihr die Finger nicht ausreichten, berührte sie ihn mit der ganzen Handfläche. Besonders andächtig verweilte sie auf seiner behaarten Brust und seinem ebenso behaarten Bauch. Ihre feinen Finger strichen wie ein Kamm hindurch. Ihre Liebkosung war sanft und behaglich. Von manchen Stellen wollte sie gar nicht mehr lassen.

Endlich hatten ihre streichelnden Hände seinen Penis erreicht. Dieses Mal verfolgte sie das Geschehen unverhohlen mit ihren Augen. Es hatte den Anschein, als sähe sie erst jetzt genau hin. Das Erstaunen stand ihr deutlich im Gesicht geschrieben, denn noch nie hatte sie ein so großes, geradezu raubtierhaftes männliches Organ erblickt. Julian wußte, daß sein Glied von durchschnittlicher Größe war, doch er wollte ihr weder ihre Unerfahrenheit vorhalten noch ihre Lust schmälern. Sollte sie ihn ruhig für ein Raubtier halten.

Er zog Lin zu sich herunter, sah ihr in die Augen und stellte ihr die Frage, an die er so oft gedacht hatte: »Warum hast du damals geschrien? War das nur Überraschung? Oder hat dir mein Schwanz schon bei der ersten Berührung gefallen? Du wolltest doch mit mir schlafen, stimmt's?«

Sie wandte den Kopf ab, aber das zweideutige Lächeln auf ihrem Gesicht war ihm Antwort genug. Ihre Hand lag noch immer auf seinem Glied, das sie auch im erschlafften Zustand kaum umfassen konnte. Ihre Finger stupsten es sacht, als wundere sie sich über das seltsame Ding.

Er rückte ein wenig beiseite und betrachtete sie. Ihren nackten Körper fand er immer attraktiver; ihr Gesicht war ihm ein chinesisches Buch mit sieben Siegeln. Wenn sie die Augen öffnete, leuchtete darin ein tiefes, klares Schwarz, und mit diesem Augenaufschlag erwachte gleichsam ihr ganzer Körper, ihr ganzes Wesen zum Leben. Ihre Formen waren sicher nicht so ausgeprägt wie bei vielen Frauen im Westen, dafür waren jedoch ihr Bauch und ihre Taille viel flacher und schmaler. Dieser wundervolle Körper hatte es ihm angetan, seine Reife und Frische in einem.

Die Blöße ihrer Vulva ließ ahnen, daß ihre Zurückhaltung offenbar gespielt war. Sie mußte nur ihr Bein leicht krümmen, um ihre Lust zu offenbaren. Julian spürte, wie sein Blut wieder schneller kreiste. Nicht einmal zehn Minuten waren seit seinem vorzeitigen Erguß vergangen, doch schon brach sein Verlangen von neuem hervor. Sobald er an jene rosige Stelle rührte, ging ein Schauer durch Lin. Er hielt sie fest mit beiden Armen und bedeckte sie mit seinem ganzen Körper. Lin senkte wieder ihre Lider und schien sich ihm ganz unschuldig hinzugeben. Doch gleichzeitig umschlossen ihre Schamlippen sein Glied wie Schichten von Blütenblättern. Dann zog sie ihn tief in sich hinein. Ihm war, als befinde er sich im Sog siedenden Wassers, und seine ganze Leidenschaft war entflammt. Ihr gerötetes, entrücktes Gesicht zeigte ihm, daß es ihr nicht anders ging. Seine Erregung wuchs wellenförmig an, und er konnte nicht mehr an sich halten. Sie umfaßte ihn, und abermals ergoß er sich.

Julian lag keuchend und mit knurrendem Magen auf dem Bett. Gleich nach seiner Ankunft in Peking war er zu Lin gefahren und im Anschluß direkt ins Hotel. Er suchte nach seiner Armbanduhr, doch Lin hielt ihn fest. Als ob sie Gedanken lesen könnte, sagte sie: »Gehen wir erst einmal essen, hier im Hotel gibt es ein gutes Restaurant.«

Sie zogen sich an und verließen nacheinander das Zimmer.

Julian hatte erwartet, daß sie von ihm enttäuscht sein würde. Aber da lag soviel Elan in ihrem Schritt, daß er ihr begeistert nacheilte.

Lin wartete nicht auf den Lift. Als sie Julian die Treppen hinunterführte, stellte sie den breiten Kragen ihres Mantels hoch. Das leuchtende Weiß des Pelzes stand in wunderbarem Kontrast zu ihren schwarzen Augen. Sie floß förmlich über vor Freude, es war deutlich zu sehen. Im Erdgeschoß mußten sie einige Zeit nach dem Restaurant suchen. Doch mit Hilfe des Personals fanden sie es und bekamen sogar einen Tisch zugewiesen, der ihnen zusagte.

Sie saßen einander gegenüber, zwischen ihnen ragte ein blühender Apfelzweig aus einer Vase empor. Durch die großen Glasscheiben warf Julian einen Blick auf die Stadt Peking. Am tiefblauen Himmel stand die Wintersonne und schickte ihre Strahlen auf helle Wege herab, die von gelblichen Bäumen und olivgrünem Bambus gesäumt wurden. Kiefern und Zypressen standen ernst und feierlich Spalier. Am Ende der Straße sah man in einiger Entfernung ein altes Stadttor mit vielen Giebeln und mehreren Stockwerken, das fast so hoch wie der Arc de Triomphe war. Es waren viele Taxis, Rikschas und Automobile aller Art unterwegs, doch es bewegten sich deutlich weniger Ausländer als in Wuhan oder Shanghai auf den Straßen.

Nachdem Lin bestellt hatte, sahen sie gemeinsam zum Fenster hinaus. Schräg gegenüber am Eingang einer Gasse trug jemand Bambuskörbe auf dem Rücken und bot lauthals kleine Spezialitäten feil. Ein anderer verkaufte mit Stroh geschnürte Zweige vom Schneeflokkenstrauch. Die goldgelben Blüten leuchteten intensiv in der frostigen Luft.

»Du siehst gut aus in deiner Robe«, flüsterte Lin.

»Tatsächlich?« Julian sah, daß Lin versuchte, nicht zu lachen.

»Entzückend, hauptsächlich weil du zu groß dafür bist.«

Noch im Sprechen hielt sie sich plötzlich die Hand vor den Mund, einen Schrei unterdrückend. Mit den Augen bedeutete sie Julian, aus dem Fenster zu schauen: Ein Kamel stolzierte vorbei.

»Dieses alte Peking hat doch etwas von Paris, die Straße hier ist sogar noch breiter als die Champs-Élysées!« Julian war ganz überwältigt. »Wirklich wunderbar, was für eine zauberhafte Stadt!«

Lin sah Julian lächelnd an. In Peking war sie geboren und aufgewachsen, hier war sie ein ganz anderer Mensch, wirkte elegant und plauderte entspannt; alle Schüchternheit war plötzlich von ihr gewichen. Julian wollte ihr Gesicht berühren, doch er stieß mit dem Ellenbogen eine Schüssel um. Sie rollte an den Rand des Tisches und fiel zu Boden. Lin hatte das Unheil kommen sehen, hielt die Schüssel aber nicht zurück. Obwohl die Keramik auf den Dielen aufschlug, zerbrach sie nicht.

»Schau nur, wie dumm ich mich anstelle«, seufzte er und hob die Schüssel auf.

»Das ist ein gutes Omen!« Lin griff begeistert nach seiner Hand und verschränkte ihre Finger mit den seinen.

Julian sah sich ärgerlich um und beschwerte sich bei Lin darüber, daß zwischen allen Tischen Paravents aufgestellt waren. Er finde es sehr schade, daß er nicht mit seiner herrlichen Geliebten in aller Öffentlichkeit angeben könne. Lin sei ohne Frage die schönste Frau im ganzen Land.

Inzwischen stand ihr Tisch voller Speisen: Da gab es gebratene Frühlingsrollen, geschmorte Pilze, überbrühte Sprossen, Suppe mit weißem Lotus, Sonnenblumentofu, Garnelenbällchen mit Wintermelone – und alles hatte seinen besonderen Geschmack. Julian dachte versonnen, daß so ein Festessen genau das richtige für seinen Vater Clive wäre; warum reiste der mit seinen Geliebten immer bloß nach Paris? Nach Peking sollte er kommen und sich eine chinesische Geliebte suchen, wenn er wissen wollte, wie man das Leben wirklich genoß.

Es mußte so gegen vier Uhr am Nachmittag sein. Während des Essens hatten sie ihre Hände kaum einmal voneinander gelöst. Lins Hand war inzwischen schweißnaß, und sie sah ihn voller Verlangen an.

»Du hast noch nicht genug, hm?« raunte Julian.

Lin antwortete nicht, senkte nur den Kopf und betrachtete träumerisch den Blütenzweig auf dem Tisch. Sie streckte einen Finger aus und fuhr damit auf seiner Handfläche hin und her, es fühlte sich an, als ob sie darauf schreibe. Er wußte nicht, was es bedeutete, aber er konnte es sich denken. Die geheimen Worte brachten sein Blut in Wallung.

Julian legte die Eßstäbchen beiseite, streckte seine freie Hand aus und streichelte ihr Gesicht. Er hatte es eilig, genau wie sie.

Er spürte, wie sich seine Hose wieder wölbte. »Ich halte es nicht mehr aus«, flüsterte er.

Lins Gesicht lief schamrot an. Schweiß trat ihr auf die Stirn, und kaum hörbar hauchte sie: »Wenn ich dich weiter so anschaue, komme ich gleich.«

Er rang nach Luft. Sie konnten keine Minute länger sitzen bleiben. Julian warf Geld auf den Tisch, packte Lin bei der Hand und zog sie mit sich. Als sie aus dem Lift traten, stürmten sie in ihr Zimmer, ohne einander anzusehen. Kein Mensch begegnete ihnen auf dem langen Korridor. Noch bevor sie das Zimmer erreicht hatten, begannen sie sich auszuziehen. Es grenzte an Zauberei, wie schnell sie all die Knöpfe ihres vertrackten Kleides öffnete. Die Tür schlug hinter ihnen zu, da stand Lin schon splitternackt vor ihm; sie stellte sich auf die Zehenspitzen und streckte die Arme nach ihm aus.

KAPITEL 6

Lin hatte ihre Schüchternheit abgelegt und war völlig verwandelt. Ihre Lippen öffneten sich, und sie biß ihn wild und schmerzhaft in seine Zunge.

Mit geradem Rücken saß sie auf ihm, so daß ihre Brüste in ihrer ganzen Fülle hervortraten. Den Kopf hielt sie ein wenig nach hinten, ihre Hand fuhr zwischen seinen Beinen auf und ab, um plötzlich zuzupacken. Sein Glied wurde immer härter und pulsierte in ihrem Griff. Sein Atem ging rasch und stoßweise.

Ihr Gesicht hatte einen wunderbar rosigen Teint angenommen, der sie frisch und jugendlich aussehen ließ. Kurz vor dem Orgasmus erschien sie ihm wie ein junges Mädchen, das die Spiele der Erwachsenen gerade erst kennenlernte.

Er fühlte sich, als ob er ein Tabu verletzte, und das erregte ihn um so mehr. Seine Ungeduld wuchs, doch Lin hatte keine Eile. Mit seinem Penis stimulierte sie ihre Klitoris, bis ihm seine Augen vor Begierde übergingen. Dann erst ließ sie ihn ein.

Auf und nieder ging ihr Körper, und mit jedem Heben und Senken drang er tiefer. Julian sah, wie ihr Schoß ihn nach und nach zärtlich verschlang und schließlich ganz umschloß.

Plötzlich hatte er einen seltsamen Gedanken: Lins Körper war so schmal und zierlich und er war so tief in sie eingedrungen, daß er fürchtete, sie zu verletzen. Doch Lin hielt ihre Augen halb geschlossen und stieß einen langen behaglichen Seufzer aus.

Julian hielt ihre Taille mit beiden Händen fest umschlossen. Sie beugte sich zu ihm hinunter und küßte ihn so leidenschaftlich, daß ihm der Atem stockte. Sie griff nach seinen Haaren und seiner Schulter. Gleichzeitig streckte sie ihre Beine nach hinten, so daß ihre Körper wie zwei Blätter aufeinanderlagen. In dieser ungewohnten Stellung bog sich sein Glied nach oben, und beide rangen um Luft.

Dann hörte er sie stöhnen. Es klang melodisch, fast wie ein Lied. Und auch Julian stieß Laute der Ekstase aus. Als er dem Höhepunkt nahe war, sagte er es ihr, damit sie zusammen kommen konnten. Darauf zog sie ihre Scheide noch enger zusammen, so daß Julian vor süßem Schmerz aufschrie. Als er sich ergoß, fühlte er sich herrlich erleichtert.

Hatte er die weite Reise in dieses phantastische Land nur unternommen, um dieser einen Frau zu begegnen? Für einen solchen Tag der Liebe war keine Entfernung zu groß.

Die Freude nach der dritten Ejakulation wich einer nicht mehr aufzuhaltenden Müdigkeit. Julian schloß die Augen und sank in eine behagliche, duftende Wärme. Lin lag an seiner Seite. Sie hatte ein Bein um seine Hüfte geschlungen und ihre Arme um seinen Hals gelegt. Ihre Wangen rührten ganz leicht an seine Lippen. So schlief Julian ein.

Im Halbdunkel glaubte er sich in den Armen seiner Mutter. Mama hatte ihn aus der Badewanne gehoben, abgetrocknet, ins Bett getragen und dann noch einmal geküßt, damit er gleich einschlief. Er hatte den ganzen Tag im Freien gespielt und würde sicher gut schlafen. Auf einmal bemerkte er, daß er eine Erektion bekam. Wie konnte das sein, er war doch noch ein Kind! Während er allmählich das Bewußtsein wiedererlangte, glitt er in einen warmen, weichen Ort.

Er erwachte vor Schreck und sah, daß es Lin war, die an seiner Seite lag, und nicht seine Mutter. Ihre Arme und Beine rankten sich noch immer um seinen Körper, sie umfing Julian, so daß sie sein halbsteifes Glied förmlich fassen konnte. Sie hatte gewartet, bis er eingenickt war, um mit ihm zu schlafen. Leise summte sie vor sich hin, als singe sie ihm ein Schlaflied. Als Lin Julians erstauntes Gesicht sah, barg sie verschämt ihren Kopf an seiner Brust, doch sie entließ ihn keineswegs. Draußen versank die Sonne als dunkelroter Ball, aber dieser verrückte Tag wollte kein Ende nehmen.

»Daß du es auch im Schlaf kannst, ist sehr gut«, sagte Lin.

Die Abendsonne schien auf ihr Gesicht, ihre Haut und ihre Haare. Lin strahlte vor Glück und strotzte vor Energie. Julian fragte sich, ob sie sich nach dem Orgasmus nicht ausruhen mußte. Anders als er zeigte Lin nicht das kleinste Anzeichen von Erschöpfung. Im Gegenteil, ihre Lust wurde immer stärker.

Julian richtete sich auf. Als sie seine überraschte Miene sah, zog sie sich scheu ein wenig zurück und ließ seinen glänzenden Phallus Stück für Stück entgleiten. Er schrumpfte sofort und wurde erst, nachdem er eine Weile in ihrem Schoß gelegen hatte, wieder so kräftig wie zuvor.

Julian merkte, daß er es war, um den man sich Sorgen machen mußte. So leidenschaftlich hatte er noch mit keiner Frau geschlafen. Während er sich fragte, wie diese ehrwürdige Intellektuelle, diese schamhafte chinesische Mansfield, plötzlich dermaßen unersättlich sein konnte, kam er sich völlig unbeholfen und grün vor.

Das wird mir zuviel, dachte er. Ich sterbe noch an der Lust dieser Frau. Doch irgendwie gefiel ihm diese Idee. Solch ein glücklicher Tod wurde bestimmt nicht vielen

Männern auf dieser Welt zuteil. Er würde vor Erregung sterben und nicht auf dem Schlachtfeld oder an Zyankali, sah er mit Freude voraus, um sich gleich darauf spöttisch zu fragen: Du ziehst den Sex der Revolution vor? Doch angesichts ihres wunderbaren nackten Körpers war ihm klar, daß wohl die körperliche Liebe das erste Anrecht auf ihn hatte. Zum Glück bin ich jung, sagte er sich. Das kommt mir auch bei dieser Frau zugute, die mich sogar verschlingt, wenn ich gar nicht dazu in der Lage bin.

Plötzlich kamen ihm seine Ängste ziemlich lächerlich vor. In dieser friedlichen Stadt, die ganz allmählich in der Dämmerung versank, lag er im Schoße einer nackten Frau – wovor sollte er sich da noch fürchten? Und es war nicht irgendeine Frau. Sie war ebenso herrlich wie mysteriös, und sie schlief mit ihm, ob er nun wach war oder träumte. Glücklich und stolz schloß er wieder die Augen.

Als er erneut erwachte, war es stockfinster. Er tastete nach Lin, bekam aber nur eine warme Decke zu fassen. In der Dunkelheit wußte er nicht mehr, wo er war. Und wohin war Lin entschwunden?

Julian rieb sich den Schlaf aus den Augen und bemerkte einen matten Lichtschimmer aus dem Ankleideraum. Er ging hinüber und schob die Tür auf. Lin war schon fertig angezogen. Sie trug ihren Qipao aus purpurroter Seide, und sie kämmte sich vor dem Spiegel. Als sie Julian erblickte, der vollkommen nackt war und im Schein der Lampe fast zu leuchten schien, lachte sie entzückt.

Er ging zu ihr, drückte sie an sich und küßte sie auf die Lippen. »Hier versteckst du dich also.«

»Du fürchtest wohl, daß ich fliehe?« erwiderte sie.

»Wir müssen heute noch zu Abend essen, der Tag ist ja schon fast vorbei!« sagte Julian, ohne auf Lins Frage zu antworten. Er stürmte ins Bad, duschte rasch und fuhr in seine Kleider. Wenn er sich jetzt nicht beeilte, würde er sich doch nicht beherrschen können, und sie würden wieder im Bett landen.

Gegenüber dem Hotel fanden sie ein Restaurant, das Spezialitäten aus Hubei, der Provinz rund um Wuhan, auf der Karte hatte. Kaum hatten sie Platz genommen, wurden auch schon Appetithäppchen serviert. Dann trugen zwei Kellner einen Glasbehälter herbei, in dem fünf oder sechs Fische schwammen. Nachdem Lin den größten Wuchang-Fisch ausgewählt hatte, zogen sich die Kellner mit einer Verbeugung zurück. Sie tranken einen erfrischenden Reiswein, der mit einigen roten Wolfsbeeren im Glas gereicht wurde. Der Wein war nicht allzu süß, er schmeckte rund und samtig.

Julian drehte nervös sein Glas in der Hand. Er wollte etwas fragen, wußte aber nicht, wie er anfangen sollte.

»Ich weiß, daß du sehr überrascht bist«, sagte Lin. Ihr Englisch floß nun ganz schnell dahin, als ob sie diese Erklärung schon lange vorbereitet hätte. »Ich bin tatsächlich eine andere Frau, als du dachtest. Aber ich bin keine Nymphomanin, wie ihr im Westen sagt.«

Ihr Vater sei ein Bücherliebhaber und habe eine einzigartige Sammlung von antiquarischen Schätzen und kostbaren Einzelausgaben zusammengetragen, berichtete ihm Lin. In der Mitgift ihrer Mutter hätten sich mancherlei seltene taoistische Schriftstücke befunden, darunter auch eine sehr alte Handschrift der berühmten Liebeslehre »Buch der Jadekammer«. Dieser Klassiker werde zwar von zahlreichen zeitgenössischen Bibliographen erwähnt, aber keiner habe ihn wirklich gelesen. Schon allein wegen dieser wertvollen Mitgift habe der Vater die Mutter seinen anderen Frauen vorgezogen. Doch als er bemerkte, daß die Mutter in den lebensverlängernden Liebeskünsten des Taoismus auch praktisch ausgebildet war, sei seine Freude noch größer gewesen.

Mit Hilfe des Buches verbesserten beide ihre Liebestechnik, indem sie Tag und Nacht übten. Zwar sagten die Alten: »Ein neues Buch ist eine ebenso große Freude wie eine neue Konkubine, doch die Schönheit des Buches hält länger an.« Aber diesmal hatte der Vater doppeltes Glück, denn Buch und Geliebte potenzierten seinen Genuß.

Lins Mutter zufolge sei die Großmutter die wahre Expertin der Liebeskunst gewesen. Sie habe das »Buch der Jadekammer« auswendig gekannt und niemals etwas nachschlagen müssen. Vor ihrer Heirat habe die Mutter sich ebenfalls das ganze Buch eingeprägt und zahlreiche praktische Hinweise von der Großmutter empfangen. Um die Kunst zu beherrschen, bedürfe es eines außergewöhnlich regen Geistes und einer gewissen Begabung. Wenn man die Prinzipien nicht von Grund auf durchdringe, nütze es auch nichts, das Buch zu lesen. Die Mutter sei jedoch sehr intelligent gewesen und habe ein ganz eigenes Verständnis des »Buchs der Jadekammer« entwickelt.

Eines Tages habe Lin ihren Vater gebeten, ihr das Buch zu zeigen. Dieser sei jedoch wütend geworden und habe der Mutter verboten, ihre Künste an die Tochter weiterzugeben. Das Buch gehöre ihm allein, habe er damals geschrien, es werde nicht mehr gedruckt, und er werde es auch nicht weitervererben.

1927 habe der Vater einen Brief von einem gewissen Ye Dehui aus Hunan erhalten. Ye habe ihm geschrieben, er würde zweitausend Meilen nach Peking kriechen, nur um einen Blick in das »Buch der Jadekammer« werfen zu dürfen. Doch als der Vater diesen Brief, der ihm fast wie eine Bedrohung erschien, in den Händen gehalten habe, sei der Verfasser bereits von den Kommunisten entführt und getötet worden. Mit solchen Aktionen wollte die Bauernbewegung einen landesweiten Terror gegen örtliche Despoten und verderbte Grundherren entfachen.

Da Ye Dehui ihn nun nicht mehr habe belästigen können, habe der Vater aufgeatmet; gleichzeitig jedoch sei er sehr betrübt gewesen. Schließlich sei der Mann doch nur ein exzentrischer Gelehrter gewesen, der lediglich im falschen Jahrhundert geboren worden sei. Als er seine Sammlung erotischer Schriften veröffentlicht habe, sei er als Vertreter der Grundherrenklasse erschossen worden, ohne daß sich jemand dafür einsetzte, daß ihm Gerechtigkeit widerfuhr. Tatsächlich habe Ye Dehuis Sammlung jedoch bei weitem nicht an die des Vaters herangereicht.

Manchmal habe ihr Vater behauptet, das »Buch der Jadekammer« sei eigentlich viertausend Jahre alt, Konfuzius habe es selbst zusammengestellt. Seine Ausgabe sei eine in der nördlichen Wei-Dynastie entstandene Abschrift eines Buches aus der Jin-Dynastie, die im vierten Jahrhundert westlicher Zeitrechnung an der Macht gewesen war.

Trotz seines Sinns für Tradition sei Lins Vater auch sehr fortschrittlich gewesen und habe der Reformpartei angehört. Er sei stolz darauf gewesen, daß seine Tochter eine moderne Schriftstellerin wurde, und habe Wert darauf gelegt, daß sie mit der Zeit gehe. Die taoistische Liebeskunst habe er jedoch als reine Privatsache betrachtet. Er sei schon verärgert gewesen, als er erfuhr, daß die Mutter anderen vom Inhalt des Buches erzählt hatte. Doch als sich herausstellte, daß sie dieses Wissen an seine Tochter weitergab, habe er sich von seiner Frau abgewandt. Drei Jahre nach Lins Hochzeit sei ihre Mutter plötzlich gestorben. Lin vermutete, daß eine Verschwörung mitten aus dem großen väterlichen Haushalt dahintersteckte, aber der Vater sei nicht bereit gewesen, die Polizei einzuschalten.

Was ihre Erziehung betraf, seien sich Vater und Mutter darin einig gewesen, daß ihre Tochter eine moderne, gebildete Frau werden sollte. Auch sie habe davon profitiert, daß der Vater die Mutter unter seinen Frauen bevorzugte. Von klein auf habe sie eine besondere Ausbildung erhalten, später habe sie dann das englische Internat für höhere Töchter in Tianjin besucht. Doch immer, wenn sie ihre Mutter wiedersah, habe diese die Gelegenheit genutzt, um Lin in der Meditation und in der taoistischen Atemkunst zu unterweisen. Daher habe sie keine Schwierigkeiten gehabt, als es an die Zeit kam, die Liebeskunst zu erlernen.

Julian hörte Lin aufmerksam zu, doch er verstand kaum ein Wort. Früher, als sie von moderner chinesischer Literatur und Kultur gesprochen hatte, konnte er ihr immer gut folgen und sich sogar sein eigenes Urteil bilden. Jetzt versuchte er sich vorzustellen, wie Lin gemeinsam mit ihrer Mutter übte. Zwei weibliche Körper erschienen vor seinem geistigen Auge. Er mußte an Tante Virginia und ihre Freundinnen denken, aber deren Liebe war wohl eher platonisch. Seine eigene Mutter jedoch hatte er nackt gesehen, als er fünf Jahre alt war. Mama hatte sich zusammen mit Molly McCarthy fotografieren lassen – am Anfang des Jahrhunderts, als man Nacktaufnahmen nur von Prostituierten kannte. Die beiden mußten alles um sich herum vergessen haben, wie sie so dastanden, eine hinter der anderen. Ihm fiel wieder ein, was für eine wunderbare Figur seine Mutter damals hatte.

»Ihr seid also ein lesbisches Paar gewesen, du und deine Mutter?« fragte er sie geradeheraus.

Der Kronleuchter schimmerte in prächtigem Grün

und Gold und warf einen sanften Schein. Ohne auf seine Worte zu reagieren, nahm Lin ihr Weinglas und trank Julian zu. Wenn sie errötete, erstrahlten ihre schwarzen Pupillen in einem bläulichen Glanz.

»Den Wuchang-Fisch kann man braten oder rösten, aber auch gedämpft ist er ganz wunderbar«, lenkte Lin vom Thema ab. »Mit Knoblauch und Ingwer, die nimmt man heraus, wenn er gar ist. Und die Weichschildkröte ißt man mit Acht-Schätze-Brei, damit wird der gelierte Saft ausgeglichen, so schmeckt sie frisch und nicht mehr fett.«

Als die Kellner alle Speisen aufgetragen und den Wein nachgeschenkt hatten, fuhr Lin mit ihrer Erzählung fort. Seit sie fünfzehn oder sechzehn Jahre alt war, hätten ihnen die Heiratsvermittler die Tür eingerannt. Die Eltern seien jedoch der Meinung gewesen, daß Lin als moderne Frau selbst ihren Gatten auswählen solle. Als sie Cheng kennenlernte, habe dieser an der Universität Peking unterrichtet, und sie sei bereits eine bekannte Autorin gewesen. Drei Jahre lang habe sie überlegt, bevor sie Chengs Antrag angenommen habe. Sie sei damals siebenundzwanzig Jahre alt gewesen.

Cheng, der sich ganz am Westen orientierte und den Fortschritt anbetete, wollte von taoistischem »Aberglauben« nichts hören. Angebliche Liebeskünste galten ihm erst recht als Zeichen feudaler Rückständigkeit. Als sie sie dennoch heimlich an ihm ausprobierte, war Cheng wie vergiftet und mußte einen ganzen Monat im Bett verbringen. Danach hatten sie nur mehr selten Verkehr, die Liebe war nicht mehr als eine Pflichtübung. Lin konnte die Kunst nur an sich selbst weiter vervollkommnen und dadurch etwas Befriedigung erlangen. Nach den modernen Kriterien führten sie eine erfolgreiche Ehe, der Literaturprofessor und die Schriftstellerin gaben das ideale Paar ab. Wenn sie erzählt hätte, daß sie unglücklich sei, hätte sie jeder für verrückt gehalten.

Lin offenbarte Julian, daß er ihr heute zum ersten Mal die Gelegenheit dazu gegeben habe, ihre Kunstfertigkeit in der Praxis unter Beweis zu stellen. Und wie erwartet, fühlte sie sich nun hundertmal frischer als zuvor. Es sei großartig, sie spüre keinen Hauch von Müdigkeit, die Liebeskunst funktioniere.

»Wenn du mich so reden hörst, wirke ich wohl nicht wie eine aufgeklärte Frau«, fügte sie etwas verlegen hinzu.

Julian ergriff ihre Hand. »Du hast eine gespaltene Persönlichkeit, nicht wahr?«.

Lin gab ihm recht. Nach außen hin sei sie eine westlich gebildete Intellektuelle, eine moderne Autorin, doch im Grunde ihres Herzens hüte sie die traditionelle taoistische Überlieferung und Liebeskunst, die ihre Eltern und Großeltern an sie weitergaben. Nie habe sie diese Seite ihres Wesens entfalten können, und natürlich habe sie nicht erwartet, daß ihr schließlich ein Europäer diese Möglichkeit bieten würde.

»Du schöpfst also Lebenskraft aus der Liebe?« Julian sah noch einmal wie im Zeitraffer die Ereignisse des Tages ablaufen.

»Du hast es sofort erfaßt«, freute sich Lin.

Julian konnte es kaum glauben. »Hört sich an wie eine Art sexueller Vampirismus.«

»Du meinst, ich raube dir deine Energie? Ich wußte, daß ihr aus dem Westen diese Dinge kaum begreifen könnt. Die Liebeskunst ist ein Elixier für beide Seiten. Durch die Vereinigung von Yin und Yang können sich Mann und Frau gegenseitig stärken. Wenn ein Mann die entsprechende Technik meistert, kann er daraus viele Vorteile für sich ziehen – du brauchst dir nur meinen Vater anzusehen.«

Julian mußte ihr zustimmen. Lins Vater war über Siebzig, wirkte jedoch mit seinem schallenden Lachen und seinem kräftigen Gang wie ein Mann unter Fünfzig. Doch Julian hatte seine Zweifel, was ihn selbst betraf. Wenn ich es nicht beherrsche, saugt sie mich dann leer? fragte er sich. Doch schnell wurde ihm klar, wie lächerlich seine Gedanken waren. Warf man nicht normalerweise immer den Männern vor, daß sie die Frauen nur als Objekte ihrer Begierde benutzten? Gegen solche Äußerungen hatte sich Julian immer gewehrt. Sollte er sich dann etwa jetzt beschweren, daß eine Frau von ihm sexuell profitierte?

Andererseits war alles, was Lin da erzählte, nichts als chinesischer Aberglaube und wissenschaftlich völlig unhaltbar – selbst wenn es exotisch und erregend war. Daß er heute zu früh gekommen war, hatte wohl an seiner Nervosität gelegen – noch mal würde ihm das nicht passieren. Schließlich wollte er sich dieser Chinesin nicht im Bett geschlagen geben.

Während er verschämt nachdachte, betrachtete ihn Lin aufmerksam. Dann lenkte sie seine Aufmerksamkeit wieder auf die alte Lehre. Laut ihrer Mutter, erklärte sie, sauge das Glied des Mannes die weibliche Essenz, das Yin, auf. Da es aber leider sehr eng sei, dringe ein Mann nur schwer in die Geheimnisse der Liebeskunst ein. Bei der Frau hingegen nehme der ganze Unterleib die männliche Energie auf, weshalb ein gewisses Ungleichgewicht zwischen den Geschlechtern bestehe. Sobald jedoch der Mann die Feinheiten der Liebeskunst verstanden habe, könnten beide Seiten sehr großen Nutzen daraus ziehen.

»Heute abend hast du einmal nicht ejakuliert«, sagte Lin. »In dem geheimen Buch heißt es, daß derjenige, der es einmal zurückhält, an Lebenskraft gewinnt. Du fühlst dich doch jetzt wieder kräftig?« Julian nickte. »Beim zweiten Mal schärfen sich die Sinne, beim dritten Mal werden alle Krankheiten heilbar, nach dem vierten Verkehr ohne Ejakulation ...« Lin konnte nicht fortfahren, weil beide in Gelächter ausbrachen. Doch Julian drängte sie: »Erzähl weiter!«

»Ich gehe gleich zum zwölften Beischlaf über, da du mir ja ohnehin nicht glaubst«, sagte Lin. »Beim zwölften Mal ohne Ejakulation wird man unsterblich!«

»Mein Gott, das müssen wir unbedingt ausprobieren!« rief Julian. Doch Lins Ausführungen hatten ihn nur noch mehr verwirrt. Heute abend war er einfach übermüdet und nicht mehr als ein Spielzeug in ihren Händen gewesen. Normalerweise würde es ihm wohl nicht gelingen, sich zurückzuhalten. Also fragte er verwundert: »Warum soll es der Mann machen, wenn er die ganze Zeit nicht kommt?«

»›Der Frauen Kurzweil ist dem Mann kein Verlust‹, heißt es in den alten Büchern.«

»Der Sex dient also nur der Freude der Frau?« fragte Julian irritiert. Zum ersten Mal hörte er in dieser Deutlichkeit, daß die Frau im Zentrum der Liebe stehe. Das chinesische Patriarchat galt offenbar nur bis zur Schwelle des Schlafzimmers. Dahinter mußte sich das Yang dem Yin unterwerfen.

Julian goß sich ein weiteres Glas Reiswein ein und fragte frei heraus: »Also, wie viele Orgasmen hast du heute gehabt?«

»Wie viele? Wenn eine Frau in der Liebeskunst versiert ist, zählt sie keine Orgasmen. Heute – «, sie hielt inne und sprach dann sehr leise weiter, »heute war ich praktisch ununterbrochen auf dem Höhepunkt, mehr als sieben Stunden bin ich geschwebt.« Sie seufzte vor Glück. »Wie der Wind die Wolken treibt, so bin ich durch die

Lüfte geflogen. Es war das erste Mal in meinem Leben. Aber jetzt reden wir nicht mehr von der Liebeskunst, Julian. Die Hauptsache ist, daß wir beide glücklich sind.« Sie legte die Stäbchen beiseite und sah ihn zärtlich an.

Diese chinesische Liebeskunst ist doch etwas Wunderbares, dachte Julian und sah ihr in die Augen. Ihre Hände fanden zueinander, sie waren feucht und heiß. Er wollte diesen verrückten Tag der Ekstase verlängern und das Mahl so schnell wie möglich beenden, um zurück ins Bett zu gelangen. Gleichzeitig konnte er ihre Hände nicht loslassen, als fürchte er, daß ihm das Dunkel sonst still und leise seine Geliebte entführte. Das Leben war so schön, und mit Lin zusammen war es noch viel schöner. Wie immer es sich mit der Liebeskunst verhalten mochte, ob er nun Lin unterlegen war oder nicht – er war zumindest der erste Engländer, der dieses Geheimnis kennenlernen durfte.

Dieses Mal waren sie beide wie versunken. Ruhig und still hielten sie einander umfangen. Trotz des Kamins und der Heizung war es nachts doch kühl im Zimmer. Lin wollte sich und ihn immer wieder zudecken, doch er zog die Decke jedesmal wieder zurück, um Lins nackten Körper zu betrachten. Aus dem Grund ließ er auch das Licht brennen. Er dachte an jene Mädchen in England, die ihm nun wie Kälber vorkamen. Erst wurden sie zu schnell erwachsen, um dann ebenso rasch zu verwelken; im Alter wurden sie entweder zu fett oder zu dürr. Lin hingegen war kurvenreich und schlank zugleich. Er fragte sich, wie es den fernöstlichen Frauen nur gelang, beides in sich zu vereinen.

Längst war ihm Lin innig vertraut. Mit nur einem Blick, einer Bewegung, einem Ton konnten sie einander verständigen.

»Erkläre mir«, bat Julian sie, »wie ich die Ejakulation verhindern kann.«

Lin legte ihm die Arme um den Nacken und gab zu, daß sie es nicht wisse, da sie kein Mann sei. »In den Büchern ist davon die Rede, ›den weißen Ochsen zurückzuziehen‹. Aber wenn man es nicht schon von selbst verstanden hat, nützt einem diese Anweisung auch nichts«, sagte sie, um dann hinzuzufügen, daß Julian es leichter lernen werde als die meisten anderen, wenn er sich anstrenge.

»Woher weißt du das?« fragte er.

»Von meinem Gefühl her.« Lin errötete. »Heute war es etwas anderes, das zählen wir noch nicht mit. Doch von jetzt an werden wir zusammen üben, einverstanden? Ein Mann ohne Frau, eine Frau ohne Mann – das kann schreckliche Folgen haben. Zusammen jedoch können beide Unsterblichkeit erlangen. Die taoistischen Klassiker sagen, daß ein Mann, der zwölf kaiserliche Frauen meistern kann, im Alter seine Jugend erhält.«

»Also ich möchte gar nicht ewig leben«, meinte Julian. »Du bist meine K, ich brauche keine weitere Geliebte!«

»Aber nein!« lachte Lin. »Es sind nicht zwölf Geliebte gemeint, sondern die Rede ist von zwölfmal in einer Nacht!«

Julian dachte an Roger Fry, seinen geistigen Vater. Als Professor für Kunstgeschichte in Cambridge hatte dieser am liebsten mehrere Semester nur über chinesische Kunst sprechen wollen. Die dreitausend Jahre alten Bronzegefäße aus der Zhou-Dynastie erfüllten ihn mit religiöser Ehrfurcht. Warum, hatte Roger die Studenten gefragt, blieben die eingravierten oder als Relief herausgearbeiteten Tiermuster an den bronzenen Dreifüßen so schön und konnten ihre Reize über die Jahrhunderte sogar steigern? Weil der Schmied und seine Frau im entscheidenden Augenblick des Gießens zusammen in das kochende Metall gesprungen seien, um die perfekte Verbindung des weiblichen und des männlichen Elements zu erreichen. – Für eine lebendige Kunst opferten die Chinesen sogar ihr Leben. Jetzt erst verstand Julian, was Roger damit gemeint hatte.

Nachdem Julian ihr diese Erkenntnis mitgeteilt hatte, versuchte Lin, Julian herauszufordern. »Du kennst also schon das Yin und Yang und weißt auch etwas vom Zusammenwirken der Kräfte des Lebens. Dieses Prinzip gilt nicht nur für die Kunst, sondern für alle Verbindungen, menschliche wie materielle. Bist du bereit, mit mir ins geschmolzene Metall zu springen? Wagst du es, das tödliche Feuer zu suchen und dich wirklich mit mir zu verbinden? Traust du dir das zu?«

Julian liebte den Nervenkitzel. Seit jeher hatte er leidenschaftlichen Sex gesucht. Doch seine englischen und französichen Geliebten beschränkten sich im Bett darauf, ihn zu fragen, ob er sie liebe, oder sie versicherten ihm, daß sie ihn liebten. Offenbar hatte es ihnen an der nötigen Phantasie gemangelt. Im fernen Osten erst hatte er die richtige Partnerin gefunden: Lin.

»Ich bin bereit«, sagte er laut.

Sobald er anfing, sie zu küssen, konnte er nicht mehr an sich halten. Schon bei der kleinsten Berührung wollte er in sie eindringen, und jede Vereinigung war ganz natürlich. Als Lin abermals über ihm kniete und dabei seine Hüften fest zusammendrückte, fiel ihm zum ersten Mal auf, wie sich Form und Farbe ihrer Brüste durch die Erregung veränderten. Im Zustand großer Ekstase glichen sie ockerfarbenen chinesischen Teetassen, wobei die Brustwarzen, die sich leicht nach außen neigten und zart bräunlichrot schimmerten, die Knöpfe der Deckel bildeten.

Zeit seines Lebens hatte er nach einer ganz bestimmten Farbe gesucht, die er zwar ganz deutlich fühlte, aber nicht beschreiben konnte. Im Atelier seiner Mutter lagerten zahlreiche weibliche Akte, doch die Farbe der Brustwarzen war auf keinem richtig getroffen. Jedesmal, wenn Julian die Gemälde betrachtete, hatte er das Gefühl, daß etwas fehle. Jetzt erst war dieses Gefühl verschwunden. Lin und Julian flogen zusammen auf und nieder, und mit jeder Hebung und Senkung ihrer Körper füllten sich Lins Brustwarzen mit dieser besonderen Farbe. Winzige Schweißperlen brachten sie zum Glitzern, und sobald er eine Brustwarze in den Mund nahm, wurde sie weich und groß. Anders als die westlichen Frauen, liebte es Lin, ihre Augen zu schließen. Ihre Wimpern bildeten eine dichte Reihe, ihre Ohren waren sehr zierlich und betonten ihren wohlgeformten, langen Nakken. Er wußte, daß er sich nicht länger zurückhalten konnte, wenn er sie weiter anschaute. Doch er konnte seinen Blick nicht von ihrem entrückten Gesicht wenden, in dem sich die Wellen des Orgasmus widerspiegelten.

Lin hielt ihm die Augen zu und legte ihren Mund dicht an sein Ohr. »Langsamer, warte«, flüsterte sie ihm zu. Aber schon diese Bewegung war viel zu erregend für ihn. In einer einzigen Flamme stieß er ganz hinauf, um dann in einem Feuerregen hinunterzustürzen, während sein Schoß noch immer zuckte.

Als er schlaff zwischen ihren Brüsten lag, mußte Julian lachen. Den weißen Ochsen zurückziehen, welcher Mann brachte das wohl zustande? Und dann noch mit dieser Frau?

Plötzlich fiel ihm sein Vater Clive wieder ein. Wie schade, daß er nicht auch nach China gekommen war, um sich eine neue Geliebte zu suchen. Ich habe mehr Glück als er, ich besitze die schönste Frau in China, triumphierte er. Ich muß nur schnell diese verdammte Liebeskunst erlernen, bevor ich noch in den Armen dieser Hexe sterbe.

Allmählich wurde er wieder ganz nüchtern. Dieser liebenswerte Körper, der sich da an seinen Schoß schmiegte, wollte nichts als körperliche Befriedigung. Er war nur ein Werkzeug, und als solches würde er keine komplizierten Beziehungsprobleme ertragen müssen. Diese Frau brauchte sein Yang, um ihr Yin anzureichern, so erhielt sie sich jung und schön, und das konnte ihm nur recht sein. Eine wie sie würde auch nicht versuchen, ihm seine Freiheit zu rauben – es war einfach perfekt!

Er hatte sich immer vor der Liebe gefürchtet. Wenn man einmal in ihre Fänge geriet, konnte man sich daraus nicht so leicht wieder befreien. Es war ihm nicht entgangen, daß Lin das Wort von Anfang an vermied. Selbst wenn der Orgasmus nahte, fragte sie nicht wie alle anderen Frauen: »Liebst du mich?«, weder auf englisch noch auf chinesisch. Seine Befürchtungen vor der Fahrt nach Peking waren also völlig unbegründet gewesen. Solange sie miteinander schliefen, war es gut. Und wenn die Liebe sich nicht aufdrängte, wollte er sie auch nicht heraufbeschwören.

KAPITEL 7

Abends, wenn die Sonne versunken war, trugen die Leute Laternen durch die Stadt, und selbst die Kinder hielten kleine Lampions in den Händen. Die Straßen waren in orangefarbenes Licht getaucht, so daß alles ganz zauberhaft wirkte. Schon von weitem konnte man den samtweichen, glatten Akzent der Pekinger ausmachen, der, wenn man näher kam, der Melodie eines Volksliedes glich. Es war ein beliebter Brauch, Schilder und Flaggen über den Türen anzubringen: Da sah man eine Fahne mit dem Namen des Lokals oder die Symbole für Glück und Reichtum. Abgesehen von den allgegenwärtigen Kalligraphien, hingen auch Rollbilder oder große Fächer an den Wänden der Läden. Während es im Süden Chinas ohne Unterlaß regnete, war der Winter in Peking trocken, und der Abendhimmel spannte sich dunkelblau und wolkenlos über die Stadt.

Lin verbrachte nicht jede Nacht im Hotel, manchmal übernachtete sie auch im Haus ihres Vaters. Da sich nur wenige Ausländer in Peking aufhielten, fürchtete sie, in Julians Begleitung aufzufallen – auch in einem von westlicher Hand geführten Hotel. Zum Glück konnte man in dieser Jahreszeit das Gesicht im Schal oder hinter dem Kragen verbergen. Möglicherweise war Lin auch wegen der vielen mißgünstigen Frauen ihres Vaters besorgt, die ständig neue Gerüchte in die Welt setzten; auch wenn alle wußten, daß sie als zeitgenössische Schriftstellerin häufig Umgang mit Ausländern pflegte. Wenn sie bei Julian im Hotel übernachtete, ließ sie zu Hause wissen, sie verbringe die Nacht bei Freunden. Sie hatte tatsächlich zahllose Freunde und Bekannte in der Stadt, in Wahrheit aber vermied sie es, Leute zu treffen.

Auch tagsüber war der Himmel strahlend blau. So auch, als Julian und Lin den Kohlenhügel am Rande der Verbotenen Stadt besuchten. Dort war es angenehm ruhig: Der Straßenlärm der Großstadt drang nur noch schwach zu ihnen durch, und sie begegneten wenigen Leuten. Von der Anhöhe aus hatten sie einen herrlichen Rundblick über die Stadt, in der so viele Kaiser und Dynastien residiert hatten und so viele Grabschätze verborgen lagen.

»Warum fahren wir nicht raus und besuchen die Ausgrabungen?« schlug Julian vor. »Vielleicht finden wir da ein Andenken für meine Mutter!«

»Gute Idee«, erwiderte Lin. »Heute nacht brechen wir auf, in unseren Träumen.« Sie trug eine Hose aus petrolfarbenem Satin, die an den Säumen mit Silberfäden und wasserblauen Spitzen verziert war. Ihre Bluse war aus hellgelber Seide gefertigt und betonte ihre schmale Taille. Lin wirkte mit ihren Lederstiefeln und den hochgesteckten Zöpfen wie eine Hofdame aus der Mandschurei und nicht wie eine chinesische Intellektuelle. Seit sie in Peking waren, wechselte Lin täglich ihre Aufmachung, und ihr immer neuer Anblick betörte Julian.

Nachdem sie in den ersten Tagen und Nächten ihre brennende Begierde gestillt hatten, begann Lin damit, Julian die Stadt zu zeigen. Er hatte den Verdacht, daß sie nun mehr Zeit außerhalb des Hotels verbrachten, weil er in der Liebeskunst noch nicht sehr fortgeschritten war und Lin fürchtete, ihn zu sehr zu überfordern oder gar zu verletzen.

Sie zeigte ihm einen alten Baum, an dem sich der letzte Kaiser der Ming-Dynastie erhängt hatte, als aufständische Bauern die Hauptstadt einnahmen. In Julians Augen unterschied sich der Baum nicht von den anderen, doch als würden sie an dessen Stelle Einspruch erheben, krächzten sogleich zwei schwarze Krähen auf den kahlen Zweigen.

»Im Winter lassen sich hier viele Vögel nieder, vor allem Krähen. Wenn sie nicht schreien, ist das ein schlechtes Omen, doch wenn sie krächzen, folgt ein gutes Jahr. Im Frühling beginnt dann mit dem Geschwätz der Elstern die Zeit der Freude.«

»Und wenn die Krähen mit den Elstern gemeinsam singen, was bedeutet das dann?« fragte Julian.

»Das gibt es doch gar nicht.«

»Ich habe aber wirklich Elstern gehört.«

»Ich weiß nicht, was das bedeutet«, sagte Lin.

Sie zog ihn zu einem Pavillon auf dem Kohlenhügel. Es war der höchste Punkt Pekings, nach allen vier Seiten erstreckte sich die Stadt in die Weite. Die Tore der Verbotenen Stadt zogen sich in strengen, symmetrischen Reihen bis zum Platz des Himmlischen Friedens. Von hier sah die ganze Stadt wie ein überdimensionales Schachbrett aus: Wie beim chinesischen Schach wurde sie durch eine breite Achse in der Mitte geteilt. Im Nordwesten lag der Sommerpalast am Fuße des Bergs der Langlebigkeit. Weiße Marmorbrücken spannten sich über den nahe gelegenen See, und die glasierten Dachziegel funkelten im Sonnenlicht. Nicht nur für die phantastische Aussicht, auch des einzigartigen Lichts wegen lohnte sich dieser Aufstieg.

Julian bewunderte die chinesische Lebenskunst. In der Architektur suchte man nach den feinsten Farbtönen, die Gärten wirkten klar und erhaben. Sommerpalast, Verbotene Stadt, Ming-Gräber, Große Mauer – ein jedes dieser Wunderwerke übertraf das andere. Wer verstand es, so zu genießen wie die chinesischen Kaiser? Welcher andere Herrscher hätte es gewagt, von dem Geld für die Kriegsmarine einen Sommerpalast zu bauen? Dieser guten Idee war nicht nur das herrliche Anwesen entsprungen, sie hatte auch die chinesische Flotte vor dem Versinken bewahrt.

Der opulente Lebensstil des Kaiserhauses hatte offenbar Nachahmer unter den Adligen gefunden. Wer Geld hatte, baute Pavillons und Pagoden zwischen den Spalieren der hängenden Weiden. Lotus blühte auf dem Wasser, Frühlingsvögel flatterten und sangen, und in den Häusern wohnten Scharen von Frauen. Hier wurde zuallererst an die Freuden des Lebens gedacht. Julian hatte zwar nur eine Geliebte, doch die zeigte sich so wandelbar, daß es ihm schien, als ob eine Frau der anderen folgte. Sein Glück stand dem der chinesischen Männer mit ihren vielen Frauen und Konkubinen in nichts nach.

Der Winter, erklärte Lin, sei in diesem Jahr vergleichsweise mild, der Schnee sei schon lange geschmolzen. Julian hatte sich diese Jahreszeit in Peking tatsächlich viel rauher vorgestellt. Sie steckte eine Hand in seine Manteltasche, und er spürte, wie froh sie war, mit ihm allein hier oben zu sein. In der Stadt ging sie nicht gern an seiner Seite, aus Furcht, entdeckt zu werden.

»Ist dir nicht doch kalt?« hauchte sie. Noch während sie fragte, stellte sie sich auf die Zehenspitzen und legte ihm ihren blauen Schal aus feiner Wolle um den Hals. Die sanfte Kälte, die ihre Wangen und Lippen rot gefärbt hatte, machte ihr nichts aus. Im Licht der strahlenden Wintersonne traten ihre Schönheit und Eleganz auf überwältigende Art zutage. Ihre Kleidung war praktisch und fraulich zugleich und betonte perfekt ihre Figur.

Auf den langen, steilen Steintreppen lief sie schneller als er. Beim Abstieg mußte er auf halber Höhe anhalten, um den leuchtendblauen Himmel, die dürren braunen Bäume, die immergrünen Föhren und den leichten weißen Frost auf dem Gras und den künstlichen Felsen zu betrachten. Peking gefiel ihm viel besser als Wuhan, vor allem weil Lin an seiner Seite war.

Als er ihr sagte, wie ihm ums Herz war, lächelte sie und fragte ihn: »Traust du dich, das hier als Beispiel für Gefühlsübertragung im Unterricht zu verwenden? Ein altes chinesisches Gedicht lautet: ›Ich sehe die grünen Hügel in all ihrer Schönheit und erwarte, daß mich die grünen Hügel auch so sehen.‹ Ich glaube, das wurde speziell für dich geschrieben, Julian!« Sie lachte hell und ansteckend.

Was für eine wunderbare Frau! dachte er. Sie ist so natürlich und sensibel, so intelligent und zuvorkommend und mit einem Sinn für Humor ausgestattet, wie ihn nur wenige Chinesen haben. Sie hat ihr Leben fest im Griff und versteht es, einen Mann und zugleich sich selbst glücklich zu machen. – Wenn sie wirklich die faszinierendste und herrlichste Frau war, die er kannte, dann wäre sie auch die ideale Schwiegertochter für seine Mutter.

Julian war erstaunt, daß Lin so viele verschiedene Kleider besaß. Fast alles, erklärte sie, stamme noch aus der Zeit vor ihrer Heirat und sei bei ihren Eltern in Peking aufbewahrt worden. Vor ihrer Ankunft hätten die Dienstmädchen die Kleider mit Kräutern ausgeräuchert, um den Geruch des Kampfers, der vor Motten schützt, zu vertreiben.

Julian musterte sie. Er war froh, daß sie endlich die schmucklose Kleidung, die sie in Wuhan trug, abgelegt hatte, denn die prachtvolle, elegante Tracht einer reichen jungen Dame stand ihr ganz hervorragend.

»Wo bekommt man hier diese Stoffe?« wollte er wissen, während er die mit Baumwolle gefütterte Seide ihrer Bluse befühlte. Welche andere Frau, welcher andere Körper durfte sich in solch luxuriöse Gewebe, in solch wunderbare Farben hüllen?

Statt ihm zu antworten, führte Lin ihn umgehend zum größten Seidenladen in der Einkaufsstraße Dazhalan. Mit ihrer Hilfe wählte Julian fünf Seidenballen mit verschiedenen Mustern aus. Von dem mit Bambus, Pflaumen und Orchideen bedruckten Satin, das Lin trug, wollte er gleich zwei Ballen. Für die Lieferung gab er die Adresse seiner Mutter in England an.

Lin übernahm die Rechnung und zahlte auch für den Transport. Julian hatte nicht darauf bestanden zu zahlen, nicht nur wegen der Sprachschwierigkeiten. Doch Lin ließ sich nicht aus der Fassung bringen. »Die Leute im Westen streiten sich nicht darüber, wer bezahlt, nicht wahr? Das ist eine Marotte der Chinesen. Das nächste Mal zahlst einfach du.«

Als sie den Tuchladen schon verlassen wollten, näherte sich ihnen der Verkäufer abermals unter vielen Verbeugungen und sagte in gebrochenem Englisch, er habe noch ein kleines, kaum beachtenswertes Geschenk für sie, nur als Dank für die gute Kundschaft. Von seinem Gehilfen ließ er zwei handgearbeitete Fische aus blauem Glas bringen, die sich deutlich von dem orangefarbenen Hintergrund abhoben. Auch dieses Geschenk werde er sicher nach England liefern, versprach der Händler.

Neben der Adresse seiner Mutter hinterließ Julian auch noch die von Tante Virginia. Der Verkäufer hatte ganz richtig bemerkt, daß er diesen Ausländer bevorzugt behandeln mußte, um die schöne Dame zufriedenzustellen. Als diese ihm gnädig zunickte, trafen sich die Sonnenstrahlen, die von den Häusern auf beiden Seiten der Straße reflektiert wurden, auf ihrem Körper. Das Licht liebkoste sie wie eine Schauspielerin auf der Bühne; sie wirkte vornehm und würdevoll.

Während sie dem Laden den Rücken kehrten, fragte sich Julian, ob sein westlicher Hochmut nicht völlig lächerlich sei. Er blickte bedrückt auf die Straße und sagte kein Wort, während Lin ihn mit der zärtlichen Fürsorge einer großen Schwester von der Seite ansah.

»Mach dir keine Sorgen. Als Absender habe ich deinen Namen angegeben, deine Mutter wird nichts bemerken.«

Lin wußte, daß Julian seiner Mutter so etwas nie verheimlichen würde. Sie hatte ihm lediglich zeigen wollen, daß sie sich niemals aufdrängen würde.

Noch immer war die Stadt in ein warmes Sonnenlicht getaucht. Geruhsam bummelten sie durch die Dazhalan-Straße, wobei Lin immer etwas hinter ihn zurückfiel. Beide genossen den milden Tag und die Auslagen der Schaufenster. Die kleinen Mädchen, die ihnen auf der Straße begegneten, sahen mit ihren gefütterten Jacken, den feinen Gesichtszügen und den Mandelaugen einfach süß aus. Die Blumenverkäuferinnen boten bereits eine große Auswahl feil, der Frühling lag in der Luft.

Das Theater war bis zum Bersten voll, doch irgendwie war es Lin gelungen, zwei Plätze in der ersten Reihe zu organisieren. Julian hatte sie gefragt, warum man ausgerechnet diese Peking-Oper gesehen haben mußte. Weil der Hauptdarsteller einer der berühmtesten Sänger sei, erklärte ihm Lin. Er sei nicht nur der schönste Mann unter der Sonne, sondern habe auch eine einzigartige Stimme und sei ein begabter Schauspieler. Frauen würden ohnmächtig, sobald sie nur seine Fingerspitzen berührten. Man sage, daß die Zuschauerinnen nach seiner Vorstellung feuchte Flecken auf den Sitzen hinterließen. Lin hatte ihm das im Bett erzählt, auf der Straße hätte sie es niemals gewagt, so offen zu reden. Sie hielten sich beide den Bauch vor Lachen.

Julian konnte es kaum glauben, daß die chinesischen Frauen solch eine starke sexuelle Phantasie hatten. Er ließ seine Blicke durch die Sitzreihen schweifen. Alle Frauen im Publikum waren äußerst elegant gekleidet. Glücklicherweise, sagte Lin, gingen die westlich denkenden Intellektuellen nicht in die Oper, vor allem nicht in das Stück, das man heute abend spielte. Sie laufe also keine Gefahr, Bekannten zu begegnen.

»Ich bin gespannt, wie du auf den Sänger reagierst!« flüsterte Julian ihr ins Ohr. Doch das Publikum lachte und lärmte so laut, daß sie ihn nicht verstehen konnte.

Er wartete, daß sich der Vorhang öffnete. Doch hier gab es keinen Vorhang, nur im Bühnenhintergrund hing purpurroter Samt herab. Auf der Bühne standen ein Tisch, ein Stuhl und in der Mitte eine lange schwarzlackierte Kiste: ein chinesischer Sarg.

Gongs und Trommeln erschollen, die Vorstellung begann. Aber die Lichter im Zuschauerraum gingen nicht aus, und es wurde auch nicht ruhiger. Der Lärm legte sich erst ein wenig, als die Sänger auf der Bühne standen. Eine wunderschöne Frau erschien, von Kopf bis Fuß in die weißen Hanfgewänder der Trauer gekleidet. Schluchzend sang die Witwe, ihre Stimme war laut und schrill.

Das sei die Geschichte des großen Meisters Zhuang Zhou aus dem Königreich Chu, des Mitbegründers des Taoismus, flüsterte Lin ihm ins Ohr. Zhuang Zhou sei seit Jahren nicht nach Hause gekommen, denn er sei auf der Suche nach dem Weg des Himmels. Geduldig habe ihn seine Frau all die Jahre erwartet, doch niemals habe sie sich vorstellen können, daß er im Sarg zu ihr zurückkehre. Urplötzlich sei er jedoch einer Krankheit erlegen und habe seine untröstliche Witwe mir nichts, dir nichts zurückgelassen.

Auf der Bühne erschien nun ein eleganter junger Mann. Schon beim ersten Anblick seines Gesichts, als er nur einmal hin und her schaute und mit seiner Stimme das Signal für die Musik gab, brach der Applaus los. Die Leute neben ihnen schrien begeistert »Hao! Bravo!«. Mit dem Federfächer in der Hand und einem seidenen Turban auf dem Kopf, ging der Mann zögernd und gemessenen Schrittes über die ganze Bühne. Im Takt rezitierte er seinen Text, er sprach die Silben lang und gedehnt. Er sei der Prinz von Chu und Schüler des Zhuang Zhou. Er bringe einen Befehl des Königs, der Zhuang Zhou in seinen Dienst berufe. Da er zu spät gekommen sei, könne er sich nur wieder und wieder niederwerfen vor dem Sarg seines Meisters. Nach diesen Worten verbeugte er sich mit gefalteten Händen vor der Witwe.

Chinesisches Theater war für Julian etwas gänzlich Neues. Die schlichte, auf das Notwendigste reduzierte Kulisse übertraf sogar noch den kühnen Minimalismus des französischen Bühnenbildners Jacques Copeau. Schrill und unharmonisch klangen die Sänger, und die zweisaitigen Streichinstrumente erzeugten viel zu grelle und durchdringende Töne. Aber die Bewegungen auf der Bühne glichen einem Tanz. Das war nicht bloß eine Oper, sondern vielmehr eine Mischung aus Oper und Ballett, die zudem noch einem eigentümlichen System von Symbolen zu gehorchen schien.

Mit einer eleganten Bewegung ergriff der Prinz von Chu die feine weiße Hand der Witwe. Dann maß er sie von oben bis unten, wobei jeder seiner Augenaufschläge mit einem Klopfen auf der hölzernen Muyu begleitet wurde. Der Rhythmus des Instruments entsprach dem Tanz seiner Blicke. Dann begann er, die Witwe zu berühren. Von den bestickten Schuhen an arbeitete er sich, wiederum von der Muyu unterstützt, Zoll um Zoll nach oben. Plötzlich drehten sich beide um und bewegten sich, immer mit dem Gesicht zum Publikum, seitlich über die Bühne, wobei sie sich lüsterne Blicke zuwarfen. Die Bewegungen der Darsteller waren übertrieben und aufregend zugleich. Wenn die langen Ärmel flogen und die Wangen streiften, ertönten Gongs und Trommeln im Takt der Bewegungen.

Das Publikum im Saal applaudierte frenetisch, Männer wie Frauen jubelten vor Begeisterung. Indes sprühten die Augen des Prinzen Funken und vertrieben allmählich die Trauer aus dem Gesicht der Witwe. Er ergriff ihre Hände und streifte ihr zwei Jadereifen über die Handgelenke. Während sie zusammen tanzten, schworen sie sich ewige Treue: »Im Himmel vereint wie zwei Vögel mit nur einem Flügelpaar, auf der Erde vereint wie zwei Lotusblüten mit nur einem Stengel«, sangen sie.

Doch plötzlich wich der Prinz drei Schritte zurück und klagte über Kopfschmerzen. Er vollführte einen kühnen Überschlag nach hinten, wiederum von einem lauten Gong begleitet. Hilflos und verstört umkreiste ihn die Witwe mit fliegenden Ärmeln, wie ein verwundeter Vogel. Ihr Gesang klang nun noch zehnmal schmerzvoller als bei der Klage um ihren Mann. Der Prinz hob den Kopf, er hatte solch tödliche Schmerzen, daß er zehn Salti hintereinander vollführte. Dann schoß ein kleiner Page auf die Bühne, reichte dem Prinzen mit beiden Händen eine Tasse Tee und bedeutete ihm, sich auf dem Stuhl niederzusetzen und zu trinken.

»Hast du nicht gesagt, daß es in diesem Stück nur zwei Rollen gibt? Warum kommt jetzt noch einer dazu?« flüsterte Julian.

»Der zählt nicht«, sagte Lin zu Julians Verwunderung.

Nachdem der Page die Teetasse wieder weggetragen hatte, verkündete der Prinz auf dem Schoß der Witwe, nur das Hirn eines Menschen könne ihn heilen, sonst müsse er sterben. Als die Witwe ihn aufgeregt fragte, wo man ein solches herbekomme, deutete der Prinz mit seiner zitternden Hand auf den Sarg seines Meisters. Die Witwe sprang vor Schreck auf und ließ einen langen und lauten Klageruf ertönen, was die Zuschauer wieder zu begeisterten »Hao!«-Rufen hinriß.

»Warum freut sich das Publikum so über ihr Leid?« fragte Julian.

»Ihnen gefällt das gute falsche Spiel, nicht das gute echte Spiel«, antwortete Lin.

»Das verstehe ich nicht.«

»Ihr Ausländer seid einfach zu beschränkt für die chinesische Oper«, gab sie verstimmt zurück.

Die Witwe hatte die Trauerkleider ausgezogen und trug jetzt nur ein dünnes Tanzkleid. Mit der funkelnden Axt in der Hand kreiste sie in immer engeren Abständen um den Sarg ihres Mannes, bis sie schließlich die Arme hob, um die Totenkiste zu spalten.

Doch der Deckel flog von selbst auf, und Zhuang Zhou sprang heraus. Es war ganz offensichtlich der gleiche Darsteller, der den Prinzen gab, auch die Kleidung war unverändert. In einem unbeobachteten Moment mußte er hinter die Bühne gelaufen und dann von unten in den Sarg gekrochen sein. Also war Zhuang Zhou gar nicht gestorben, sondern hatte die Treue seiner Frau auf die Probe gestellt. Während die beiden im Duett sangen, verbarg sie ihr Gesicht mit dem Ärmel vor seiner unerbittlichen Miene. Dann hob sie die Axt, die sie vorhin fallen gelassen hatte, um sich zu töten. Zhuang Zhou machte keinerlei Anstalten, sie daran zu hindern, sondern hörte ruhig zu, während sie, mit der Axt vor der Kehle, eine letzte Arie sang. Schließlich schlitzte sie ihren Hals mit einem einzigen Schnitt auf. Axt und Frau fielen zu Boden. Zhuang Zhou verbeugte sich zufrieden vor dem jubelnden Publikum, auch die Ehefrau sprang wieder auf und dankte für den Beifall, immer noch mit den gleichen eleganten Bewegungen. Wieder ließ sie ihre Augen spielen, diesmal für ihren Mann.

Noch während der Beifall tobte, verließen Julian und Lin ihre Plätze. Der rote Teppich auf den Gängen führte sie in die Vorhalle.

»Wieso verhält sich das Publikum so närrisch?« wollte Julian wissen.

»Meinst du, weil es so chaotisch zugeht? Das ist normal im chinesischen Theater. Da gibt es auf der Bühne Tee für die Akteure, und im Publikum ruft oft jemand nach einem Freund.«

»Nein, ich frage mich, warum die Moral auf den Kopf gestellt wird. Das Publikum hat nicht nur der flirtenden Witwe applaudiert, der Selbstmord hat ihnen auch sehr gefallen.«

Lin stöhnte. »Wozu wäre das Theater dann noch gut, wenn alles voller Moral wäre? Und wenn es nur um das Flirten ginge, was gäbe es dann noch außer Verwirrung?« Sie schwieg, nahm ihre Brille ab und legte sie in ein Etui.

Auf das kurze Stück, das sie gesehen hatten, folgte noch ein längeres, aber Lin und Julian wollten nicht bleiben. Vor dem Eingang rief Julian ein Taxi. Lin wollte nach Hause gebracht werden, sie sagte, sie habe Kopfschmerzen.

Julian hatte die Peking-Oper großartig gefunden, doch lachen konnte er darüber wirklich nicht. Dementsprechend gedrückt war die Stimmung. Er fragte sich, ob er nicht den Verstand verlieren würde, wenn das so weiterginge. Doch er vertraute Lin. Sie war eine intelligente Frau und wußte, was sie tat. Nachdem er sie bei ihrem Vater abgesetzt und ihr eine gute Nacht gewünscht hatte, merkte er, daß er wirklich erschöpft war und eine ruhige Nacht gebrauchen konnte.

Am nächsten Tag erschien Lin nicht zur vereinbarten Zeit. Sie hatten sich um zehn Uhr verabredet, doch am Mittag war sie immer noch nicht da. Julian aß allein im Restaurant. Danach hatte er keine Lust, im Hotel zu warten. Ihm fiel wieder ein, daß ein Freund in London ihm aufgetragen hatte, in Peking einen gewissen Lord Harold Acton aufzusuchen.

Acton war Professor an der Universität Peking. Er wohnte in einer kleinen Gasse, in einem typischen Hof mit einstöckigen Gebäuden, die viele Räume beherbergten. Im Garten standen Bäume und Bänke, die Türen und Fenster waren hell und sauber. Mit Julians Eintreten sagte Acton, er glaube, Roger Fry gegenüberzustehen, die Ähnlichkeit sei wirklich verblüffend.

Julian wollte erst um Verzeihung bitten, daß er sich nicht angemeldet hatte, aber Acton war vertraut mit den Umgangsformen in Bloomsbury, so daß eine Entschuldigung befremdlich gewirkt hätte.

Im Wohnzimmer wartete ein junger Chinese. Acton stellte ihn als seinen Studenten Chen vor. An der Art, wie die beiden miteinander chinesisch sprachen, an ihren Blicken und ihrem Verhalten erkannte Julian sofort, welcher Natur ihre Beziehung war. Acton wirkte etwas verlegen, doch Julian lächelte ihn freundlich an. Er war den Umgang mit Homosexuellen gewohnt. Duncan, der bei seiner Mutter wohnte, brachte oft seine Freunde mit, darunter bisweilen auch muskulöse junge Matrosen. Morgens hatten sie sich aus dem Staub gemacht, nicht selten mit einem Bild unter dem Arm – zum Glück mit einem wertlosen, da sie keinen Kunstverstand besaßen. Sogar die Kinder wußten es, und wenn ein neuer Liebhaber ankam, riefen sie fröhlich: »Da kommt wieder so ein Räuber!«

Acton und Chen kannten Professor Cheng von der Universität Wuhan und auch seine Ehefrau, die Schriftstellerin Lin. Sie wollten wissen, wann die beiden wieder nach Peking kämen. Als Julian ihnen eine Antwort schuldig blieb, schlugen sie ihm vor, die hiesige »Neumondgesellschaft« zu besuchen, eine Vereinigung junger Dichter, die zum größten Teil bei Acton studierten. »Neumondgesellschaft«! Die »Neumondgesellschaft« scheint allgegenwärtig zu sein, dachte Julian etwas abfällig. Er beschloß, ihnen vorzuenthalten, daß sich Lin in Peking aufhielt. Acton und Chen schienen ohnehin mehr zu wissen, als ihm lieb war. Als Julian gerade gehen wollte, luden sie ihn auf ein Glas Wein ein.

»Wir lassen Sie doch nicht allein in Peking Trübsal blasen. Die Chinesen sagen: Tausend Becher reichen nicht, um ein Wiedersehen unter Freunden zu feiern!«

Während Chen in die Küche ging, sagte Acton, er fühle sich schon ganz wie ein Chinese, sogar seine Augenwinkel zögen sich schon nach oben. In Peking gebe es viele westliche Intellektuelle, unter ihnen auch der Kritiker William Empson aus Cambridge. Dies sei ein bedeutender Unterschied zu den anderen chinesischen Städten, wo Ausländer entweder Kaufleute oder Missionare seien.

Acton und seine Freunde waren erst am Vortag aus Chengde zurückgekommen, einer kaiserlichen Sommerresidenz in der Nähe der Hauptstadt. Im Winter sei der Bergort ein wahres Jagdparadies, mit alten Bäumen, die in den Himmel zu wachsen schienen, und einzigartigen

Tempeln, die tief im Wald gelegen waren und deren Glokken leise aus der Ferne erklangen. Anscheinend führten seine Landsleute in Peking ein gutes Leben; Heimweh schienen sie nicht zu haben. Alllerdings spürte Julian, daß sich dieser Acton, obwohl er sich schon als Chinesen bezeichnete, genauso einsam fühlte wie er selbst am Morgen im Hotel.

Acton zeigte Julian seine Sammlung von traditioneller Malerei, Antiquitäten und alten Schriften mit Fadenheftung. Als sie den Hof durchquerten, blieb Acton ganz unvermittelt stehen und sagte: »Peking ist das letzte Paradies auf Erden! Sie denken bestimmt, ich sage das nur, um mein selbstgewähltes Exil hier zu rechtfertigen. Aber wer kann es sich in der westlichen Gesellschaft schon leisten, die öffentliche Moral zu mißachten, wenn man von euch liberalen Bloomsbury-Leuten einmal absieht?« Er seufzte. »Die Japaner kommen immer näher. Vor mehr als einem Monat, im Dezember, gab es hier einen großen Aufstand kommunistischer Studenten. Unter dem Vorwand, gegen die Japaner zu demonstrieren, wollten sie die Regierung zwingen, die Rote Armee nicht länger zu verfolgen. Ihr werdet ja so etwas in Wuhan auch erlebt haben.«

Schweigend befühlte Julian die verblichene Narbe auf seiner Stirn.

»Japaner, Kommunisten«, Acton schüttelte verzweifelt den Kopf, »unsere Tage in diesem Paradies sind gezählt.«

Am nächsten Morgen lag Julian noch im Bett, als Lin in seine Suite trat. Er hatte einen Kater und schreckliche Kopfschmerzen. Ohne seinen Erklärungen Beachtung zu schenken, sagte Lin, sie werde ihn kurieren. Sie habe einen Wagen gemietet, er solle sich sofort anziehen. Nie werde ich dieses Land verstehen, dachte Julian, geschweige denn diese Frau.

Sie vertrugen sich ohne große Worte sofort wieder. Nachdem er sie einen ganzen Tag lang nicht gesehen hatte, konnte er ihr nicht mehr böse sein. Er genoß eine unvergleichliche Landschaft, beeindruckende Kultur, exquisite Küche, hübsche Frauen und dazu noch Lins lebensverlängernde Liebeskunst – worüber konnte er sich da beschweren? Peking hatte ihn ganz und gar in seinen Bann gezogen. Sogar die Läden in ihren grellen Farben, die schrillen Totenklagen, die Hunde, die über Nacht auf der Straße erfroren, die Pferdewagen und der Klang der Peitsche in der Luft berauschten ihn.

Lin brachte ihn zu den heißen Quellen der Duftenden Berge in Pekings Westen. Dort hatte sie einen Raum in einem Thermalbad gemietet. Als sie die Tür öffnete, dachte Julian an Acton: Ging es ihm nicht genauso wie dem Professor? Als er Lin umarmte und mit ihr in das dampfende Becken stieg, wünschte er sich weder nach Wuhan noch nach England zurück.

Nach einem enthaltsamen Tag war sein Körper so ausgehungert, daß er die Kontrolle über seinen Leib verloren hatte. Schon bei der kleinsten Berührung geriet er in Verzückung. Das Becken war riesig, an der tiefsten Stelle reichte ihm das Wasser bis zur Hüfte. Im dampfenden Wasser stehend, konnte Julian die brennende Lust kaum ertragen. Er fühlte sich wie ein chinesischer Fürst, der drei Paläste, sechs Höfe und dreitausend Mädchen sein eigen nannte. Mit fürstlichen Augen betrachtete er Lin. Das Wasser umschmeichelte ihre makellosen Konturen, und ihre Schönheit kam so noch mehr zur Geltung. Er sah ihre glatte, jadegleiche Scham, die nun ihm noch holder erschien. Er schob seine Hände unter ihren Po und hob sie an die Wasseroberfläche. Ihre Haut fühlte sich wie Seide an. Er konnte nicht mehr aufhören, sie zu berühren, und frohlockte: »Im Westen gibt es keine Frau wie dich.«

Seine Brusthaare trieben wie Seetang auf den Wogen und umspielten ihren glatten, haarlosen Körper. »Und in China gibt es keinen Mann wie dich«, lachte sie.

Seine Kopfschmerzen waren längst verflogen. Lin hielt ihn in den Armen und flüsterte: »Laß dir Zeit, wir haben den ganzen Tag.« Dann erklärte sie: »Frauen wie ich sind auch in China selten. Im ›Buch der Jadekammer‹ werden sie folgendermaßen beschrieben: ›Ihre Scheide liegt weit oben, sie hat keine Schambehaarung, jedoch viel Feuchtigkeit. Sie ist älter als fünfundzwanzig und kinderlos.‹ Wie du siehst, trifft das alles auf mich zu. Es heißt weiter, wenn ein Mann mit einer solchen Frau die Liebe pflegt und die Kunst noch nicht beherrscht, kommt er dennoch nicht zu Schaden. Du brauchst also keine Angst zu haben.«

»Wovor sollte ich auch Angst haben?« erwiderte Julian, während er mit seiner Hand zwischen ihren Beinen entlangfuhr.

»Wundere dich nicht«, sagte sie, doch Julian hörte ihr gar nicht mehr zu. Er tauchte unter und wieder auf, küßte sie und schüttelte dann seine nassen Haare. »Ich bin kein Mann, ich bin ein sanfter Wolf.« Mit beiden Händen öffnete er ihre Beine und drang ungeduldig in sie ein.

Zu den heißen Quellen, seufzte sie mitten im Akt, habe sie ihn deshalb gebracht, weil »Baden« zu den taoistischen Künsten gehöre. Ihre Mutter habe sie darin unterwiesen, aber sie habe es nie ausprobieren können. Doch es sei alles genauso, wie im Buch beschrieben: Sobald Julian aus ihr glitt, drängte das heiße Wasser in ihr Inneres, und wenn er dann wieder in sie fuhr, wurde es bis zu ihrem Herzen hinaufgepreßt, und es fühlte sich an, als ob ihr ganzer Körper zerschmelze.

Lin mußte jeden Augenblick kommen, auf ihrem Gesicht erblühten lauter rosige Wolken. Ihr Blick war entrückt, ihre Hände wanderten von Julians Hals bis zu seinen Beinen und zogen ihn fest an sich. Sie begann wieder zu gurren und verfiel dann in den süßen, monotonen Singsang, den er schon kannte, der sich heute jedoch etwas anders anhörte. Ihre Stimme stieg in die Höhe, um dann wieder tiefer zu fallen, sie klang kräftig und dann wieder ganz zerbrechlich. Lin hatte die Grenze zu einer unbekannten Welt der Freude überschritten.

Auch Julian glaubte, zwischen Wachen und Träumen zu wandeln. Lin riß ihn mit durch die Lüfte und ließ ihn auf den Wellen der Lust reiten. Sie war so schön und frei, voller Grazie und Anmut.

Schon die alten Römer wußten, wie man eine Therme als Stätte des Genusses einrichtete: Dampfbad, Massagebänke und erotische Fresken an den Wänden regten die Badegäste an. Julian seufzte. Wie hätte er ahnen können, daß er ausgerechnet in Peking den Luxus von Pompeji genießen würde und sich das heiße Wasser so vortrefflich für die Liebe eignete? Er fühlte sich wie ein römischer Patrizier, der sich mit seiner Geliebten vergnügte. Doch seine Geliebte war schöner und heißblütiger als alle Sklavinnen jeglicher Dynastien.

In dieser Therme war er nicht länger der Intellektuelle aus Bloomsbury, er war nicht mehr Professor Bell, er war noch nicht einmal mehr ein Engländer, sondern ein bloßes Zeichen, ein reines Yang, das sich mit einem Yin vereint hatte. Lin umschloß ihn, er spürte die Hitze des Wassers und die Kraft ihrer Muskeln. Ihr glatter Körper wogte auf dem seinen, und als sie ihre Brüste an ihn preßte, überkam ihn ein Schauer. Diesmal war sein Orgasmus sehr intensiv und hielt lange an, bis ihre beiden Körper wie erstarrt zurück in das Becken sanken.

Sein Samen quoll vor Lins Bauch empor wie ein Meeres-lebewesen.

Im schwachen Licht zog Lin einen Kimono mit gelbem Rosenmuster an. Sie ließ den Gürtel offen, so daß ihr das Gewand lose von den Schultern hing und ihren Körper gleichzeitig versteckte und offenbarte. Als sie nun mit ihrem langen, wallenden Haar vor Julian stand, sah sie aus wie eine Fee.

Julian legte sich auf eine Tatami-Matratze, an deren Ende sich etliche Kissen türmten. Die Nacht verbrachten sie in dem Hotel, das der heißen Quelle angeschlossen war.

Sie hatten jegliches Gefühl für die Zeit verloren. Der Mond stand hell und klar am Himmel, so daß das Zimmer in ein kühles, bläuliches Licht getaucht war. Dem »Buch der Jadekammer« zufolge, erklärte Lin, sei diese ruhige Stunde inmitten der Nacht am besten für die taoistischen Übungen geeignet. Um diese Zeit sei sie immer von ihrer Mutter geweckt worden, um im Garten neben dem Lotusteich die Essenzen von Himmel und Erde zu empfangen. Das Mondlicht nehme in dieser Stunde den Glanz des Himmels an, und der Tau erhalte den Atem der Erde. Durch extreme Konzentration könne man dann das Geschlecht tauschen. Doch normalerweise versenke sich die Frau in das weibliche Prinzip und der Mann in das männliche. So in Trance, werde man von einem Schutzgeist behütet und könne nicht von den Dämonen geraubt werden.

»Warum singst du immer, wenn wir miteinander schlafen?« fragte Julian, nachdem Lin mit ihren Ausführungen geendet hatte. »Jedesmal klingt es etwas anders.«

»Ich kann nicht singen«, sagte Lin. »Das ist eine Art Pfeifen, das bei tiefer Meditation ganz von selbst entsteht. Es ist eine Methode, die Atmung zu kontrollieren, und gleichzeitig deren Resultat. Es ist wie das Wogen der Urwälder oder der Wind auf der Steppe. Es klingt vielleicht wie ein Lied, aber ohne Melodie, an die man sich erinnern könnte. Man kann es ist nicht lehren oder lernen.«

Sie wich einige Schritte zurück und setzte sich im Lotussitz auf den Boden: aufrecht, mit gekreuzten Beinen, die Hände entspannt im Schoß. Julian erschien sie wie eine golden leuchtende Blüte, verführerisch und faszinierend. Als er sich ihr nähern wollte, wies sie ihn jedoch mit ihren Blicken zurück, und so setzte er sich auf den Teppich.

Ohne ihre Übungen zu unterbrechen, erklärte sie ihm mit leiser Stimme, daß man Bambusblätter und Pfirsichmark in Wasser koche und es nur ein wenig abkühlen lasse, bevor man sich hineinlege. Das sei die einfachste Bademethode und reinige von innen und außen. Sie selbst verwende am liebsten Zinnober, Rauschgelb und Schwefelarsenik zu gleichen Teilen. Dies werde zerstampft, in kleinen Dosen in ein feines Tuch gebunden, und dann stecke man es sich in die Ohren. Am nächsten Tag, wenn die Sonne am höchsten stehe, wasche man die Tinktur mit klarem Wasser aus. Außerdem, fügte Lin hinzu, nehme sie auch gern ein Trockenbad. Sie führte ihm vor, was sie meinte; es sah aus wie eine komplizierte Selbstmassage.

Ihre Hände begannen bei den Augenbrauen und kreisten von innen nach außen, fuhren dann von beiden Augenwinkeln und der Nase über das Gesicht. Ihre Fingerspitzen glitten durch ihre Haare, als ob sie sich kämmen wollte, dann ließ sie sie weiter am Körper herunterwandern. Ihre Handflächen stützten die Brüste, während die Fingerspitzen um die Brustwarzen tanzten. Zuletzt erreichten sie die Schamgegend, wo sie ein so kompliziertes Fingerspiel vollführten, daß Julians Augen nicht mehr folgen konnten.

Seiner Meinung nach war dieses Trockenbad nichts anderes als weibliche Selbstbefriedigung, die nur dadurch geheimnisvoll erschien, weil sie ritualisiert war. Auch ihr sogenanntes Pfeifen war nur ein verschämtes Stöhnen der Lust, mit dem die Frauen des Orients ihre Männer erregten. Weil es als Teil einer Zeremonie galt, wurde es nicht als peinlich angesehen, nicht einmal von einer modernen Frau wie Lin.

Durch die Selbstmassage hatte sich ihr Kimono noch weiter geöffnet, und am Ende fiel er ganz zu Boden. Lin war nun völlig entrückt. Ihr nackter Körper lag zwar vor ihm, doch ihr Geist schien ganz abwesend zu sein. Auf ihrem Gesicht zeichnete sich eine stille Zufriedenheit ab. Lin hatte ihm erzählt, daß sie sich immer auf diese Art befriedigt hatte, bevor sie ihn kennenlernte, und vielleicht hatte sie sich damit so jung und frisch gehalten.

Wie viele Jahre hatte diese Frau in seinen Armen schon ihre eigenartigen Künste praktiziert? Sie war fünfunddreißig, in diesem Jahr würde sie sechsunddreißig. Auf einmal tat sie ihm leid, da ihr Ehemann ihre Lust all die Jahre nicht hatte stillen können. Gleichzeitig hatte er Angst, daß sie ebenso plötzlich wieder verschwand, wie sie in sein Leben getreten war. Diese beiden Gefühle schmerzten Julian so sehr, daß er sie heftig umarmte.

Dieser unerwartete Anflug von Zärtlichkeit irritierte ihn. Wieso empfand er für sie mehr als bloße Lüsternheit? Seine früheren Beziehungen waren nie über das Geschlechtliche hinausgegangen. Wenn man es hinter sich gebracht hatte, ging jeder seiner Wege. Jetzt sah er voller Verwunderung, daß er seine eigenen Regeln verletzte.

Mehr als jeder andere wußte er, was Einsamkeit hieß. Er dachte an seine frühesten Kindheitserinnerungen. Im Nebenzimmer hörte er die Erwachsenen reden und lachen, während er verlassen in seinem Bettchen lag und weinte. Ganz allein mußte er die Nacht und die heftigen Stürme ertragen, die im Frühling selbst die starken Eichen entwurzelten. Manchmal hörte ihn seine Mutter schreien und hieß darauf die ganze Gesellschaft verstummen, damit es ihm wieder bessergehe. Mit seiner Geburt, pflegte Tante Virginia zu sagen, sei ein kleiner Teufel in ihre Clique eingedrungen, der mit seinem Geheul die anregendsten Diskussionen gestört habe.

Warum fuhr er, trotz seiner frühen Ängste, in den Fernen Osten und nahm die Gefahren, die dort lauerten, in Kauf? Warum begann er eine Affäre mit dieser chinesischen Frau? Dafür gab es nur eine einzige Erklärung: Sie waren beide einsam und hatten Angst, allein zu sein. Wenn damals sein Heulen nichts genützt hatte, wenn seine Mutter nicht aufmerksam geworden war, dann blieb ihm nichts anderes übrig, als mit dem Weinen aufzuhören und die Augen verzweifelt auf die blanke Decke zu richten, bis er die Formen der Möbel und die Farbe des Himmels draußen vorm Fenster vergaß.

KAPITEL 8

An diesem Februarvormittag des Jahres 1936 fuhren Lin und Julian mit der Pferdekutsche durch die Stadt. In der Nacht zuvor hatte es geschneit, und die Häuser und Passanten glitzerten, wenn sich das Licht auf dem frischen Schnee brach. Auch die Straßen, die von hohen weißgepuderten Pappeln gesäumt wurden, waren noch nicht gekehrt worden. Julian trug seinen schwarzen Mantel und eine passende Wollmütze, Lin war in einen weinroten Mantel gehüllt, der ihr pfirsichfarbenes Kostüm ganz verdeckte. Ihr Haar hatte sie unter einem Hut verborgen. In der klaren, frostigen Luft hatte sich ein frisches Rot auf ihre Wangen gelegt. Vom Abend bis zum Morgengrauen hatte Julian an einem Gedicht geschrieben, so daß sein Schreibtisch nun mit zerknülltem Papier überhäuft war. Die Winterferien gingen dem Ende zu, und die Heimfahrt nach Wuhan rückte immer näher. Lin hatte bereits die Fahrkarten für die Rückreise besorgt.

Julian war erleichtert, daß Lin sich um alles kümmerte und die nötigen Vorbereitungen traf. Wenn sie davon anfing, wich er diesem Thema aus, als ob ihre gemeinsamen Tage in Peking ewig währten und das Leben in Wuhan gar nicht existierte.

Der scharfe Kontrast zwischen Lins rotem Mantel und dem Schnee stach Julian in die Augen. Er dachte an Actons wehmütigen Ausspruch, daß Peking das letzte Paradies der Erde sei. Sein Blick glitt über einen großen Schneemann am Straßenrand, der gerade auseinanderbrach. Von der Hauptstraße bogen sie in eine breite Seitengasse, in der jemand Affen in bunten, bizarren Kostümen vorführte.

»Du bist im Jahr des Affen geboren«, sagte Lin, die seit Tagen von Fröhlichkeit erfüllt war.

»Soll das heißen, daß ich auch keine Ruhe gebe und den ganzen Tag herumhüpfe?« erwiderte Julian.

»Flüsse und Berge kann man leichter ändern als einen Affen ...« Mit gesenkter Stimme fügte sie hinzu: »Du bist tatsächlich im Jahr des Affen geboren ... und damit acht Jahre jünger als ich!«

Er fragte sich, was sie damit sagen wollte, und blieb ihr eine Antwort schuldig. Mit Ausnahme des Abends in der Oper war Lin die ganze Zeit über glücklich, entspannt und einfach liebenswert gewesen. Aber sie hatten nie über die Zukunft gesprochen. Das machte ihn unruhig. Ohne zu wissen, was Lin darüber dachte, brachte er es nicht über sich, dieses Thema anzuschneiden. Wartete sie etwa darauf, daß er als erster damit anfing? Er war sich nicht sicher. Jedenfalls konnte sich Lin wirklich zurückhalten. Er war davon überzeugt, daß auch sie über dieses Thema reden wollte, aber je wichtiger ihr eine Angelegenheit war, desto leichter konnte sie diese außen vor lassen.

Die Pekinger räumten den Schnee lediglich vor ihrer eigenen Tür aus dem Weg und türmten ihn an den Mauern der Höfe auf. In den kleinen Seitengassen hinterließen die Fußgänger tiefe schwarze Fußstapfen, an manchen Stellen schmolz der Schnee sogar schon. Sie sahen einen Kandisobstverkäufer durch den Matsch stapfen. Lin ließ den Fahrer halten und kaufte zwei Spieße mit roten Äpfelchen, die von einer zuckrigen Glasur überzogen waren.

Julian kostete von seinem frischen, knusprigen Apfel, der süß und sauer zugleich schmeckte. Lin freute sich an seinem Appetit und sagte, sie habe gewußt, daß er diese kleinen Leckerbissen gern mögen würde; nur in Peking seien sie wirklich gut.

Nachdem Julian ausgestiegen war, fuhr die Kutsche weiter und brachte Lin nach Hause. Julian versuchte, sich an die Hausnummer zu erinnern, die Lord Acton ihm genannt hatte, als er ihn schon am Hoftor stehen sah, einen rosafarbenen Wollschal um den Hals gewunden. Ihm wurde etwas mulmig zumute, denn eigentlich hatten sie ausgemacht, daß Acton drinnen warten solle. Ihm sei eingefallen, erklärte Acton, daß die Diener Julian nicht kannten und ihn nicht hineingelassen hätten.

Das Anwesen gehörte dem alten Maler Qi Baishi. »Der Name bedeutet ›Weißer Stein‹«, sagte Acton. »Die Deutschen sind ganz wild auf seine Bilder, er ist die Nummer eins unter den chinesischen Meistern dieses Jahrhunderts.«

Julian klopfte an die Tür. Die Diener öffneten, weigerten sich jedoch tatsächlich, ihn einzulassen. Erst als sie Acton hinter ihm erblickten, verbeugten sie sich mit gefalteten Händen und erklärten, sie hätten nicht gewußt, daß dieser ausländische Teufel Actons Freund sei.

Bei ihrer ersten Begegnung vor einigen Tagen hatte Acton Julian vorgeschlagen, ihm einen Maler aus der Nachbarschaft vorzustellen, der als orientalischer Cézanne oder chinesischer Matisse gelte. Das Beste seien die niedrigen Preise seiner Werke, sie seien daher die idealen Mitbringsel. Julian hatte bereits soviel chinesisches Kunsthandwerk gekauft, daß er damit eine Galerie einrichten könnte. Er hatte nie sehr viel Geld bezahlen müssen, so daß es ihn nicht wunderte, daß so viele Leute aus dem Westen ihr ganzes Reisegeld für Porzellan, Jade und echte oder gefälschte Antiquitäten ausgaben. Doch er konnte Actons Angebot nicht widerstehen. Bloomsbury war berühmt geworden für zwei Ausstellungen von postimpressionistischer Malerei. Damit hatten sie die englische Kunstwelt aufgemischt und galten seither als

Wegbereiter für die Moderne. Vielleicht konnte ihm nun ein vergleichbarer Erfolg gelingen.

Die Diener führten ihn durch unzählige gewundene Gänge, bis sie das Atelier des alten Baishi erreichten. Es hatte nicht die Größe europäischer Werkstätten, machte aber auch nicht deren chaotischen Eindruck, sondern wirkte sehr hell und sauber. Der alte Meister war schon über Siebzig, dennoch strahlte er Kraft und Vitalität aus. Sein spärliches Schläfenhaar zeigte keine Spur von Weiß, er trug ein Käppchen und eine Brille, und ein höfliches Lächeln zierte sein faltenloses Gesicht. Julian bewunderte ihn auf den ersten Blick. Im Atelier liefen noch einige Männer und Frauen mit respektvollem Gesichtsausdruck herum. Wahrscheinlich waren es Qi Baishis Gehilfen oder Schüler.

Der Alte sagte kein Wort. Auf Actons Zeichen hin brachte Julian einige Worte in gebrochenem Chinesisch hervor. Als er nicht mehr weiterkam, bat er Acton, das Gespräch zu übernehmen. Dieser sprach fließend Chinesisch mit Pekinger Färbung und überbot sich in Höflichkeiten.

Das zeigte seine Wirkung. Der Alte ließ Xuan-Papier aus der Provinz Anhui auf dem Tisch ausbreiten und fragte, was er für die Herren malen solle. Blumen, Vögel, Fische, Insekten, Krebse, Krabben und Garnelen, Hühner, Enten, Affen, Schlangen – sie hatten die freie Wahl.

Julian dachte, der Alte mache Witze, und bestellte ein Paar Krebse. Der Gehilfe beschwerte sogleich das Papier und rührte die Tinte an, während der Alte den Pinsel nahm und die Ärmel aufkrempelte. Und wirklich, vor ihren Augen krabbelten zwei Krebse hervor, der eine etwas blasser als der andere; sechzehn Beine und vier Scheren zappelten in der Luft.

»Männchen und Weibchen«, sagte Acton. »Womit beschäftigen die sich wohl gerade?«

Der Alte brach in Gelächter aus. Ohne ein Wort zu sagen, nahm er einen feinen Pinsel, tauchte ihn in dicke Tinte, um vier winzige Pünktchen zu malen. Nun machten die Krebse einander schöne Augen. Julian verfolgte das Geschehen mit verwundertem Blick, während Acton begeistert in die Hände klatschte. Ein Maler aus dem Westen hätte sich sicherlich einige Wochen lang abgemüht, um ein paar Krebse auf das Papier zu bannen.

»Kann ich das kaufen?« fragte Julian.

»Natürlich, ein Fuß kostet sechs Dollar.« Das mußte ein Sonderpreis für Acton sein, sonst würde es sicher mehr kosten. Die Preisgestaltung dieses Meisters, flüsterte Acton Julian belustigt zu, sei noch origineller als seine Bilder; er verkaufe immer nach Maß und Zahl.

Julian war verunsichert. Das war wohl doch kein Matisse, sondern nur ein fröhlicher Zeichner. Er konnte nicht glauben, daß ernstzunehmende Kunst auf diese Art hergestellt und verkauft werden konnte. Aber das zeigte nur einmal mehr, daß chinesische Kunst und Künstler jemandem aus dem Westen einfach fremd blieben.

»Nehmen Sie einen Scheck?« murmelte Julian.

»Aber sicher. Herr Acton ist ein alter Kunde«, antwortete der Meister.

Im ganzen Atelier fand sich kein Stift, so daß Julian den Scheck mit dem Pinsel schreiben mußte, ungeschickt und vorsichtig. Der Alte unterzeichnete die Krebse und schenkte Acton noch zwei Miniaturen. Als sie gerade gehen wollten, zischte Acton Julian zu, er solle die Frau hier im Raum mit der westlichen Bluse, den stark geschminkten Lippen und böse funkelnden Augen auf keinen Fall anschauen. Von dem Alten bis zur Tür begleitet, verließen sie das Atelier, und Julian tat, wie Acton ihm geheißen hatte. Er fand den Professor wirklich bewundernswert. Der Mann hielt sich noch keine vier Jahre in China auf, doch in den Sitten war er schon so bewandert wie ein alter Pekinger; auf dem Weg nach draußen begleitete er jeden Schritt des Alten mit einem recht schmeichelhaften Kompliment.

Auf der Straße erklärte Acton, daß die geheimnisvolle Frau eine Konkubine des Malers sei, die ihm Freunde geschenkt hätten. In nur sieben Jahren habe sie ihm sechs Kinder geboren, wovon eines gerade erst zur Welt gekommen sei. Der Alte sei wohl zweiundsiebzig Jahre alt und scheinbar in mehr als einer Hinsicht produktiv.

Die Bildrolle in Julians Hand schien plötzlich ein Eigenleben zu entwickeln, sie wog viel schwerer als zuvor. Wenn dieser fernöstliche Matisse noch dreißig Jahre leben würde, wie viele Kinder würde er noch in die Welt setzen? Julian fragte sich, ob die blitzartig entstandenen Krebse wohl auch ein Produkt der taoistischen Jugendlichkeit seien.

Als sie sich trennten, warnte Acton Julian noch vor Dieben, nun, da auch er ein Werk des berühmten Meisters besaß.

Als Lin am nächsten Tag ins Hotel kam und das Gemälde sah, lachte sie und sagte, mit einem Bild von Qi Baishi würden seine Enkel sicher reich werden. Aber sie verstummte sofort wieder. Kinder und Enkel waren zu nahe an dem Thema, das sie beide tunlichst vermieden. Durch die Mittagssonne schmolz der Schnee schnell, nur auf den Dächern und den Zweigen lag noch eine Spur Weiß. Zum Ausgehen trug Lin einen violetten Seidenqipao, der mit grünlich schimmernden Orchideen bedruckt war. Dazu hatte sie eine Weste mit Pfauenmuster gewählt. Schon vor einiger Zeit war Julian aufgefallen, daß ihre Ohren durchstochen waren, aber heute trug sie zum ersten Mal Ohrringe. Jedes Gehänge bestand aus zwei Saphiren, die durch ein Geflecht von Silber zusammengehalten wurden. Sie paßten hervorragend zu ihrem Kleid.

Lin führte Julian zu dem Restaurant »Dong Lai Shun« im Osten der Stadt, das berühmt für sein Lammfondue war. Auf dem Tisch, den sie reserviert hatte, stand ein Kupferofen, der mit Kohlen beheizt wurde und feine Brühe enthielt. Darin garte man papierdünne Streifen frischen Lammfleischs. Dazu wurden, neben einer köstlichen Sauce, Lauch, Chinakohl und anderes Gemüse serviert. Die Tische in diesem Restaurant befanden sich in Séparées, und die Stuhllehnen waren mit Wasservögeln lackiert, die ausgeprägte Kopffedern schmückten. Diese Enten, erklärte Lin, hießen Yuan-Yang oder »Liebesvögel«, weil sie sich immer aneinanderschmiegten.

Die beiden ließen sich viel Zeit beim Essen, genossen den Weißwein und sprachen von Literatur. Lin sagte, die Themen ihrer erzählenden Prosa seien sehr begrenzt, vom Standpunkt der proletarischen Literatur sei das, was sie schreibe, nicht lesenswert. Die Kunst, einen Roman zu schreiben, beherrsche sie nicht, sie könne nur aus ihrer Erfahrung schöpfen. Großfamilien mit unzähligen Ehefrauen oder nutzlose, aufbegehrende Jugendliche beschäftigten sie nun einmal am meisten.

»Darin kenne ich mich aus«, scherzte Julian und zog seine Gedichte aus der Tasche. Als Lin sie ihm aus der Hand riß, bat er sie, diese nicht laut zu lesen. Lin verstand sofort den Grund seiner Sorge.

Post Coitum

Drüben, im gespannten Netz,
Die zarte Venus, der verstörte Mars.

Der Falle Maschen sind gesetzt,
Rostrot wie der Gezeiten Sterne.
Einzudringen gestattet die Natur,
Die Deckhaut hält.
Auch wenn die Krebse ihre Schaufeln wetzen,
Kann Sepia crustacea sich paaren.
Der Krabben Scheren im Meereshalt,
Und Salz und Schleim versinken tief.

»Post Coitum«, kicherte Lin und hielt sich die Hand vor den Mund. »Der Titel ist ziemlich explizit, und du hast das komplette Aquarium von Qi Baishi verwendet.« Allerdings legte sie, entgegen Julians Erwartungen, nicht die geringste Bewunderung an den Tag. »Oh, das Ende ist ja wirklich tragisch!« scherzte sie statt dessen.

»Gefällt es dir nicht?« fragte Julian bang.

»Natürlich gefällt es mir!« antwortete Lin. »Ich bin der Tintenfisch, der Wasser schluckt, um vorwärts zu kommen. Ich bin das tiefe Meer, das die salzigen Ausscheidungen sammelt. Und ich bin der Krebs, der sich in deinem Schleim verfängt.«

»Aber wie findest du das Gedicht an sich? Wenn es nichts mit dir zu tun hätte?«

»Es ist sehr sinnlich«, sagte Lin. »Aber du hast es für eine andere Frau geschrieben.«

Julian wurde bleich. »Du weißt doch, daß ich es erst gestern abend verfaßt habe, als du nicht da warst.«

»Genau, gestern abend, als du an deine Mutter geschrieben hast.«

Julian war sprachlos. Frauen waren so unglaublich feinfühlig. Lin spürte ganz genau, wie sehr er von seiner Mutter abhing, wie sehr er ihr vertraute; er war eher ihr langjähriger platonischer Geliebter als ihr Sohn.

In diesem Moment trug der Kellner einen weiteren

Gang auf: Schwarze Baumschwämme, Lamellenpilze von Nadelhölzern, Portulak, Süßkartoffeln, Bambussprossen und Seegurkenscheiben. Nachdem alles aufgetan war, sagte Lin ganz offen: »Ich würde mich so gerne auch in deine Mutter verlieben und an eurer Nähe teilhaben.«

Dieser Satz traf Julian tief. Nie zuvor hatte eine Frau die komplizierte Beziehung zu seiner Mutter so durchschaut. Nicht einmal er selbst konnte sie in einfache Worte fassen, doch diese Chinesin hatte sie mit ihrem ungenügenden Englisch auf den Punkt gebracht.

Er zog ein weiteres Blatt Papier hervor und sagte: »Das Gedicht hat noch fünf weitere Zeilen. Sieh selbst, für wen ich es geschrieben habe.«

Der Seesturm schwingt sich durch die kalten
Roten Sonnenuntergänge, biegt schattige Bäume,
Flieht das steile Kliff, da englische Vögel kreischen.
Verschlungen auf den Buhnen,
Schlafen wir in alle Ewigkeit.

Nachdem Lin die Zeilen gelesen hatte, rannen ihr lautlos Tränen die Wangen herunter. Tief gerührt stand Julian auf und schloß sie fest in seine Arme. Eigentlich hatte er ihr diese Zeilen noch gar nicht zeigen wollen. Er fühlte sich noch nicht sicher genug, um seine Gefühle so deutlich zu offenbaren. Doch jetzt, nach Lins erschütternder Reaktion, konnte er sich auch nicht mehr zurückziehen.

Lin befreite sich aus der Umarmung und wischte sich mit einem Taschentuch ihre Tränen ab.

»Ich weiß, es ist nur ein Gedicht«, sagte sie. »Aber für die letzte Zeile möchte ich dir etwas schenken. Ich bringe dich an einen Ort, den du zeit deines Lebens nicht vergessen wirst.«

Die Sonne stand schon tief im Westen, als sich die beiden schwarzen Flügeltüren hinter ihnen schlossen. Der Straßenlärm verstummte mit einemmal. Als Julian später an diesen Tag zurückdachte, konnte er sich nur noch an einzelne Mosaiksteine erinnern, die im Licht einer tiefen Sehnsucht glommen.

Der äußere Hof war so unscheinbar, daß nur ein Foto ihn hätte festhalten können. Nachdem sie jedoch das zweite Tor passiert hatten, standen ihnen Ereignisse bevor, die Julian tatsächlich im Grunde seines Herzens niemals vergessen würde.

Sie liefen durch einen Garten, in dem es die üblichen Wasserbecken und künstlichen Felsen gab. Der Bambus wuchs hoch und grün, und verwelkte Pflaumenblüten schwammen auf dem Wasser und lagen auf den Wegen.

Eine prächtig gekleidete Frau mittleren Alters stand dem Haus vor. Lin sprach so schnell mit ihr, daß Julian kein Wort des Chinesischen verstand. Die Frau führte die beiden höflich lächelnd durch Korridore, von denen viele Zimmer mit schmiedeeisernen Türen abgingen. An manchen Pforten hingen Laternen, offenbar hielten sich Leute in den dahinter liegenden Zimmern auf. Überall war es still, und ein eigentümlicher Duft, den Julian nicht kannte, drang aus den Räumen. Lin erklärte ihm, daß sie den Namen ihres Vaters verwendet habe, damit sie den vollen Service erhielten. Erst später verstand Julian, was das bedeutete.

Sie wurden in ein geräumiges Zimmer geführt, das geschmackvoll und elegant möbliert war. Mit leiser Stimme traf die Chefin noch einige Anordnungen, bevor sie sich verbeugte und das Zimmer verließ. Dann erschienen zwei Dienerinnen und nahmen ihnen die Mäntel ab. Im Zimmer brannten nur einige Kerzen, es war weder zu dunkel noch zu hell. In der Mitte des Raumes standen drei Kohlebecken. Dann gab es noch einen nordchinesischen Kang, ein großes, gemauertes Bett, das mit einem eingebauten Ofen beheizt wurde. Das Bett machte einen sehr sauberen Eindruck, zahlreiche Kissen und ein Überwurf aus schlohweißem Fuchsfell schmückten es. Die Rückenlehne war aus rotem Sandelholz geschnitzt. Über dem Bett hing ein hauchdünner Vorhang. Es war so warm wie im sommerlichen England.

Die beiden Dienerinnen breiteten ein weißes, besticktes Tuch über das Bett und halfen Lin und Julian aus den Schuhen. Zwei weitere Frauen kamen mit seltsamen Utensilien hinzu. Ohne sich um das Kommen und Gehen zu kümmern, ordnete Lin ihre Hochsteckfrisur. Sie hatte sich auf die Kissen gelegt, den Kopf in die Hand gestützt und lächelte Julian an, der gerade von den Zofen ausgezogen wurde. Sie riet ihm, sich einfach hinzulegen, ohne sich um das Geschehen zu kümmern.

Nach wenigen Minuten waren die Gehilfinnen fertig und entfernten sich leise aus dem Zimmer. Nur eine Dienerin blieb zurück. Sie verriegelte die Tür von innen. Erst als ihm die junge Frau die lange dünne Pfeife überreichte, wurde Julian klar, daß er sich in einem Opiumhaus befand. Er erinnerte sich an einige Dokumentarfilme über China, in denen dreckige und angsterregende Opiumhöhlen voller heruntergekommener, durch ihre Sucht zerstörter Gestalten gezeigt wurden. Offenbar war den sogenannten China-Experten nicht zu trauen.

Zwischen ihm und Lin lagen eine Menge seltsamer Utensilien. Die Dienerin kniete in ihrem traditionellen Gewand aus roter Seide vor dem Bett und wählte frische Opiumpaste aus mehreren feinen kleinen Tiegeln aus, um sie auf einen kleinen Drahtrahmen zu legen und sie mit Kohle anzuzünden. Die schwarzbraune Paste schmolz und wurde durchsichtig, dann bildeten sich goldgelbe

Blasen. Mit einer langen Nadel nahm die junge Frau eine der Blasen auf und gab sie in die Pfeife, die sie Julian reichte. Da dieser sich nicht zu helfen wußte, gab er sie an Lin weiter.

Lächelnd nahm sie die Pfeife an und begann daran zu ziehen, obwohl auch sie darin offensichtlich nicht sehr erfahren war. Beim Inhalieren verschluckte sie sich zweimal. Gebannt beobachteten sie, wie die Blase langsam immer kleiner wurde, bis sie schließlich mit einem Knall platzte. Julian fragte Lin voller Bewunderung, wo sie das Rauchen gelernt habe. Lin lächelte entschuldigend und erklärte ihm, daß sie es einmal mit ihrer Mutter probiert, danach aber alles wieder vergessen habe.

Als die zweite Blase brannte, nahm Julian die Pfeife und versuchte, langsam daran zu ziehen. Es gelang ihm besser als Lin. Der Rauch schmeckte verbrannt, reizte jedoch nicht die Atemwege, sondern glitt sanft und angenehm in seine Lungen.

Er betrachtete Lin, die ihm gegenüber lag. In dem Raum war es inzwischen so heiß, daß sie beide nur Unterwäsche trugen. Lin erschien ihm schön wie eine Fee. Obwohl die Dienerin noch im Raum war, zog sie sich plötzlich ganz aus und öffnete ihr schweres schwarzes Haar. Sie warf ihm verführerische Blicke zu und lockte ihn mit jedem Zoll ihres Körpers. Erneut fühlte sich Julian, als ob er im Atelier seiner Mutter in ein Bild tauche.

Die vierte Pfeife war schon fast zuviel für ihn. Schon nach der zweiten war ihm zumute, als ob er im Paradies wäre, nach der dritten glaubte er, von der hinderlichen Last der Kleidung befreit zu sein und zu schweben. Tatsächlich hatte auch er plötzlich nichts mehr an. So sorglos hatte er sich noch nie gefühlt. Doch wo war Lin? Ihre

Seite des Betts war auf einmal leer, aber dann spürte Julian ihren Körper auf seinem. »Sehr gut, sehr gut«, murmelte er.

Während sich jede Faser seines Körpers verwandelte, hörte er den Gesang von Engeln erklingen. Lin schwebte durch die Wolken, ihr Körper fühlte sich ätherisch an. Dann war sie abermals verschwunden, um gleich darauf wieder vor seinem Schoß aufzutauchen. Sie drehte sich um und nahm seinen Penis in den Mund. Als ihre Lippen daran saugten, fuhr ein elektrischer Schlag durch sein Becken. Er stöhnte und zuckte am ganzen Körper. Jäh kam er wieder zu Bewußtsein und beobachtete sie zitternd: Was machte sie da?

Als Schüler hatte er die englische Übersetzung eines chinesischen Romans aus dem sechzehnten Jahrhundert gelesen, den »Jin Ping Mei«. Die Figuren und ihre Probleme hatten ihn nicht interessiert, so daß er das meiste schnell wieder vergessen hatte. Aber er wußte noch genau, daß die Frauen darin am liebsten »die Flöte bliesen«. Seine Ausgabe hatte den Vorteil, daß alle anstößigen und in England zensierten Passagen auf Latein wiedergegeben wurden. In der Schule lasen sie in den Lateinstunden Cäsars »Gallischen Krieg«; diese Selbstbeweihräucherung eines Diktators fand er unerträglich langweilig, und außerdem täuschten er und seine Klassenkameraden den Lehrer mit einer englischen Übersetzung. Statt dessen widmete sich Julian einer interessanteren Lektüre, die er heute noch in Passagen auswendig konnte:

> Mentulam ad sua labra adposuit. Caput mentulae lingua sua titillibat, et inter labra sursum deorsum volvebat. – Sie brachte die Flöte an den Mund in Position. Sie kitzelte das Kopfstück mit der Zunge und schob ihre Lippen auf der Flöte auf und nieder.

Mentulam in genas mollivit et in os recepit. Foramen titillibat et lingua nervum provocabat. – Sie legte die Flöte auf ihre gepuderte Wange und nahm sie dann wieder in den Mund. Ihre Mundöffnung kitzelte ihn, und ihre Zunge erregte seine Nerven.

Labris firme continuit et molliter movit ... et continuo in os mulieris exiit semen quod tarde sorbuit. – Sie hielt ihn mit den Lippen umspannt und bewegte sich sanft ... und gleich trat sein Samen in ihrem Mund aus, und sie schluckte ihn langsam.

Während dem Lehrer seine raschen Fortschritte in Latein unerklärlich erschienen, gaben die flötespielenden Chinesinnen Julian Anlaß, pausenlos zu masturbieren. Ob es tatsächlich stimmte, daß alle chinesischen Frauen das »Flötespielen« liebten? Keine seiner englischen Freundinnen war je dazu bereit gewesen. Sobald er nur davon sprach, erklärten sie ihn für pervers und ergriffen die Flucht. Julian hatte sich nie getraut, Lin darum zu bitten. Mit ihrer jadehaften Reinheit war sie ganz anders als die lüsternen Frauen aus dem »Jin Ping Mei«. Doch jetzt hatte sie all ihre Hemmungen abgelegt.

Sie liebkoste ihn mit ihrer Zunge und ihren Fingern und drückte ihre Brüste gegen seine Hoden. Er stieß einen Schrei aus, worauf sie ihren Kopf leicht anhob und mit der Zunge seine Eichel umspielte.

Der Engelsgesang wurde allmählich leiser und setzte fast aus, bis Julian ihn plötzlich wieder ganz deutlich vernahm. Lin war eine kaiserliche Konkubine, die nackt die Flöte spielte, während Engelschöre das Hohelied der Liebe sangen. Ihr Körper erstrahlte in den Farben des Regenbogens. Sie war die stolzeste Bläserin seines Harems, die für ihre Kunstfertigkeit in der ganzen Stadt bekannt war.

Julian drehte sich auf die Seite, und die beiden rollten an den Rand des Bettes. Lin nahm ihn wieder in den Mund und begleitete jede ihrer Bewegungen mit den Händen. Als sie den Kopf hob, um Luft zu holen, stand ihr die Lust in den Augen geschrieben.

Die Dienerin hatte das Rauchgerät längst beiseite geräumt. Auf einen Wink von Lin kam sie näher und zog ihre schlichten Kleider aus. Sie war sehr jung, höchstens siebzehn, und hatte eine schmale Figur mit kleinen Brüsten. Nun legte sie sich ruhig in die Mitte des Bettes auf den Bauch. Lin kroch auf sie, so daß ihr Gesäß auf der Hüfte der Dienerin ruhte und ihr Unterkörper hoch aufgestützt war.

Julian hatte diese Stellung schon auf chinesischen Zeichnungen gesehen. Kaiser oder hochgestellte Persönlichkeiten verwendeten bei ihren sexuellen Abenteuern Dienerinnen als Polster. Er hatte diese Darstellungen jedoch immer für erotische Phantasien gehalten, doch nun wurde er eines Besseren belehrt. In dieser Stellung reckte sich ihm Lins Unterleib so weich und weiß wie ein geschältes Ei entgegen. Ihre geöffneten Lippen wölbten sich vor ihm wieder wie glänzende Blütenblätter auf, und ihre entblößte Klitoris glich einer rosafarbenen Kirsche. Der Opiumrausch und die Art, wie sie sich ihm darbot, steigerten seine Erregung ins unermeßliche.

Lin lag mit gespreizten Beinen vor ihm, ihre Scheide glänzte wie die Wasser des Jangtse. Julian drang ganz mühelos und so tief in sie ein, daß sie vor Freude aufschrie. Im Gleichtakt mit ihnen wogte der nackte Leib der Dienerin auf und nieder, ihre drei Körper verschmolzen in einem Fluß.

Die Flammen in den Kohlebecken schlugen höher, und die Seidenvorhänge bauschten sich wie Segel eines Schiffs. Ihm war, als ob weiße Reiher über den im

Abendrot glühenden Wald zogen und unzählige Flügel in den Himmel schwangen. Mit großer Kraft wurde sein Glied von den zwei Frauen gerieben. Im Freudenrausch glaubte er plötzlich, daß alle körperlichen Freuden, die das Leben für ihn bereithielt, in dieser Sekunde aufgebraucht würden.

Er hatte keine Ahnung, wieviel Zeit vergangen war. Sie schien zu rasen und gleichzeitig ganz langsam zu verstreichen, wie süßer zäher Honig. Erneut spürte er eine Pfeife zwischen seinen Lippen, und im Dufte des Opiums glitt er in einen betörenden Halbschlaf. Ganz unbemerkt hatten sie die Stellung gewechselt. Sein Kopf lag nun genau zwischen Lins Oberschenkeln, auf den weichen Po der Dienerin gebettet. Jetzt erst sah er, daß am Kopfende des Bettes lange Spiegel eingelassen waren, die mit chinesischen Bildern von Vögeln und Blumen verziert waren. Er schloß die Augen und stellte sich vor, er sei ein Kolibri, der mit seiner Zunge den Blütennektar aus Lins Kelch trank.

Dann wechselten sie abermals die Stellung. Mit ihrer feuchten Zunge hielt sie sein Glied fest umfangen. Er schrie auf, weil sie seinen ganzen Körper in Brand setzte. Fast glaubte er, von einer unbändigen Kraft zerfetzt zu werden. Nun drang er wieder in sie ein, und wie in Verzweiflung riß Lin ihre Hände in die Luft und umschloß ihn mit aller Kraft. In Ekstase schrie er: »Lin, ich fliege.« Wie ein Lichtstrahl schoß seine Seele aus dem Körper, um sich mit der ihren zu vereinen.

Am nächsten Tag saß Julian allein im Zug nach Wuhan. In der Hand hielt er ein Taschentuch aus gelber Seide. Am frühen Morgen hatte er sein Gepäck aus dem Hotel geholt, und die beiden waren zusammen zum Bahnhof gefahren. Im Taxi hatte sie ihm das Taschentuch gegeben.

In eine Ecke war der Buchstabe *K* eingestickt. Gelbe Seidenfäden wanden sich glänzend über die ganze Fläche. Erst auf den zweiten Blick konnte man darin ein Muster aus Bambusblättern erkennen. Der Stoff hatte zu ihrem Kleid gepaßt. Lin hatte ihm einmal gesagt, daß Gelb die Farbe der Kaiser sei, aber im heutigen China für die Farbe der Lust gehalten werde. Er fragte sich, ob das gelbe Tuch eine bestimmte Funktion hatte. Doch sie meinte nur, er solle es behalten, wenn es ihm gefalle. Und warum hatte sie das *K* in den Stoff sticken lassen? Um anzudeuten, daß ihr alle anderen seiner Frauen vollkommen gleichgültig waren? Oder um zu betonen, daß keine Frau je an sie heranreichen würde?

Die Gedanken wanderten durch seinen Kopf, und er konnte kein Auge schließen. Die Räder des Zuges schlugen immer neue Rhythmen auf den Schienen. Erst vor einem Monat hatte er diese Berge und Flüsse überquert. Damals hatte ihn der Zug ganz sanft nach Peking befördert, doch nun sah er Lin vor sich, und sein Inneres war aufgewühlt.

Er dachte zurück an die vergangene Nacht im Opiumhaus, an das zinnoberrote Bett, das flackernde Licht, diese reichgeschmückte Welt. Nach seinem heftigen Orgasmus war er auf dem riesigen Bett in einen tiefen Schlaf gefallen. Als er einmal aufwachte, war die kleine Dienerin längst gegangen, und Lin schlief fest. Dieses Mal hatte der Akt ihr also keine besondere Lebenskraft verliehen. Ihr Kopf lag zwischen seinen Beinen, das schwarze Haar war zerzaust auf einem Schenkel ausgebreitet, während sie mit beiden Armen sein anderes Bein umklammerte. Ihr Gesicht schmiegte sich an sein Glied, und selbst im Traum preßte sie noch ihre Lippen darauf.

Nie zuvor hatte eine Frau Julian ihre Lust so hemmungslos offenbart. Vermutlich brachte das Opium ihre intimsten Wünsche zum Vorschein. Als er ihr entzücktes Gesicht und ihre verführerische Figur sah, genoß er den Anblick über alles. Behutsam nahm er Lin in seine Arme. So liebevoll war er noch nie zu einer Frau gewesen, und er würde es auch nie mehr sein. Er liebte sie, er war sich sicher. Er hielt sie in den Armen, seine Hände liebkosten sie und streichelten ihren Kopf, als ob sie ein Kind wäre. Voller Zuneigung schlief er friedlich wieder ein.

Als am Morgen das Taxi den Bahnhof erreichte, stieg Lin nicht mit ihm aus, weil sie fürchtete, Bekannte zu treffen. Nachdem sie ihm eine gute Reise gewünscht hatte, hielt sie kurz inne und sagte dann, daß sie jetzt sogar Wuhan möge, denn dort habe sie ihn kennengelernt.

Das Gepäck in der Hand, wollte Julian gerade etwas erwidern, als eine Sirene losheulte. Sie wußten beide nicht, was los war. Aber der Taxifahrer setzte panisch seinen Wagen in Bewegung und fuhr mit Lin davon.

Julian dachte im Zug immer wieder darüber nach. Er hatte sagen wollen, daß er Wuhan nicht möge, weil er nur wollte, daß sie zusammen waren. Aber er hatte es nicht über die Lippen gebracht. Er wollte nichts anderes, als sein ganzes Leben mit dieser Frau zu verbringen. Und gerade deshalb mußte er jedes Wort präzise abwägen. Was er auch sagte, er würde es verantworten müssen.

Im Verlauf seiner Rückreise gen Süden wurde Julian auf einmal klar, daß er keine Wahl mehr hatte. Er mußte nun zu Lin stehen. Doch was würde aus ihrer Beziehung werden, wenn sie nicht mehr geheim wäre? Was würde mit ihren Gefühlen geschehen? Lin hatte schon recht gehabt, bis an sein Lebensende würde er den Aufenthalt in Peking nicht vergessen. Aber was geschah als nächstes? Abgesehen von dem Moment, als sie sein Gedicht gelesen und geweint hatte, war kein Wort über ihre gemeinsame Zukunft gefallen. Warum?

Vielleicht wußte Lin, daß es keinen Zweck hatte, über diese Frage zu sprechen. Solange Julian noch die Wahl hatte, würde er alle seine Schwüre brechen.

Als der Zug am nächsten Vormittag in Zhengzhou ankam, drängten sich viele Fahrgäste auf den Bahnsteig und rangen um die neuesten Zeitungen. Da Julian sie nicht lesen konnte, fragte er seinen Nachbarn, einen Franzosen. Dieser schüttelte mit dem Kopf und sagte nur: »Krieg! Krieg!«

Der Mann erklärte ihm, daß die chinesische und die japanische Armee an der großen Mauer aneinandergeraten seien. Gestern hätten japanische Flugzeuge über Peking gekreist, woraufhin die chinesische Regierung scharf gegen diese Provokation protestiert habe.

Offenbar war das Sirenengeräusch, das bei ihrem Abschied erklungen war, eine Luftschutzwarnung gewesen. Es schien ihm, als ob die japanischen Faschisten ihn provozieren und an seine revolutionäre Pflicht erinnern wollten.

»So etwas hat es vorher schon gegeben, es wird nicht zum Krieg kommen. Die chinesische Regierung ist nicht bereit, mit Japan zu kämpfen. Sie werden auf diplomatischem Wege wieder zurückweichen und Territorium aufgeben«, sagte der Franzose und verdrehte die Augen wie ein Wahrsager. »Doch mit Peking ist es aus.«

KAPITEL 9

Seit einer Woche weilte Julian wieder in Wuhan. Das Semester hatte bereits begonnen, doch weil er krank geworden war, hatte er den Unterricht noch nicht aufgenommen.

In der Küche erzählte ihm Wühlmaus, daß Professor Cheng seine Frau in Hankou vom Bahnhof abgeholt habe. Sie sei mit lauter Geschenken von Verwandten und Freunden beladen gewesen.

»Dann ist sie also wieder zu Hause«, sagte Julian so teilnahmslos wie möglich. Er war in die Küche gekommen, um sich seine Milch zu holen. Milch und Trinkwasser mußte man in China abkochen, und da Wühlmaus Julians Vorliebe für kalte Milch kannte, die dieser tagtäglich in großen Mengen vertilgte, kochte er jeden Morgen einige Liter ab, um sie dann kühlzustellen.

Die Gattin des Dekans, fuhr Wühlmaus fort, sehe zehn Jahre jünger aus, frisch wie eine Rose. Sicher habe sie Buddha gehuldigt und stehe nun in der Gunst der Götter. Er habe sie am Tor zur Universität getroffen. Sie habe ihn höflich gegrüßt und gefragt, wo denn sein Herr die Ferien verbracht habe.

Mit einer Tasse Tee in der Hand ging Julian ins Schlafzimmer zurück. Er trank, neben der unvermeidlichen Milch, nun schon ebensoviel Tee wie die Chinesen. Den grünen Longjing, einen leichten und feinen Tee, mochte er ganz besonders. Im Vergleich dazu schmeckte der kräftige, aromatisierte Tee in England wie Hustensaft.

Nach dem Gespräch in der Küche war ihm Wühlmaus von ganzem Herzen verhaßt. Der Hexer mochte zwar durchtrieben aussehen, doch in Wirklichkeit war er halb so arglistig. Wühlmaus dagegen erschien auf den ersten Blick treu und ehrlich, aber er wieselte überall herum und steckte seine Nase in alles hinein. Er war eine miese kleine Ratte.

Mittlerweile hatte Julian nicht wenig Lust, den Kerl zu feuern und an seiner Statt einen tüchtigen Diener einzustellen. Nichtsdestotrotz würde er einen finden müssen, der Englisch sprach – und davon gab es nicht viele. Immerhin waren Wühlmaus und Hexer aufgrund ihrer Englischkenntnisse von der Universitätsverwaltung speziell für ihn ausgewählt worden. Noch immer redete hier jeder mit ihm Englisch, so daß er kaum über seine dreihundert Worte Chinesisch hinausgekommen war. Zwar verstand er jetzt ein wenig mehr, doch ohne fremde Hilfe war er immer noch wie ein Taubstummer.

Nach seiner Rückkehr aus Peking hatte Julian zwei ganze Tage völlig erschöpft im Bett verbracht. Normalerweise war er so kräftig und unersättlich wie der Kriegsgott Mars und konnte es mit jeder Frau aufnehmen. Was hatte ihn nun so übermannt? Die Symptome waren die einer Grippe: Ihm war schwindlig, er fühlte sich kraftlos und hatte keinen Appetit. Nachts bekam er kein Auge zu und starrte nur an die Decke.

Daß er die taoistische Liebeskunst noch nicht erlernt hatte, lag wohl kaum an mangelnder Potenz, sondern vielmehr an den kulturellen Differenzen, versuchte er sich zu beruhigen. Hoffentlich würden sich diese Schwierigkeiten irgendwann auflösen.

Er hatte es den Dienern gestattet, auf dem Großmarkt zwei Pflaumenbäumchen zu kaufen. Der Frühling nahte schon, und es war Pflanzzeit, außerdem hatte Wühlmaus gesagt, daß die Pflaumenbäume den dämonischen Einfluß der Pfirsichbäume neutralisieren würden. Eigentlich sollte Julian sich die frischgepflanzten Bäume im Garten ansehen und den Dienern danken. Doch ihm fehlte der Antrieb. Von klein auf hatte er sich achtlos gekleidet, jetzt vernachlässigte er auch seine Frisur und ließ sich einen Bart wachsen. Er wollte nirgendwo hingehen. Die meiste Zeit verbrachte er im Bett, das Gesicht zur Wand gedreht. Er war körperlich erschöpft, hatte aber auch das Bedürfnis, in Ruhe nachzudenken.

Meist kreisten seine Gedanken allerdings um die Frage, wann Lin endlich zurückkäme. Mochten sie sich in Zukunft auch nicht mehr arglos unter einem Dach aufhalten, so lebten sie doch nur zehn Minuten voneinander entfernt.

Sie hatte ihren Aufenthalt in Peking um eine Woche verlängert – nicht aus Angst, entdeckt zu werden, sondern vielmehr, weil sie es nicht ausgehalten hätten, einen Tag und zwei Nächte zusammen im Zug zu verbringen, ohne sich berühren zu können. Julian fand diese Entscheidung sehr vernünftig, und er begrüßte ihre Selbstbeherrschung.

Doch die zwei Reisetage und die anschließende Woche allein in Wuhan hatten ihn spüren lassen, wie tief er schon in diese Sache verwickelt war. Diesmal war es nicht das alte Problem, die Frau wieder loszuwerden, vielmehr fragte er sich, ob er sich noch von Lin lösen konnte.

Auf dem Tisch lag ein Brief an seine Mutter. Er schrieb jetzt wieder öfter, mindestens zweimal pro Woche. Die Ferien in Peking waren so ereignisreich und spontan verlaufen, daß ihm kaum Zeit zum Schreiben geblieben war. Jetzt hatte er die Gelegenheit, alles nachzuholen. Sehr ausführlich schilderte er das Erlebte und vertraute seiner Mutter nach wie vor Dinge an, die andere nur ihrem Tagebuch beichten würden. Dennoch war seine Offenheit an ihre Grenzen gelangt, und es gab Dinge zwischen Lin und ihm, die er seiner Mutter einfach nicht erzählen konnte.

Julian stellte sich vor, wie Vanessa das Paket mit Lins wunderbarer Seide öffnen würde. Sie wäre sicherlich entzückt und würde das ganze Atelier damit ausstaffieren. »Schaut nur, das hat Julian aus China geschickt«, würde sie Freunden und Gästen gegenüber dauernd wiederholen, »seht nur, wie sanft sich das anfühlt.« Diese seltsame Handwerkskunst aus China würde ihn wieder ins Gedächtnis der Bloomsbury-Gruppe rufen. Er wünschte sich innig, daß Lin und seine Mutter sich gut verstehen würden.

Er trat ans offene Fenster und ließ die kalte Luft über seinen Körper gleiten. Sein Wunsch, Lin endlich wiederzusehen, und seine gleichzeitige Angst davor stimmten ihn verdrießlich. Hier in Wuhan konnten sie weder so unschuldig weitermachen wie im vergangenen Semester, noch durften sie die Freiheiten genießen, deren sie sich in Peking erfreuen konnten. Und gerade deshalb drängten sich nun die Themen auf, die sie bisher tunlichst vermieden hatten: sollten sie ihre Beziehung legalisieren, was war mit Scheidung, was mit Heirat. Und noch bevor es zu alledem käme, mußte er ihr sagen, daß er sie liebte, sie allein. Die einzige Alternative bestand darin, diese Frau fortan zu ignorieren, doch das war für Julian unvorstellbar.

Die ersten Kornblumen reckten ihre Köpfe hervor, und die Narzissen auf den Hängen waren alle schon aufgegangen. Überall in England sah man diese Blumen, allenthalben wurden sie in Reih und Glied gepflanzt. Hier blühten sie nur an kleinen Bächen oder Teichen.

Mit einemmal begriff Julian, daß Lin ihren Aufenthalt in Peking auch aus einem anderen Grund verlängert hatte:

Sie hätte unmöglich abreisen können, ohne ihre Freunde von der Neumondgesellschaft getroffen zu haben. Außerdem galt es, das chinesische Neujahrsfest zu feiern und zahlreichen Einladungen und Besuchen nachzukommen. Julian fühlte sich unversehens in die zweite Reihe verwiesen, und überdies war er auch noch krank geworden. Ernüchtert schrieb er an seine Mutter: »Sei unbesorgt, ich werde nicht heiraten, eine Heirat wäre die Katastrophe.« Mama würde den Brief lesen und ihm beipflichten. Sie hatte sich immer Sorgen gemacht, daß er in der Liebe alles überstürzen und dann in Schwierigkeiten geraten würde. Kaum daß er den Satz geschrieben hatte, fühlte er sich wieder frei. Jetzt konnte er in Ruhe weiter an Lin denken.

An dem Tag, als er das Schreiben abgeschickt hatte, empfing er einen Brief von seiner Mutter. Darin verlor sie kein Wort über seine Affäre mit Lin, statt dessen ging es um etwas, das er schon fast vergessen hatte – seine Manuskripte.

Er hatte seiner Mutter drei Texte geschickt: eine Abhandlung über die Ästhetik von Roger Fry, den offenen Brief an C. D. Lewis über »Proletariat und Poesie« und schließlich eine an E. M. Forster gerichtete Streitschrift mit dem Titel »Krieg und Frieden«. Seine Mutter hatte die Manuskripte an das Ehepaar Woolf weitergegeben, um sie im hauseigenen Verlag Hogarth Press veröffentlichen zu lassen. Tante Virginia hatte dies jedoch abgelehnt. Vanessa hatte sich am Telefon fürchterlich mit ihr gestritten, doch im Brief fand sie wieder versöhnlichere Worte. Dennoch vermutete Julian, daß Tante Virginia Streit mit seiner Mutter suchte.

Er dachte zurück an die Zeit in Charleston. Das Haus ging in einen riesigen Garten über. Sein Vater Clive schrie irgend etwas, wahrscheinlich suchte er die Kaffeekanne.

Tante Virginia hatte sich irgendwo im Haus eingeschlossen und schrieb, während sich seine Mutter im Garten zu schaffen machte und ihren Gedanken nachhing. Duncan spazierte verträumt umher und nestelte an seiner Kleidung herum. Die Harmonie dieser Tage gehörte der Vergangenheit an.

Vermutlich steckte wieder Vita Sackville-West, das Vorbild für Orlando, hinter dem Streit. Virginia konnte sich unsterblich in Frauen verlieben, und doch war sie immer wieder eifersüchtig auf seine Mutter; besonders dann, wenn diese auf ihren Sohn stolz war. Nach außen hin schienen die beiden Bloomsbury-Schwestern unzertrennlich zu sein, aber hinter den Kulissen stritten sie sich genauso oft wie andere Leute.

In China galt Julian als Professor, aber eigentlich hatte er gar keinen richtigen Beruf. Er wollte politischer Essayist werden und sich als Bloomsbury-Dichter der zweiten Generation etablieren. Als vor zwei Jahren sein Gedichtband »Winter Movement« erschienen war, hatten ihn viele Freunde und Verwandte zum Schreiben ermutigt. Tante Virginia hatte sogar in zwei langen Briefen detaillierte Interpretationen zu seinen Texten formuliert. Aber die Zeitungen besprachen sein Buch so gut wie nicht.

Angeregt vom Diskurs seiner Zeit, hatte er sich mit vielen Fragen beschäftigt, die Ästhetik, Politik und Literatur berührten. Naturgemäß richteten sich seine Essays gegen die Generation seiner Eltern. Er setzte sich mit den Texten auseinander, mit denen sein Vater und dessen Zeitgenossen in jungen Jahren die Welt provoziert hatten. Da gab es Moore mit seiner »Principia Ethica«, Onkel Leonards »Socialism and Co-operation«, Goldies »The Meaning of Good« sowie sein »Religion and Immortality«, es gab »Art« und »Civilization« von seinem

Vater, »A Treatise on Money« von Keynes und Forsters »Aspects of the Novel«. Jeder von ihnen hatte gleich von einem ganzen Fach Besitz ergriffen und behandelte sein Thema so ausufernd, daß für die Nachwelt kaum noch etwas zu sagen blieb. Julian fühlte sich von diesen Werken herausgefordert, wenn auch seine geistigen Väter keinen Wert auf die Kritik ihrer Kinder zu legen schienen.

Aber er ließ sich nicht entmutigen. Euch alte englische Liberalisten, dachte er, werden wir früher oder später schon noch verdrängen. Für euch bedeutete Liberalismus doch nichts anderes, als offen homosexuell oder pazifistisch zu sein; doch unsereins studiert die asiatische Liebeskunst, und eines Tages werden wir für unsere Ideale im Fernen Osten in den Kampf ziehen, ihr werdet schon sehen!

Dennoch verletzte es ihn zutiefst, daß selbst seine engsten Verwandten seine Manuskripte ablehnten. Er begann zu zweifeln, ob er überhaupt das Zeug dazu hatte, eines Tages im Zentrum des Bloomsbury-Zirkels zu stehen. Vielleicht war er einfach nicht so gescheit wie seine Eltern. Oder aber deren intellektueller Liberalismus war heute schlichtweg überholt. In Zukunft würde er sich wieder stärker auf die Lyrik konzentrieren. Einige seiner Gedichte würden ihn sicherlich überdauern.

Es war der Frühlingsbeginn des Jahres 1936. Julian war achtundzwanzig Jahre alt. Er hatte gerade das größte Glück seines Lebens erfahren und konnte an nichts anderes mehr denken. Doch nüchtern betrachtet, wurde die Beziehung zu dieser Chinesin immer komplizierter. Und was er mit seinem restlichen Leben anfangen sollte, wie seine berufliche Zukunft aussehen sollte, das wußte er noch viel weniger.

Möglicherweise war er es einfach nicht gewohnt, eine solche Sehnsucht nach einer Frau zu empfinden. Eine kühle Brise blies durch den Raum, und er mußte niesen. Er fühlte sich krank und schwach. Wie ein ruheloser Geist wanderte er durch das ganze Haus.

Eines Abends, als die Sonne gerade unterging, aber die Lichter noch nicht angezündet waren, hörte er auf einmal Lins Stimme. Mit leichten Schritten stieg sie die Treppe hinauf. Glücklicherweise fühlte er sich heute ein wenig besser und lag nicht im Bett.

Lin hatte von seiner Krankheit gehört und brachte ihm Medikamente mit. Als sie Julian mit seinen zerzausten Haaren und dem zerknitterten Hemd in der Tür des Schlafzimmers stehen sah, schickte sie ihn vor den Dienern gleich wieder ins Bett zurück. Sie hatte eine Schallplatte mit klassischer chinesischer Musik von Freunden aus Peking mitgebracht, die sie ihm aber erst vorspielen wollte, wenn er sich hingelegt hatte. Also blieb ihm nichts anderes übrig, als sich wieder ins Bett zu begeben und sich die Decke bis unters Kinn zu ziehen. Als er Lin in seinem Zimmer herumgehen und aufräumen sah, fühlte er sich so geborgen wie in Kindheitstagen.

Er bat sie, die Platte aufzulegen. Während er der Musik lauschte, schlummerte er sanft ein. Seit seiner Rückkehr aus Peking konnte er zum ersten Mal gut schlafen, und er merkte noch nicht einmal, wann sie ging.

Am nächsten Morgen erwachte er sehr spät; die Sonne stand schon hoch über dem Dach. Im Laufe des Vormittags war Lin erneut vorbeigekommen und hatte ihm eine nahrhafte Suppe aus Wasserreis und Gemüse gekocht, die ihn gegen die Grippe stärken sollte. Sie kümmerte sich um ihn wie eine große Schwester, sehr sorgfältig, aber doch mit einer gewissen Distanz. Die Diener folgten ihren Anordnungen mit Eifer, schließlich war sie die Frau des Dekans. Lin wirkte völlig natürlich und entspannt und war wirklich um seine Gesundheit besorgt. Peking erwähnte sie mit keinem Wort.

Julian schaute sie ein wenig nachtragend an. Lin konnte anscheinend seine Gedanken lesen, denn sie sagte: »Ein chinesisches Sprichwort lautet: ›Krankheit trifft dich so plötzlich wie ein Erdrutsch, doch sie heilt so langsam, wie man frische Seidenfäden aus dem Kokon zieht.‹«

Was sollte das heißen? Machte sie sich etwa über ihn lustig? Nein, die Chinesen neigten einfach dazu, den Sprichwörtern zuviel Bedeutung beizumessen.

Sie sprach weiter: »Jeder Mensch muß seinem Herzen folgen. Man kann über alles reden und alles zu einem guten Ende führen. Wahre Weisheit bedeutet, seiner Natur zu folgen, ein ruhiges Herz und ein ausgeglichenes Temperament zu haben, sagen die Taoisten.«

Doch diese Sätze aus ihrem Mund wirkten künstlich. Julian begriff, daß sie ihm nur zeigen wollte, wie geduldig sie war. Seit ihrer Rückkehr drehten sich seine Gedanken im Kreise: Bestrafte er diese Frau, die ihn liebte, oder sich selbst? Oder hatte sie ihm sein ganzes Yang und damit auch all seine Lust geraubt? Vor der Reise nach Peking hätte er nicht sagen können, ob er sie liebte, denn sein starkes sexuelles Verlangen trübte seine Sinne. Doch jetzt fand er es ebenso schwierig zu entscheiden, was wahre Liebe ist. Er konnte nicht leugnen, daß er ständig an Lin dachte, doch diese bittersüße Sehnsucht war ihm völlig neu, und er wußte nicht recht, was er damit anfangen sollte.

Als es ihm einige Tage später wieder etwas besser ging, sprach Lin zum ersten Mal von ihrer Beziehung. Sie fragte nicht, ob er sie vermißt habe, sondern sagte nur, sieben Tage ohne Julian hätten sich für sie wie sieben Jahre angefühlt. Sie saßen auf dem Sofa im Wohnzimmer, und Tränen füllten ihre Augen. Sie drehte den Kopf weg, hielt sich den Mund zu und versuchte, sich zu beherrschen.

Julian hätte sie gerne in die Arme genommen, doch er hielt sich zurück. Lange hatte er auf diesen Moment gewartet, doch vorerst wollte er sich nicht wieder in den sinnenverwirrenden Wahnsinn ihrer Affäre stürzen, obwohl er damit so glücklich gewesen war. In ihren Augen las er, wie sehr sie ihn liebte und daß ihre Gefühle weit über ihre sexuelle Begierde hinausgingen. Doch diese Blicke machten ihm angst. Er konnte jetzt keine endgültige Entscheidung treffen, doch ausweichende Floskeln fielen ihm auch nicht ein.

Sie wechselte das Thema und erzählte, daß sie in Peking nach seiner Abreise einige Freunde getroffen habe. Außerdem habe sie einige prächtige Kleider aus ihrer Jugend mitgenommen: Qipaos mit Wasserärmeln, stoffbespannten Knöpfen und seidenen Paspeln. Fast alle Kleider stammten aus den 1910er Jahren und waren dementsprechend altmodisch, doch Julian würden sie sicher gut gefallen.

»Gute Idee«, sagte Julian. Abermals mußte er sich eingestehen, daß sie im Verführen wesentlich geschickter war als er.

Da die Diener nicht im Haus waren, rückte sie immer näher, ohne ihn jedoch wirklich zu berühren. Sie legte den Kopf zurück und sah ihn unverwandt an. Ihr ganzer Körper strahlte ein unbändiges Verlangen aus.

Noch nie war ihm ein Mensch begegnet, der so intensiv fühlte. Das beunruhigte ihn, denn er fürchtete sich vor verliebten Frauen. Sobald man liebte, tat man einander weh, und am Ende wurde es durch und durch langweilig. Aber ganz ohne Liebe gäbe es auch keine Affären, und ohne etwas füreinander zu empfinden, hätten sie niemals dieses gleißende Glück in Peking erfahren. Liebe darf also nur bis zu einem gewissen Punkt gehen, entschied Julian. Aber wie sollte man entscheiden, wann dieser Punkt erreicht war? Und wie konnte er Lin davon überzeugen? Sein verwirrter Gesichtsausdruck ließ sie zurückweichen, und mit sorgenvollem Blick sah sie ihn an.

Als Julian halbwegs genesen war, nahm er seinen Unterricht wieder auf. Da er noch nicht völlig wiederhergestellt war, konnte Lin ihn weiterhin unter dem Vorwand der Krankenpflege besuchen. Sie vermied es, über ihre Beziehung zu sprechen, denn sie wußte, daß Julian klare Worte zu diesem Thema fürchtete. Solange diese Dinge unausgesprochen blieben, konnten beide völlig frei entscheiden, ob sie so weitermachen wollten oder nicht. Seltsamerweise fühlte sich Julian dennoch nicht in der Lage, einen Entschluß zu fassen. Er spielte vielmehr mit dem Gedanken, einen selbstironischen Roman mit dem Titel »Hamlet in China« zu schreiben.

Eines Tages kam Lin in sein Zimmer und sagte, nachdem sie eine Weile schweigend am Tisch gestanden hatte: »Wenn du jetzt nicht mit mir in den Garten gehst, werfe ich diese beiden Vasen aus dem Fenster.« Mit jeder Hand packte sie eine der wertvollen Vasen. Julian mußte über diese seltsame Drohung lachen.

Lin lachte nicht mit, stellte die Vasen aber vorsichtig wieder auf den Tisch. »Deine schlechte Gesundheit ist zwar ein guter Vorwand für mich, dich zu besuchen. Aber mittlerweile frage ich mich, ob du nicht wirklich noch krank wirst, wenn du so weitermachst.« Lin wußte also über seine »Krankheit« Bescheid. Sie schien ihm noch mehr sagen zu wollen und rang um die passenden Worte.

Er folgte ihrem Befehl, und sie setzten sich in den Garten, wo sie sich von den Dienern Tee und Gebäck servieren ließen. Als er die beiden Pflaumenbäume in voller Blüte stehen sah, fühlte sich Julian gleich viel besser. Lin sah ihn nicht mehr wie eine besorgte große Schwester an, sondern sagte ganz entschieden: »Wir brauchen einen Zeitplan.«

Julian wußte sofort, was sie im Sinn hatte. Da er sich weigerte, mit ihr über Liebe und Heiratsabsichten zu sprechen, blieb ihr nichts anderes übrig, als die Affäre wiederzubeleben. Doch er wußte nicht, wie das gehen sollte. Die verdammten Diener tanzten ihm zwar ständig auf der Nase herum und störten sein Privatleben, aber er kam auch nicht ohne die beiden aus. Die einzige Möglichkeit wäre, sich mit Lin in den Hügeln zu treffen, doch dazu war es noch nicht warm genug.

Er schwieg und wartete darauf, daß Lin fortfuhr. Sie ging nervös im Garten auf und ab. Ihre hohen Schuhe und ihr rosenrotes Kleid ließen sie etwas größer erscheinen. Sie sah in all ihren Kleidern gut aus, doch im Sonnenlicht wirkte dieses Rot besonders sinnlich und anmutig. Außerdem waren ihr die Mädchenkleider ein wenig zu eng und betonten ihre grazile Figur noch stärker. Plötzlich blieb sie stehen und wandte sich ihm zu.

Sie sprach langsam und leise, aber sehr deutlich und verständlich. Durch ihren gemeinsamen Aufenthalt in Peking hatte sich ihr Englisch merklich verbessert.

Ihr Plan war einfach, aber kühn: Julian solle die Diener morgens einkaufen schicken und sie bitten, nicht vor neun zurückzukommen. Ihr Mann müsse als Dekan um acht im Büro sein. Um die gleiche Zeit wolle sie zu ihm kommen. Sie hätten also eine Stunde.

Während sie sprach, färbte sich ihr Gesicht rot – nicht vor Scham, sondern weil sie sich von ihm gedemütigt und zurückgewiesen fühlte. Daß sich Julian ihr gegenüber bewußt so kühl verhielt, konnte sie nicht mehr ertragen. Er wußte, was in ihr vorging. Sie war kaum ein paar Stunden aus Peking zurück gewesen, schon war sie an sein Krankenbett geeilt.

Natürlich hatte sie erwartet, daß sie ihre leidenschaftliche Affäre sofort wiederaufnehmen würden. Zwar konnte sie nicht sicher sein, daß er sie liebte, aber es gab zumindest keinen Grund, ihre Beziehung aufzugeben. Nun spielte sie ihre letzte Karte: Sie verlangte, daß er mit ihr schlief.

Julian wußte, daß dieses Arrangement unausgewogen war. Als Ausländer mußte er nicht fürchten, sein Gesicht zu verlieren, falls sie entdeckt wurden. Die Gefahr für Lin war viel größer. Wenn sie beim Ehebruch mit einem Ausländer erwischt würde, wäre ihr Ruf so beschädigt, daß sie kaum weiter existieren könnte. Nicht einmal die ach so liberalen Freunde von der Neumondgesellschaft würden ein solches Verhalten gutheißen. Aber Lin wußte, daß ihr Verhältnis zu Julian keine Zukunft hätte, wenn sie auf die körperliche Liebe verzichten müßten.

Julian war versucht, ihrem Vorschlag zuzustimmen. Er liebte die Gefahr, besonders, wenn sie mit erotischen Abenteuern gepaart war. Aber noch mal von neuem beginnen? Er zögerte.

Lin wandte sich mit einem traurigen Blick von ihm ab. Ohne auf eine Antwort zu warten, durchquerte sie den Garten und eilte auf den Weg, der durch die Hügel zu ihrem Haus führte. Sie lief so schnell, daß er fürchtete, sie werde auf ihren hohen Absätzen jeden Augenblick stolpern. In einer plötzlichen Anwandlung stürzte er ihr nach und schrie: »Yes!« Lin sah sich um und lachte ihn so strahlend an, daß er sich schämte. Warum war er so grausam zu ihr gewesen?

In der darauffolgenden Nacht konnte Julian kein Auge schließen. Am Abend hatte er die Diener angewiesen, einige besondere Lebensmittel auf dem Gemüsemarkt zu kaufen und nicht vor neun Uhr wiederzukommen. Er wußte, daß der Auftrag etwas sonderbar klang, aber er konnte sich nicht um alles kümmern. Seit ihrer Abmachung sehnte er sich mit jeder Faser seines Körpers nach Lin. Ohnehin schien sein Körper sie besser zu kennen als sein Kopf. Er hatte seine Begierde kaum noch unter Kontrolle. Die Szenen aus Peking spielten sich immer wieder vor seinem inneren Auge ab und erregten ihn auf geradezu schmerzliche Weise.

Er hatte das Bedürfnis, sich an den Schreibtisch zu setzen und einen Brief an seine Mutter zu schreiben. Früher hatte ihm das immer geholfen, seine Lust zu bändigen und seine Gedanken zu ordnen. So unternahm er den verzweifelten Versuch, seine Leidenschaft für Lin durch seine Mutter zu zügeln. Als ihm jedoch die Worte nicht wie gewohnt aus der Feder flossen, fragte er sich, ob dies nicht schon ein Verrat an seiner Mutter sei.

Lins Vorschlag war eigentlich ein Befehl, den er nicht zurückweisen konnte. All seine Überlegungen stürzten unter ihren Worten zusammen – sie wollte weitermachen, und er mußte ihr folgen.

Da er nicht mehr einschlafen konnte, nahm er ein Bad und wusch sich die Haare; auch den ungepflegten Bart, den er sich hatte wachsen lassen, rasierte er ab. Erst als er sich in seinem Körper wieder wohl fühlte, legte er sich zurück ins Bett. Er kroch nackt unter die Decke und wartete. Er fühlte sich wie verhext, als ob die Begierde nun noch viel stärker als vor seiner Reise nach Peking war.

Die Nacht schien kein Ende zu nehmen. Erst als es schon dämmerte, fiel er in einen leichten Schlaf.

Durch das behutsame Zuschlagen der Haustür wurde er geweckt. Die Diener waren schon gegangen, und Lin hatte einen eigenen Schlüssel. Er lauschte auf ihre sanften Schritte. Im Halbschlaf vernahm er, wie sie leise die Treppe heraufkam; seine Sinne waren überwach.

Mühsam versuchte er, seine Lider zu öffnen. Er spürte, wie sie ins Zimmer kam, und rieb sich die Augen, damit ihm nicht entging, wie sie sich auszog und ihren herrlichen Körper preisgab. Doch ehe er es sich versah, war sie wie ein Fisch zu ihm unter die Decke geschlüpft.

Sie zitterte vor Kälte. In ihren Haaren hatte sich der morgendliche Tau gesammelt, und auch ihre Haut und ihre Lippen fühlten sich kühl an. Es war, als ob sie aus einer frostigen Eiswelt zu ihm ins Bett geflohen war. Sie hatte sicher den Waldweg genommen, um unbemerkt und rasch zu ihm zu gelangen.

Er hörte ein Ticken unter seinem Kopfkissen. Lin hatte dort eine Taschenuhr plaziert, auf die sie immer wieder verstohlene Blicke warf, indem sie das Kissen beiseite schob. Sie erkauften sich ihre Liebe fürwahr Sekunde um Sekunde. Plötzlich brachen die Strahlen der aufgehenden Sonne durch das Fenster und tauchten das Zimmer in ein intensives Orange. Hastig und aufgeregt küßten sie sich, und als sie ihre Beine ganz leicht öffnete, drang er in sie ein. Es fühlte sich alles sehr vertraut an, und für einige Augenblicke genossen sie es, wieder vereint zu sein. Doch als Lin abermals auf die Uhr schaute, riß sie Julian aus seiner Ekstase. Er hatte einen kurzen, leidenschaftslosen Orgasmus, und ganz offensichtlich war auch Lins Lust nicht befriedigt. Sie nahm die Uhr, deren mechanisches Ticken an eine Zeitbombe erinnerte, stand auf, zog sich schnell an und ging.

Am nächsten Morgen kam sie pünktlich um acht. Sie war noch immer so gehetzt und nervös wie am vorigen Tag. Der Geschlechtsverkehr war so lustlos wie eine geschäftliche Angelegenheit. Schon um halb neun war die Sache beendet. »Wir hätten noch Zeit gehabt«, seufzte Lin, während sie traurig auf die Uhr sah. Es schmerzte sie, daß Julian nicht so ungeduldig wie üblich war. Die beiden vertieften sich in den Anblick des Sekundenzeigers, bis Lin früher als erwartet aufbrach. Ohne das Ticken der Uhr war das Zimmer mit einemmal sehr still. Julian erwischte sich bei dem Gedanken, daß diese unerträgliche Situation vielleicht auch Vorteile hatte. Ihre Leidenschaft füreinander würde abkühlen, und auf lange Sicht würde ihre Affäre ganz von selbst zu Ende gehen.

Ihr derzeitiges Liebesleben stand in einem geradezu grotesken Gegensatz zu allem, was sie in Peking erlebt hatten. Julian führte sich jedes kleine Detail dieser Tage und Nächte wieder vor Augen. Er wußte noch, wie jeder einzelne Orgasmus zustande gekommen war, und konnte sich lebhaft an die Umgebung, die Atmosphäre und die immer neuen Techniken, die sie ausprobierten, erinnern. Doch was war jetzt noch davon übrig? Von diesen letzten glänzenden Tagen, die er im dem Untergang geweihten Peking verbracht hatte?

Als Lin am dritten Morgen ins Zimmer trat, sah sie zu ihrer Überraschung, daß Julian voll angekleidet mit einer Teetasse in den Händen am Schreibtisch saß. Sein Gesicht zeigte unverhohlenes Desinteresse. Lin setzte sich ihm gegenüber aufs Bett und seufzte.

»Was ist los?« fragte er mechanisch.

»Ich riskiere mein Leben, wenn ich zu dir komme. Nach deiner Abreise aus Peking, am Neujahrsfest, hat das Jahr der Ratte begonnen. Das ist mein Geburtsjahr, ich bin jetzt sechsunddreißig.«

Ihre Worte überraschten ihn. Das erklärte natürlich, weshalb Lin so sehr darauf gedrängt hatte, daß er Peking vor ihr verlasse. Aber davon abgesehen, interessierte er sich nicht im geringsten für den Zahlenkram: achtundzwanzig Jahre, sechsunddreißig Jahre, zwölfjährige Zyklen im chinesischen Tierhoroskop – all das beeindruckte ihn kein bißchen.

»Im Jahr des eigenen Tierkreiszeichens sollte man sexuelle Ausschweifungen vermeiden, sonst kann es zu unvorhersehbaren Katastrophen kommen.« Lin zögerte weiterzusprechen und wich seinen Blicken peinlich berührt aus.

»Mein Gott!« lachte Julian auf. In China gab es wirklich viel zuviel Aberglauben. Die zwölf hiesigen Tierkreiszeichen fand er noch lächerlicher als das westliche Horoskop. Aber da er sich bemühen wollte, der alten chinesischen Kultur etwas mehr Respekt zu zollen, fragte er: »Ist das wirklich so schlimm?«

Lin sagte, ihre Mutter habe ihr von diesem Verbot erzählt, aber sie habe es nie im »Buch der Jadekammer« überprüfen können. Ihr Vater habe das Buch wie einen Schatz gehütet, so daß nicht einmal ihre Mutter die genauen Anweisungen habe nachlesen können. Im letzten Jahr der Ratte war sie vierundzwanzig Jahre alt gewesen und wollte auf eigene Faust herausfinden, was es mit diesem Verbot auf sich hatte. Sie reiste nach Japan, denn dort pflegte man noch die Tradition der tausendvierhundert Jahre alten chinesischen Tang-Dynastie. Sie besuchte einen berühmten Shinto-Tempel, in dem die Liebeskunst unter den Äbtissinnen immer von Mutter zu Tochter weitergegeben wurde. Lin und die Äbtissin waren einander sofort sympathisch, so daß sie ohne Umschweife nach den Vorschriften für das Jahr des eigenen Tierkreiszeichens fragen konnte. Der Tradition zufolge, erklärte die Äbtissin, sei jeglicher Geschlechtsverkehr, der über das ›normale‹ Maß hinausging, strengstens verboten, wogegen die gezügelte Liebe erlaubt sei. Über die Frage, was dieses ›normale‹ Maß sei, gingen die Interpretationen natürlich weit auseinander. Die gängige Meinung lautete, daß sich eine verheiratete Frau auf das in der Ehe Übliche beschränken sollte.

Die Äbtissin erklärte ihr weiter, daß für Menschen der Geschlechtsverkehr mit Geistern untersagt sei, denn davon würde man binnen dreier Jahre sterben. Um einen Geist zu erkennen, müsse man ein neues Stück Stoff bei Sonnenuntergang an die Ostwand des Schlafzimmers hängen. Fänden sich am nächsten Morgen Blutspuren darauf, sei das der eindeutige Beweis dafür, daß es in der Nacht zu einer Begegnung mit einem Geist gekommen sei. Besonders zur Zeit des Fests der Toten, vom fünfzehnten Tag des siebten Monats im Mondkalender an, sei der Verkehr mit Geistern strengstens verboten. Wer sich dieser Regel widersetze, dem werde Schreckliches zustoßen. Das Tuch an der Wand würde augenblicklich Blutspuren aufweisen.

Julian fragte Lin, ob das jemals ein Betroffener ausprobiert habe. Er wußte, daß seine Frage dumm war, denn die Chinesen nahmen die absurdesten esoterischen Anweisungen ernst.

Die Äbtissin, sagte Lin, habe erzählt, daß es schon einmal jemand gewagt habe, gegen die Vorschriften zu verstoßen. Das Tuch habe sich blutrot gefärbt, und die Person habe diese Nacht mit einem grausamen Tod bezahlen müssen. Die Äbtissin hatte Lin eindringlich gewarnt, die Regeln einzuhalten.

Julian starrte seine chinesische Geliebte an. Er hatte schon viele seltsame Dinge von ihr gehört, von denen sich nicht wenige im Bett als wahr erwiesen hatten. Aber diese unbestimmte Bedrohung, dieses böse Omen, das sich erst in der Zukunft bestätigen würde, konnte und wollte er nicht ernst nehmen. Und daß sich aus den Sternzeichen irgendwelche Gefahren ergeben konnten, erschien ihm gänzlich unsinnig. Er trank seinen Tee, nachdem er fachmännisch die Blätter auf der Oberfläche beiseite geblasen hatte.

Aber Lin ließ nicht locker: »Glaubst du daran?«

Julian lachte laut auf. Die Vorstellung, bis zum nächsten chinesischen Neujahrsfest nicht mehr mit Lin zu schlafen, um ihr Leben nicht zu gefährden, erschien ihm absurd. Er wußte, daß er es bereuen würde, aber er mußte es sagen: »Natürlich glaube ich es nicht. Wenn es wahr wäre, würden doch Jahr für Jahr unzählige Leute eines unerwarteten Todes sterben.«

Sie lächelte. »Genau dasselbe hat mir die Äbtissin auch gesagt. Aber für diejenigen, die nicht an diese Tradition glauben, hat sie auch keine Wirkung.«

»Aber du glaubst daran!« sagte Julian.

»Nein, ich glaube nicht an die ganze Überlieferung. Ich befolge nur die Regeln, die ich für nützlich halte. Schon Konfuzius sagte: ›Achte die Götter und Geister, aber halte Abstand!‹«

Julian zeigte sich erstaunt. Dieser pragmatische und einleuchtende Gedankengang hatte etwas typisch Englisches, er erinnerte ihn an die großen Philosophen Locke, Hume und Moore.

»Und was ist, wenn es sich doch noch als wahr erweist? Ich meine, wenn tatsächlich etwas Schreckliches passiert?« wollte er wissen.

»Dann glaube ich im nächsten Leben daran. In diesem möchte ich abwarten, was kommt.«

Ihre Entschlossenheit rührte ihn sehr. Er beugte sich vor, um sie zwischen die Augenbrauen zu küssen. »Es ist schon spät, du solltest jetzt gehen«, sagte er. »Wenn du möchtest, besuche ich dich heute nacht in deinen Träumen.«

Er sorgte sich ernsthaft um sie und achtete daher noch stärker auf die Zeit als sie. Schweigend stand sie auf und ging. Sie war schon am Fuß der Treppe angelangt, als Julian sich plötzlich sehr beklommen fühlte und ihr nachrief: »Ich werde den ganzen Tag an dich denken! Bis morgen früh, meine Liebe!«

Das war das erste Mal, daß Julian das Wort benutzt hatte, wenn auch nur als Kosenamen. Lin blieb wie angewurzelt stehen und schenkte ihm ein ironisches Lächeln, bevor sie verschwand.

Julian verharrte oben am Treppenabsatz. Nichts, was Lin je gesagt hatte, bewegte ihn mehr als das Geständnis, daß sie den Tod riskieren würde, um ihn zu lieben. Zu diesem Gedanken kehrte er immer wieder zurück: Sie liebte ihn, aber auf welche Art! Sie war wie ein perfektes bronzenes Gefäß, das ganz nach den Regeln dieser romantischen Kultur geschmolzen worden war.

Im Frühling stieg der Nebel von den Flüssen und Seen bis in die Hügel hinauf. Manchmal zog er sich erst gegen Mittag, wenn die Sonne strahlte, langsam die Hänge hinunter ins Wasser zurück. Julians Vorlesungen im neuen Semester fanden alle am Nachmittag statt, nur am Dienstag mußte er um zehn Uhr morgens beginnen. Doch selbst das hinderte ihn nicht an seinen geheimen Treffen mit Lin. Er fragte sich, ob sie diese absichtlich so arrangiert hatte und wie es ihr gelungen war, Cheng seinen Stundenplan vorzugeben. Die Wochenstunden waren lange vor Beginn des Semesters festgelegt worden, aber er wollte nicht ausschließen, daß Lin hier ihre Finger im Spiel hatte.

Als ob er einem Naturgesetz folgte, hatte Julian früher mit jedem Frühlingsanbruch eine neue Freundin gehabt. Das Frühjahr war für ihn die Zeit zum Wechsel. Aber in diesem Jahr verschwendete er keinen Gedanken daran. Er kannte Lin erst seit wenigen Monaten, und ihre Beziehung währte noch viel kürzer, aber er fühlte sich, als ob er schon viele Lenze mit ihr verbracht hätte.

An der Universität herrschten indes gewaltige Turbulenzen. Die Studenten demonstrierten gegen den Rektor und seine »Bande«, weil sie sich dem Protest gegen die japanische Invasion nicht angeschlossen hatten. Während die Studenten den Rücktritt des Rektors forderten, erklärten sich viele Professoren mit ihm solidarisch und kündigten an, daß sie in diesem Fall auch zurücktreten würden. Im Ernstfall würden sie ihre gutbezahlten Stellen verlieren, und entsprechend angespannt waren Julians Kollegen dieser Tage. Doch auch die Studierenden hatten es nicht einfach. Anders als in Cambridge, wo es so viele Bewegungen und Ideen gab, daß es kaum zu einer konzertierten Aktion kommen konnte, hatten die chinesischen Studenten kein anderes Ventil, um ihrem politischen Unmut Luft zu machen. Julians Position als ausländischer Gastdozent war dabei am wenigsten gefährdet. Um ihn kümmerte sich in der augenblicklichen Situation niemand, alle waren zu sehr mit sich selbst beschäftigt. Eigentlich suchte er die Kontroverse und das Gespräch mit anderen, aber um seine Beziehung mit Lin nicht zu gefährden, hielt er sich etwas im Abseits.

Am nächsten Morgen, als die Diener einkaufen waren, wartete Julian auf das Geräusch des Schlüssels im Schloß, doch es blieb aus. Er vermutete, daß Lin unterwegs jemanden getroffen hatte und daher nicht kommen konnte. Doch plötzlich öffnete sich die Schlafzimmertür. Nackt sprang er aus dem Bett, stürzte zur Tür und zog eine fröstelnde Lin in seine Arme. Auf der Stelle entkleidete er sie und stellte erstaunt fest, daß sie nichts unter ihrem Qipao trug. Vielleicht war es die vorigen Male auch so gewesen, und er hatte es nur nicht bemerkt. Kein Wunder, daß ihr so kalt war, wenn sie, nur mit einem dünnen Seidenkleid bekleidet, auf dem Waldweg zu ihm kam. Offensichtlich wollte sie keine Sekunde ihrer gemeinsamen Zeit verschwenden. Jetzt, wo er sie durchschaut hatte, wurde sie schamrot. Er trug sie zum Bett, und als sie sich an ihn klammerte, nahmen ihre aufgerichteten Brustwarzen wieder diese besondere Farbe an, die er noch aus Peking kannte.

Lins Körper verströmte einen seltsamen Duft, der Julian sofort erregte. Er tastete sich zu ihrer Scheide vor und drang mit seinen Fingern in das warme, feuchte Geflecht. Als er sie wieder zurückzog, haftete daran eben jener ungewöhnliche Geruch. An diesem Tag liebten sie sich genauso leidenschaftlich wie in Peking. Obwohl sie die Decken schon lange zurückgeschlagen hatten, war ihnen längst nicht mehr kalt. Erst als sie erschöpft voneinander ließen, deckten sie sich zu und lagen engumschlungen mit geschlossenen Augen nebeneinander. Diesmal sah sie nicht ständig auf die Uhr – sie hatte sie erst gar nicht mitgebracht.

»Du riechst anders als sonst. Woher kommt das?« wollte Julian wissen.

»Das ist ein Parfum«, antwortete Lin und umarmte ihn noch fester.

»Das glaube ich dir nicht«, sagte Julian und biß sie ins Ohr. »Ich kenne dich doch, das ist bestimmt wieder irgendeine Zauberei.«

Lin lächelte ihn herausfordernd an und ließ einige Sekunden verstreichen. Das sei Moschus, erklärte sie dann, ihre Mutter habe es ihr hinterlassen.

Selbst wenn sie in Moschus gebadet hätte, würde das immer noch nicht erklären, weshalb Julian es nur riechen konnte, wenn sie nackt war, und weshalb der Duft immer intensiver wurde, je erregter sie wurde. In dem Moment, da der Geruch am durchdringendsten war, fühlte sich Julian wie in dem Pekinger Opiumhaus: Er war aller Kontrolle beraubt, und das Verlangen brodelte in seinen Adern. Die Angst, entdeckt zu werden, die ihnen in den vergangenen Tagen so zugesetzt hatte, hatte sich verflüchtigt, wenngleich Julian die Zeit noch im Auge behielt.

Er war sich sicher, daß Lin ihm nicht alles erzählt hatte, dennoch gab er sich mit ihrer Erklärung vorläufig zufrieden. Im Augenblick genoß er das pure Glück, das den Tagen in Peking in nichts nachstand; wie damals war er wieder trunken von ihrem Körper. Die Entscheidung, wie es mit ihnen weitergehen sollte, lag nicht in seiner Hand.

Als sie am nächsten Morgen wieder zufrieden beieinanderlagen, kam ihm ein völlig neuer Gedanke.

»Kann es sein, daß du schwanger bist?«

Lin war im ersten Moment irritiert, erwiderte aber dann: »Möchtest du denn ein Kind haben?«

»Warum nicht?«

»Dann müßtest du mich heiraten. Ich dachte, du wolltest nicht darüber reden«, sagte sie mit einer Spur von Resignation in der Stimme.

»Ja, das stimmt«, murmelte Julian. Er hatte nicht nach den Konsequenzen einer Schwangerschaft fragen, sondern einfach wissen wollen, wie es möglich war, daß sie bisher nicht schwanger geworden war. »Ich meine«, setzte er nach, »wie kannst du es kontrollieren, daß du nicht schwanger wirst?«

»Das ist mein Geheimnis«, sagte Lin und lächelte.

Manche Frauen hatten ihn dazu gezwungen, sich vor der Ejakulation zurückzuziehen. Das erforderte eine große Willenskraft und war ihm immer sehr unangenehm gewesen. Doch Lin hatte nie gewollt, daß er sich auch nur einen Zoll von ihr wegbewegte.

Er sagte: »Kinder sind ein Geschenk Gottes. Wenn dir kein Kind bestimmt ist, dann kriegst du eben keins.«

Lin fragte, ob er damit etwa sagen wolle, daß sie unfruchtbar sei. Sie seufzte und fügte hinzu: »Na gut, dann verrate ich dir eben noch ein Geheimnis. Ich habe jedesmal Moschus verwendet, wenn ich die Liebeskunst geübt habe. Jetzt bin ich soweit, daß ich frei entscheiden kann, ob sich die Eizelle und die Samenzellen treffen.« Er habe sicher gespürt, fuhr sie fort, daß sich ihre Scheide ganz eng um seinen Penis zusammengezogen habe. Das sei die »Bewachung des Palastes«. Nur wenn sie die Spannung wieder löse, könne der Samen in sie strömen.

Diese Technik hatte Julian, ganz nebenbei, jedesmal ein unaussprechliches Vergnügen bereitet.

»Außerdem hatte ich niemals vor, dich zur Heirat zu zwingen«, fügte sie hinzu. »Das hätte auch keinen Sinn. Bei dem kleinsten Anzeichen einer Schwangerschaft würdest du nach Europa zurückkehren, wo ich dich kaum einfangen könnte. Und selbst wenn ich dich wiederfände und zur Ehe zwänge, würdest du doch sehr schnell die Lust verlieren. Dann bliebe mir nichts anderes mehr übrig, als mich umzubringen.«

Julian konnte ihre Worte nicht länger ertragen. Das war die schärfste Anklage gegen seinen Egoismus, die er je gehört hatte. Aber so selbstsüchtig war er doch gar nicht! »Laß uns ein Kind machen!« erwiderte er. »Dann wirst du schon sehen, wie ich mich verhalte!«

Er war ganz beseelt von der Idee, und in diesem

Moment wollte er wirklich heiraten und ein Kind mit Lin zeugen. Ihre entwaffnende Ehrlichkeit hatte ihn überwältigt, so daß er mit einemmal zu allem entschlossen war.

KAPITEL 10

Sie waren jetzt so perfekt aufeinander eingespielt, daß sie immer zugleich zum Höhepunkt kamen. Auch die Hast ihrer geheimen Liebe bereitete ihnen keine Schwierigkeiten mehr. Die Tage hatten nun wieder einen Sinn und vergingen wie im Flug. Julian fand, daß ihre Affäre wieder so frei und ungezwungen war wie zuvor, und er genoß die pure Lust. Eines Morgens, nachdem es geregnet hatte, blickte Lin in den sich klärenden Himmel und sagte, daß sie, falls sie schwanger würde, sicherlich eine Tochter bekommen würden, da sie sich immer so leidenschaftlich liebten. Das Mädchen sollte einen besonders schönen Namen erhalten. »Hong« zum Beispiel gefalle ihr sehr, das bedeute Regenbogen. Diesen Namen hatte Lin dem dreitausend Jahre alten Buch der Lieder entnommen. Darin sei ein Gedicht über den Regenbogen enthalten, und der Kommentar zu diesen Versen habe sich ihrer Erinnerung eingebrannt: »Der Vereinigung von Sonne und Regen entspringt der Regenbogen. Diese Verbindung von Yin und Yang geschieht gegen die Natur. Ihre Frucht zieht sich als reine Sinnlichkeit über Himmel und Erde.« Lin wiederholte das Wort »Hong« und malte das Zeichen schwungvoll auf ein Blatt Papier.

Jedesmal, wenn sie chinesisch sprach, geschah dies mit einer außergewöhnlichen Anmut, und ihre Augen strahlten geheimnisvoll. »In dem Kommentar heißt es weiter, daß der aufsteigende Regenbogen im Osten ein schreckliches Bild sei. Er symbolisiere eine Frau, die in Sünde mit ihrem Liebhaber weglaufe und von der man nicht zu sprechen wage.« Sie kicherte. »Du siehst also, daß der

Regenbogen als Rechtfertigung für unser Verhalten dienen muß.«

Es war typisch für Lin, ihm durch ein altes Gedicht anzudeuten, daß sie mit ihm durchbrennen wollte.

Julian blieb nichts anderes übrig, als zu behaupten, nicht alles verstanden zu haben. Aber an diesem Morgen wurde ihm mit aller Deutlichkeit klar, wie sehr sich Lin danach sehnte, mit ihm zusammenzuleben.

In Wuhan, der Stadt der hundert Seen, konnte man fast tagtäglich das Schauspiel eines Regenbogens bestaunen; gerade jetzt, im Übergang vom Frühling zum Sommer, regnete es recht häufig, doch auch die Sonne zeigte sich schon. Die Bögen spannten sich quer über die Seen, die Berge und den Fluß. Die strahlenden Farben über dem Luojia-Berg waren stets ein majestätischer Anblick, ob sie sich nun direkt vom Bergeshang bis zum Gipfel des Himmels zogen oder die Erde im Halbkreis umarmten.

In jedem Regenbogen sah Julian einen Vorboten ihrer Tochter, die freundlich, rein, reich an Mitgefühl und Liebe sein würde. In diesen Augenblicken erschien ihm die ganze Welt so glänzend wie das Himmelsschauspiel. Er sah in die Höhe und rief ganz unwillkürlich »Hong«.

Im Gegensatz zu Lin fehlte Julian die Gelassenheit. Eines Tages hielt er es nicht mehr aus und fragte erwartungsvoll: »Und?«

»Und was?« erwiderte Lin überrascht. »Meinst du, ob ich schon schwanger bin? So naiv bin ich nicht, ich habe den Palast noch nicht geöffnet.« Beiläufig fügte sie hinzu: »Alles der Reihe nach: Zuerst heiraten wir, dann zeugen wir das Kind. Ich kann unsere Tochter doch wohl kaum unehelich zur Welt bringen.«

Daß Lin ihn durchschaut hatte und das so unverblümt äußerte, ärgerte ihn über alle Maßen. Er war tatsächlich nicht der Meinung, daß das Kind unter allen Umständen einen gesetzlichen Vater haben müsse. Es war noch nie seine Art gewesen, erst alle Voraussetzungen zu klären, bevor er sich auf etwas einließ, und daran wollte er auch in Zukunft nichts ändern.

An diesem Tag hatten sie sich kaum geküßt, als schon der Streit ausbrach. »Du bist sowieso nur auf mein ›Yang‹ aus!« sagte Julian mürrisch. Daß Lin jetzt keine Lust mehr hatte, brachte ihn noch mehr gegen sie auf.

»Sei nicht albern«, erwiderte sie ruhig, »wenn wir uns wirklich lieben, dann muß es doch eine Lösung geben.«

Sie schlug vor, zusammen nach Hongkong, England oder Amerika zu fliehen. Sie habe genug Ersparnisse, daß beide davon eine Weile leben könnten. Jeder Ort auf der Welt außerhalb Chinas sei ihr recht. Sie halte diese Heimlichtuerei nicht mehr aus. Eine Stunde Liebe am Tag sei ihr nicht genug, sie wolle ihn ganz und zu jeder Zeit.

Jetzt kniete sie nicht mehr so demütig vor ihm wie eine Konkubine vor ihrem König. Aufrecht stehend, wartete sie auf seine Antwort. Diesmal würde sie keine Ausflüchte zulassen.

»Das ist unmöglich«, antwortete Julian. Lin erblich und stand wie angewurzelt vor ihm. Der Grund sei schlichtweg, fuhr er fort, daß ihre Ehe nicht glücklich sein könne. Er halte die Ehe an sich für eine vollkommen sinnlose Einrichtung. Bevor er vierzig sei, werde er sich sicher nicht mit dieser Frage beschäftigen – wenn er überhaupt so alt werde. Und mit ihm wegzulaufen, ohne zu heiraten, würde sie ja auch nicht zufriedenstellen.

»Nein«, sagte sie mit verzweifelter Stimme, »ich folge dir, wohin du willst.« Sie hatte ihn schon so oft in letzter Sekunde mit ihren gefühlvollen Blicken umgestimmt, daß er es jetzt vermied, sie anzusehen.

Zuerst zwang sich Lin noch zu einem Lächeln, aber dann verlor sie die Kontrolle über ihre Gesichtszüge. Das war das erste Mal, daß sie vor Julian die Selbstbeherrschung preisgab. Ihre Stimme zitterte, sie kämpfte gegen die Tränen an, und ihr Englisch wurde immer unverständlicher. Julian fand es unerträglich – er haßte hysterische Frauen. Auch die romantischste, liebevollste Beziehung konnte solchen weiblichen Nervenzusammenbrüchen nicht standhalten.

Sie werde sich umbringen, erklärte sie. Seit dem Tod ihrer Mutter habe sie sich mit Selbstmordgedanken getragen. Die Ankunft von Julian habe ihren Schmerz etwas gelindert, doch seine Gefühllosigkeit habe die dunkle Wunde nur erneut aufgerissen. Sie sei für ihn nichts weiter als eine flüchtige Affäre, ein Abenteuer, ein weiterer Buchstabe, der seinem Alphabet vielleicht einen Hauch von Exotik beifüge.

»Ich werde Zyankali nehmen«, sagte sie stockend, »und vor deinen Augen sterben.«

Was für eine Erpressung! Julian geriet außer sich vor Wut. Hatte sie etwa heimlich sein Testament gelesen? Er hatte es sorgfältig im Notizbuch im Seitenfach des Lederkoffers versteckt. Unter keinen Umständen wollte er sein Geheimnis mit jemandem teilen, weil er sein zweites Vorhaben noch nicht in die Tat umgesetzt hatte – es hatte sich ja noch keine Gelegenheit dazu geboten. Die Gründe dafür gingen nur ihn etwas an, und er war unter keinen Umständen dazu bereit, das Testament zu vernichten.

Julian musterte Lin. Er fand keine Spur von Sarkasmus in ihrem Gesicht. Vielleicht hatte sie das Testament doch nicht entdeckt, und es war nur ein Zufall. Zyankali gab es schließlich auf der ganzen Welt.

Als ob sie auf seine Zweifel antworten wollte, sagte Lin

verbittert: »Ich werde mir schon Gift beschaffen. Wir Chinesen verwenden eher noch Arsen!«

Sie fügte hinzu, daß sie diesen schnellen und einfachen Tod bevorzuge, wenn er auch grausam sei, weil es keine Chance auf Rettung und keine Gelegenheit zur Reue gebe.

Wenn Julian nicht wegen seines Verdachts, das Testament betreffend, so wütend gewesen wäre, hätte er sicher laut aufgelacht. Was sollte das für ein Selbstmord sein, bei dem es eine Chance auf Rettung gab? Das war doch nichts anderes als ein Druckmittel! Doch keine Frau der Welt konnte ihn mit Selbstmorddrohungen rühren. Er war lediglich neugierig, wie weit sie wohl gehen würde.

Außerdem hatte er nicht im geringsten die Absicht, auf seine sexuelle Freiheit zu verzichten und den Verkehr mit anderen Frauen aufzugeben, jedenfalls nicht während seines zweijährigen Aufenthalts in Wuhan. Wenn Lin mit seiner Promiskuität nicht klarkam und ihm unbedingt treu bleiben wollte, weil sie ihn liebte, so war das einzig und allein ihr Problem.

Julian bedauerte, daß er vermutlich in ganz China keine einzige Frau finden würde, die so aufgeschlossen war wie die Frauen des Bloomsbury-Kreises. Hier gab es kein Gegenstück zu seiner Mutter, deren Ehemann wie ein Freund und deren Freund wie ein zweiter Ehemann war.

Zwei Tage lang fiel ununterbrochen feiner Nieselregen. Julian war schlechterdings nicht bereit, zu glauben, daß das die Tränen von Lin seien. Er konnte sich kaum vorstellen, daß der Himmel auf ihrer Seite stand und ihn der Ungerechtigkeit anklagte. In einen Regenmantel gehüllt, lief er über den Campus. Anstelle eines Schirms trug er einen Bambushut mit breiter Krempe, den er bei einem

Bauern in der Nähe gekauft hatte. Am Ende der Vorlesung sagten ihm die Studenten, daß der Regen am Nachmittag noch stärker werde. Julian hatte jetzt noch weniger Lust, nach Hause zu gehen. Je heftiger der Sturm tobte, desto einsamer war es am See. Der Wind peitschte durch Weiden und Schilf, die Wolken türmten sich auf und streuten Blitze, der ganze Luojia-Berg war von Regen und Nebel bedeckt. Die Landschaft erschien ihm wie ein besonders gelungenes chinesisches Bild, das mit blasser Tusche aufs Papier getupft war.

Julian hatte mehrere Möglichkeiten. Er könnte ein Telegramm an seine Mutter schicken – »Affäre aufgeflogen« –, seine Koffer packen und sich in Wuhan um nichts mehr kümmern. Oder er konnte seine Beziehung zu Lin legalisieren und nicht länger verheimlichen: Lin und Cheng müßten sich dann scheiden lassen, und er und Lin würden heiraten. Anschließend würden sie sich eine andere Universität in China suchen, wo er englische Literatur unterrichten konnte. Oder er wartete in Wuhan, bis sich Lin umbrachte und alles herauskam, bis die ganze Universität mit Fingern auf ihn zeigte und er aus China fliehen müßte. Gab es noch eine vierte Möglichkeit? Natürlich, er hatte sie schon lange vorbereitet.

Wahrscheinlich meinte Lin ihre Drohung nicht ernst, sondern war nur wütend. Ganz sicher war er sich bei ihr allerdings nie. Schon Jahre bevor er nach China reiste, hatte er Roger Fry über die Keuschheit chinesischer Frauen reden hören. Die chinesische Geschichtsschreibung war voll von Frauen, die sich erhängt, sich den Hals aufgeschlitzt oder sich den Kopf an der Wand eingeschlagen hatten – lauter Heldinnen und Märtyrerinnen, denen ihre Keuschheit und ihr guter Ruf wichtiger waren als ihr Leben oder die Liebe.

Würde sich Lin etwa an diesen einfältigen Frauen vergangener Zeiten messen wollen? Sie hatte eine liberale Erziehung genossen, pflegte aber auch die absurden Bräuche des Taoismus, die ihren Körper verjüngten und ihr sexuelle Kraft verliehen. Zweifellos ließ sie schlichtweg nur ihrer Unzufriedenheit freien Lauf, weil er sie nicht heiraten wollte.

Sie spielte Theater. Aber wenn man es recht bedachte, war ihre ganze Beziehung von Anfang bis Ende nichts als Theater. Doch gab es für die Chinesen überhaupt einen Unterschied zwischen Theater und Leben? Die Wirklichkeit vermengte sich mit der Phantasie, und zumindest Julian konnte beides oft nicht auseinanderhalten.

Es dämmerte noch nicht, doch die Regentropfen wurden immer größer. Julian sah Cheng, der ihm mit einem Regenschirm entgegenkam. Er war dünner geworden. Die beiden blieben auf einem schmalen Waldweg am Seeufer stehen und begrüßten sich höflich. Neben Lin war Cheng der einzige Mensch, den Julian in diesem Moment auf keinen Fall treffen wollte. Aber Cheng hatte offensichtlich nicht den Funken einer Ahnung. Sein Verhalten war so zuvorkommend und höflich wie immer, er war nur etwas in Eile. Noch im Weitergehen drehte er sich um und sagte zu Julian, daß er seine Gedichte und Essays gelesen habe und sie sehr bewundere. Julian sei stets bei ihm willkommen.

Julian wurde es warm ums Herz. Er hatte Lin einen Band seiner Gedichte gegeben, und seinen Aufsatz über die Ästhetik von Roger Fry hatte er Cheng gegenüber nur beiläufig erwähnt. In seinem Sekretariat hatte er einige Seiten vervielfältigen lassen, um sie als Unterrichtsmaterial zu verwenden – Cheng hatte sie offenbar gelesen, und sein Lob freute Julian sehr. Cheng war nicht nur ein renommierter Gelehrter, sondern auch ein guter Mensch, der immer anständig zu ihm gewesen war.

Mit einemmal bekam Julian Gewissensbisse, daß er einen derart wehrlosen Mann so schamlos betrog. Und was wäre, wenn Cheng eines Tages von seiner Affäre mit Lin erführe? Wäre das nicht ein schwerer Schlag, der seine Stellung als Institutsvorstand und seinen Ruf innerhalb der chinesischen Geisteswelt gefährdete? Doch Julian war sich sicher, daß Cheng selbst vernünftig genug wäre, keinen Skandal zu inszenieren.

Er stand im Regen und überlegte, ob er Cheng nicht einfach aufklären sollte. Irgendwann würde er es ja doch herausfinden. Die Mitglieder des Bloomsbury-Kreises verehrten alle die »Principia Ethica« von G. E. Moore, in der Schönheit und Genuß zu den obersten moralischen Prinzipien erhoben wurden. Unglücklicherweise vertrug sich diese Moral nicht mit den traditionellen ethischen Regeln.

Julian ging zum Haupttor der Universität und winkte nach einer Rikscha. Er brauchte eine Abwechslung von der wohlgeordneten, mitunter steifen Atmosphäre am Campus, die nichtsdestotrotz von Gerüchten und Verschwörungen durchsetzt war. Neulich war ein Brief von seiner Mutter eingetroffen, dessen Umschlag seltsam ausgesehen hatte. Lin hatte geäußert, daß der Brief sicher von einem Professor geöffnet worden sei, der zu den »Feinden« Chengs zählte. Julian war empört gewesen, daß noch nicht einmal an dieser Vorzeigeuniversität das Briefgeheimnis gewahrt wurde. Unter den Chinesen gab es einfach zu viel Haß und Mißtrauen. Und was hatte man gehofft, in einem Brief seiner Mutter zu entdecken?

Julian überquerte den Jangtse und gelangte in das alte Konzessionsgebiet von Hankou auf der Nordseite des Stromes. Durch den Osteingang betrat er die Straße der berühmten, mit Schnitzereien verzierten Gebäude. Ein farbenfroher Bogen überspannte den Eingang, durch den trotz des Regens etliche Menschen strömten. Teehäuser, Restaurants und alle möglichen Geschäfte waren aus Holz und Fachwerk gefertigt. Die geschnitzten oder bemalten Balken wurden von Bergen und Seen, von Blumen und Vögeln geziert; auf manchen Fenstern und Türen sah man Schnitzereien im traditionellen Stil.

Nachdem er lange durch die Stadt flaniert war und ausgiebig gegessen und getrunken hatte, erreichte Julian die Fähre. Die Dämmerung setzte gerade ein, und vom Himmel fiel noch immer feiner Regen. Wenn die Tropfen auf den Jangtse aufschlugen, bildeten sie winzige Blüten, die sofort wieder von den Wellen der größeren und kleineren Boote geschluckt wurden. Julian schaute auf die Uhr. Er war etwas angetrunken und konnte nicht genau erkennen, ob es schon sieben Uhr war.

Er sprach einen Polizisten an. »Zou ma? Geht da was weiter?« Es schien ihm, als ob sich sein Chinesisch durch den Alkoholgenuß deutlich verbessert habe.

»Shen me?« Der Polizist hatte nicht verstanden, was Julian von ihm wollte.

»Das Boot.«

»Meiyou, meiyou«, antwortete der Polizist. Es fuhr also keins.

Der Wind wurde stärker, so daß Julian seinen Bambushut festhalten mußte, während ihm die Pelerine um die Ohren peitschte. In Wuhan kam der Wind immer unerwartet und gewaltig auf wie ein Wutanfall. Mit Hut und Umhang war Julian den anderen Fahrgästen gegenüber im Vorteil. Manchen riß der Sturm die Regenschirme aus den Händen und trieb sie über den Fluß. Andere klammerten sich krampfhaft an ihre umgestülpten Schirme und versuchten, sich gegen den schräg einfallenden Regen zu schützen.

Trotz seiner Ausrüstung blieb Julian nichts anderes übrig, als in den abstoßend schmutzigen Warteraum zu gehen, dessen Boden voller Schleim und Spucke war. Die Leute, die nicht über den Fluß konnten, standen dichtgedrängt in der Halle. Es roch nach Männerschweiß und Kinderurin, und die Frauen kreischten. Ohne Lin an seiner Seite nahm er den Schmutz, das Chaos und die Armut in China jedesmal viel bewußter wahr.

Julian mußte zwei Stunden ausharren, bis er endlich auf der Fähre saß. Die beschwingende Wirkung des Alkohols war längst verflogen. Nur den Gestank aus der Wartehalle hatte er noch in der Nase, und ihm brummte der Schädel. Daheim würde er noch einen Drink brauchen.

Doch Julian ging nicht direkt nach Hause, sondern nahm einen Umweg über Lins Haus. Er stellte sich unter die Bäume und warf einen Blick zum Fenster hinein. Im Wohnzimmer leuchteten die warmen japanischen Lampenschirme, und Julian sah den Umriß von Cheng. Aber oben in Lins Arbeitszimmer war alles dunkel. Er schalt sich, daß er hier betrunken im Regen stand und in ihr Haus starrte. Warum benahm er sich wie ein unglücklicher Liebhaber? Dort im Haus war alles beim alten, selbstverständlich war Lin noch am Leben. Es gab keinen Grund, unter den Bäumen stehenzubleiben. Er biß die Zähne zusammen und schlug den Waldweg zu seinem Haus ein.

Seit Lin ihre morgendlichen Besuche abgebrochen hatte, empfand Julian wieder eine große Leere in seinem Leben. Er fühlte sich verloren und wußte nichts mit sich anzufangen. Ohne sie konnte er nicht zu seiner alten Unbeschwertheit zurückfinden.

Es waren nur zehn Minuten von einem Haus bis zum anderen. Julian versuchte, denselben Weg zu nehmen, den sie jeden Morgen hin und zurück gelaufen war. Er atmete so schwerfällig wie ein Zugochse. Lin war jeden Tag bei Anbruch der Morgenröte zu ihm gekommen, nackt unter einem wunderschönen Kleid. Auf dem schmalen Weg neben dem Abhang war sie durch Bambus und Blumen, durch die Äste und Zweige gelaufen. Sicher war sie gerannt, um Zeit zu sparen und ihn noch ein kleines bißchen früher zu sehen. Der steile Waldweg war ohnehin nicht leicht begehbar, und wenn es geregnet hatte, war er auch noch rutschig. Doch Lin war niemals außer Atem, wenn sie bei ihm ankam, und sie hatte sich auch nie bei ihm beklagt.

Nur zehn Minuten von seiner Wohnung entfernt, in einem Haus, das mit seinem nahezu identisch war, lebte die Frau, die nur ihm gehören sollte, mit einem anderen zusammen. Wie bei allen anderen Paaren, die seit neun Jahren verheiratet waren, war ihr Liebesleben vermutlich langweilig und leidenschaftslos. Oder empfanden sie gar nur wie Bruder und Schwester füreinander? Nach neun Jahren hegten sie wahrscheinlich tiefergehende Gefühle.

Doch wie immer dem auch war, allein diese Gedanken waren ihm unerträglich.

Als er zur Tür hineinkam, nahmen ihm die Diener Bambushut und Umhang besonders vorsichtig ab. Der Hexer fragte, ob er ihm eine Suppe gegen den Kater zubereiten solle.

Julian ließ sich auf das Sofa fallen und winkte ab. Er verlangte nach einem Glas französischen Rotweins.

»Wünschen der Herr sonst noch etwas?« fragte Wühlmaus.

»Laß mich endlich in Ruhe!« fuhr Julian ihn zornig an. So ungehalten hatte er sich den Dienern gegenüber noch nie zuvor gezeigt. Er hatte sich nicht mehr unter Kontrolle und wurde wohl langsam verrückt. Vielleicht sollte er sich wirklich Zyankali verschaffen. Oder gleich in ihren Armen sterben. Das wäre sicherlich ein süßerer Tod, und obendrein konnte er sich das Gift sparen. Sollte Lin doch mit ihren taoistischen Künsten all seine Männlichkeit ausbeuten. Dann würde er ein ähnlich unrühmliches Ende finden wie Ximen Qing, der liebestolle Lebemann aus dem »Jin Ping Mei«.

Der vorzügliche Rotwein rann ihm die Kehle hinunter und flößte ihm neue Lebenskräfte ein. Er stieß ein lautes Lachen aus, das die Diener erschreckte. Es war einfach lächerlich, sich für eine chinesische Frau aufzuopfern – egal wie einzigartig schön und wie unvergleichlich sie im Bett war.

Am nächsten Tag verließ Julian das Haus schon um Viertel vor acht, damit Lin ihn nicht antreffen konnte, falls sie doch noch käme. Da seine Vorlesung erst um zehn Uhr stattfand, ging er in das Verwaltungsgebäude, in dem jeder Professor ein Büro hatte. Auf dem Gang begegnete er zwei Ausländerinnen, die sich als neue Hilfslehrkräfte der Anglistikabteilung vorstellten. Die eine war Amerikanerin, die andere Engländerin. Ihre Ehemänner waren Geschäftsleute, die zwischen Wuhan und ihrem jeweiligen Heimatland pendelten. Die beiden Frauen wollten sich an der Uni die Zeit vertreiben, wie sie erklärten.

Julian war hocherfreut. Er hatte hier fast keine Freunde, weil er darauf achten mußte, daß die Affäre mit Lin geheim blieb. Doch eigentlich war er ein geselliger Mensch, und in Europa war er immer von vielen Freunden umgeben gewesen, ob er eine Geliebte hatte oder nicht.

Und jetzt stand er zwei jungen Frauen gegenüber. Ob die beiden als schön bezeichnet werden konnten, war nicht ganz klar. Immerhin waren sie jung, und Jugend war in gewisser Hinsicht gleichbedeutend mit Schönheit.

Die Aussicht auf neue amouröse Abenteuer spornte Julian an. Er zeigte sich herzlich und liebenswert und sprühte vor geistreichen, witzigen Bemerkungen. Die beiden jungen Frauen amüsierten sich prächtig und flirteten ohne Hemmungen mit ihm. Sofort ließen sie sich von ihm zum Essen einladen. »Aber eine nach der anderen!« scherzten sie, wogegen er überhaupt nichts einzuwenden hatte.

Nach der Vorlesung ging er mit der Engländerin zu Mittag essen, und am Abend führte er die Amerikanerin aus. Die beiden genossen ihr Leben, als ob sie völlig ungebunden wären. Sie sprachen dieselbe Sprache, und ihre Unterhaltung floß leicht und ohne Hindernisse daher. Sie spielten sich gegenseitig die Bälle zu und ergänzten sich ganz hervorragend. Jede Anspielung traf ins Schwarze.

Die Amerikanerin war sehr an Politik interessiert, jedenfalls behauptete sie das. Sie aßen in einem Restaurant namens »Hui Shou Ti« in Wuchang, von dem aus man einen herrlichen Blick auf den Fluß und das Lichtermeer im ehemaligen Konzessionsgebiet auf der anderen Seite der Stadt hatte.

Sie fragte, ob es kommunistische Zellen an der Universität gäbe.

Anscheinend sei das nicht der Fall, sagte Julian einsilbig. Tatsächlich hatte er sich nie bemüht, das herauszufinden. Wahrscheinlich gab es viele Studenten, die gemäßigte marxistische Positionen vertraten. Einmal, erzählte Julian, habe er im Unterricht über marxistische Analysen von Dostojewskis Romanen gesprochen, und auf den Gesichtern von mehreren Studenten habe sich interessanterweise Schrecken breitgemacht. Einige hätten wohl gefürchtet, daß er etwas gegen den Marxismus sagen und sie in Verlegenheit bringen könnte.

Sie tranken einen exzellenten Wein zu den überaus köstlichen Speisen. Im Vergleich zu der jungen Frau war Julian regelrecht ein Experte in chinesischer Kochkunst. Er kannte jeden Fisch, jedes Fleisch und die Krabbenarten und wußte, wie man die einzelnen Delikatessen zu sich nahm. Sie sprachen über den Bloomsbury-Kreis und die Krise in Europa. Julian war fest davon überzeugt, daß diese nicht auf Asien übergreifen werde.

Er kannte sich ein wenig mit der politischen Situation in China aus. Mehrere Verbände der Roten Armee seien gezwungen worden, sich in unwirtliche Gebiete im Westen des Landes zurückzuziehen. Die Pekinger Militärpolizei habe eine Razzia an der Qinghua-Universität durchgeführt, wobei »radikale« Studenten und Professoren verhaftet worden seien. Streiks von sympathisierenden Studenten in Wuhan halte er daher für nicht unwahrscheinlich.

Julian hob sein Glas. Er wollte mit ihr auf chinesische Art anstoßen und leerte das Gefäß, bevor er den Trinkspruch ausbrachte. »Auf den Streik!« sagte er. Schon nach einem Glas wurde die Amerikanerin ganz rot im Gesicht. Sie rauchte sehr elegant. Mit einer geschickten Fußbewegung rückte sie ihren Stuhl näher zu Julian und fragte: »Und womit werden Sie Ihre Zeit verbringen, falls es zu einem Streik kommt?«

»Mit Liebe«, antwortete Julian, ohne darüber nachzudenken.

Die Frau starrte ihn überrascht an, und er schenkte ihr einen tiefen Blick. Er war neugierig, wer zuerst die Augen abwenden würde. Natürlich war sie es. Sie drehte sich beschämt weg, weniger wegen seiner Worte, sondern vielmehr wegen der Dreistigkeit, mit der er sie vorbrachte.

Julian lächelte vergnügt. Heute abend fühlte er sich wieder ganz wie zu Hause. Diese Art von Spielchen bereitete ihm einen besonderen Spaß. Er liebte es, Frauen mit unverschämten Sprüchen aufzustacheln, und er war auch geschickt darin, sie rücksichtslos wieder fallenzulassen, wenn sie ihn nicht mehr interessierten.

»Wenn die Studenten nicht streiken«, fuhr er fort, »werde ich Vorlesungen über die liberalen Ideen der Cambridge-Schule von George Moore bis Bertrand Russell halten. Da kann man nicht zu sehr ins Detail gehen, aber ich werde sie schon zum Nachdenken bringen.« Er sprach mit großem Selbstbewußtsein. Seit er seine Studenten dazu gebracht hatte, Proust in englischer Übersetzung zu lesen, hielt er sich für einen richtig guten Dozenten.

Die Amerikanerin seufzte. Sie verstand nicht viel von diesen Themen und interessierte sich auch nicht sehr dafür. »Wirklich spannend«, murmelte sie. Heute wollte Julian noch nicht mit ihr ins Bett steigen. Er wußte sehr genau, was er tat.

Julian genoß das Leben wieder. Abwechselnd ging er mit den beiden Frauen essen, manchmal lud er sie sogar zu sich nach Hause ein. Beiden taten so, als ob es ihnen vollkommen gleichgültig sei, doch tatsächlich buhlten sie um seine Aufmerksamkeit. Es machte ihm Spaß, sich immer wieder mit einer von ihnen auf dem Campus sehen zu lassen. Die Chinesen schienen von Leuten aus dem Westen auch gar nichts anderes zu erwarten. Doch dann begann dieses Spiel ihn zu langweilen. Er beendete es, noch bevor er mit einer von den beiden geschlafen hatte.

Eines Morgens auf dem Weg zum Unterricht lauerte Lin ihm auf. Ganz im Gegensatz zu ihrer sonstigen edlen Aufmachung war sie in schlichtes Weiß gehüllt. Sie trug ein Baumwollkleid, Stoffschuhe, war nicht geschminkt und hatte die Haare zu zwei langen Zöpfen geflochten.

Sie sah aus wie eine durchschnittliche Studentin. Dabei war sie schrecklich mager, was ihrem Gesicht eine verzweifelte Schönheit verlieh.

Julian hatte natürlich damit gerechnet, ihr früher oder später zu begegnen, aber er ließ sich trotzdem nicht gerne aufhalten. »Du weilst also immer noch unter den Lebenden?« Sobald er diese Worte ausgesprochen hatte, wurde ihm klar, daß er es mit seinem berühmten Witz zu weit getrieben hatte. Warum mußte er gleich so grausam sein?

»Ich gratuliere dir zu L und M, deinen neuen Errungenschaften!« Ihr Kummer zeigte sich nicht in ihrer Mimik, sondern nur in ihren Augen, so wie sich das Geheimnis ihres Körpers erst offenbarte, wenn sie nackt war. Wenn es einen gänzlich unergründlichen Menschen gab, dann war es Lin.

»Unsinn!« sagte Julian automatisch, obwohl er sich vorgenommen hatte, die Beziehungen zu den anderen Frauen nicht zu leugnen, falls sie ihn danach fragen würde.

Lächelnd schritt Lin immer näher auf ihn zu. »Du brauchst nicht zu lügen. Du siehst sehr gut aus, bist attraktiv und charmant, Sohn von berühmten Künstlern, junger Professor und begnadeter Dichter. Keine Frau wird dich verschmähen.«

Ihr Lächeln traf ihn wie eine Ohrfeige. Sie hatte nie derartig seine Vorzüge aufgelistet. Dabei hörte sie sich weder sarkastisch noch vorwurfsvoll an. Sie mußte sich furchtbar gedemütigt fühlen von diesem Mann, den sie liebte, der sie aber nicht verdient hatte und sie immer wieder erniedrigte. Julian verfluchte sich nicht zum ersten Mal, daß er auf die Liebe hereingefallen war. Immer wenn er sich mit Lin vereinigt hatte, war er wie von ihr verhext gewesen. Er hatte sich fest vorgenommen, sich nicht zu verlieben, doch sobald er seine Augen schloß, sah er Lin vor sich – jeden Tag aufs neue. Auch wenn er es nicht wahrhaben wollte – das mußte Liebe sein.

Lins Augen füllten sich mit Tränen, und sein Herz wurde immer schwerer. Sie sagte, daß sie es bereue, sich in den Falschen verliebt zu haben, und daß sie sich selbst hasse, weil sie ihn vergessen wolle und es doch nicht schaffe.

Als sie ganz dicht vor ihm stand, wurde ihr Blick jedoch weich, und voller Liebe und bedingungsloser Hingabe sah sie ihn an.

»Nein, bitte.« Julian konnte ihren Anblick nicht mehr ertragen und drehte sich weg.

»Du möchtest mich lieber sterben sehen, nicht wahr?« Sie roch nach der Lin, die ihm so vertraut war und die ihn so verrückt machte. »Ich werde mich umbringen, wenn die Zeit dazu gekommen ist. Aber heute darfst du mich nicht so herzlos wegwerfen.«

»Nein, sicher nicht«, sagte er apathisch und wußte selbst nicht, was er damit meinte: Wollte er sie nicht übergehen, oder wollte er nicht, daß sie starb?

Das Strahlen ihrer Augen hatte sich verloren, und ihr Atem wurde immer flacher. Mit einemmal verstand Julian, daß einzig die Liebe Lins Körper und Seele am Leben erhielt. Wahrscheinlich wollte sie wirklich sterben – und hatte auch dafür eine geheime Methode. Sie hatte schon dreimal betont, daß sie »vor seinen Augen« ihr Ende finden würde. Er bereute es zutiefst, daß er soviel Zeit mit den beiden Frauen, für die er nichts empfand, verbracht hatte, nur um Lin zu demütigen.

Julian konnte seine Schuldgefühle nicht länger aushalten. Er schloß Lin fest in die Arme und sagte mit lauter Stimme: »Ich liebe dich.« Er erschrak sich selbst, als er seine Worte so deutlich vernahm. »Das mußt du mir glauben«, fügte er noch hinzu.

Lin war im ersten Moment fassungslos, aber ihr Atem wurde wieder regelmäßiger. Sie schüttelte hilflos den Kopf und senkte die Augen. »Ich weiß, daß ich niederträchtig bin. Ich habe dir mit Selbstmord gedroht, damit du mich liebst. Jetzt hast du Mitleid mit mir, das muß genügen.« Sie hob den Kopf, ihre Lippen und Wangen hatten wieder Farbe angenommen. Es war, als ob ihre Seele in ihren Körper zurückgekehrt sei. »Meine Mutter sagte allerdings, auch Niedertracht könne erhabene Ziele verfolgen.«

Sie befreite sich aus Julians Armen und bat ihn zu gehen.

Als sich Julian nach zehn Schritten noch mal umdrehte, war Lin nicht mehr zu sehen. Er verließ den Weg und ging durch den Wald, in dem die Vögel schrien und die Affen kreischten. Nach einiger Zeit merkte er, daß er in die falsche Richtung gegangen war und sich immer mehr vom Campus entfernt hatte. Die Tiere unterhielten sich äußerst angeregt, blieben aber für ihn unsichtbar. Azaleen und Kletterpflanzen versperrten ihm mit ihren riesigen Blütenblättern die Sicht. Das Licht sickerte in feinen Strahlen durch das Dickicht. Er hatte sich im Dschungel verirrt.

Julian hielt sich die Ohren zu, um die verwirrenden Schreie der Tiere auszublenden, und holte tief Luft. Dann wußte er wieder, wo er war, und fand schnell zum Campus zurück.

Mit vierzigminütiger Verspätung traf er im Hörsaal ein. Die Studenten hatten ihn schon zu Hause und im Büro gesucht. Schließlich hatten sie nicht mehr weitergewußt und Herrn Cheng verständigt.

Julians Entschuldigung entsprach den Tatsachen. »Es tut mir leid, ich habe mich verirrt«, sagte er so ernsthaft, daß er und die Studenten lachen mußten.

Der ganze Tag erschien ihm ziemlich unwirklich, und zu allem Überfluß war er am Abend auch noch mit der Engländerin verabredet. Er hatte zwar kein Lust, sie zu treffen, aber es war schon zu spät, um abzusagen. Also ging er nach Hause, zog Anzug und Krawatte an und scheitelte sich sorgfältig die Haare. Für Lin hatte er sich nie so übertrieben herausgeputzt.

Auch die Engländerin war völlig unangemessen gekleidet. Sie hatte sich als Chinesin kostümiert und sah aus, als ob sie einer Tabakreklame entsprungen sei. Sie trug einen Qipao und eine Perlenkette, in die dauergewellten Haare hatte sie zwei frische rote Rosen gesteckt.

»Wo bist du mit deinen Gedanken?« fragte sie mit gutem Instinkt.

Julian sagte entschuldigend, er habe sich auf dem Berg verkühlt.

Ihre Stimmung besserte sich merklich. Sie fühlte sich geschmeichelt, daß er trotz seiner Erkältung zu ihrer Verabredung kam. Aber je fröhlicher sie wurde, desto aufdringlicher erschien sie ihm. Den Europäerinnen fehlte jegliches Taktgefühl. Lin hätte ihn sicher sofort nach Hause ins Bett geschickt. Außerdem sahen westliche Frauen im Qipao einfach lächerlich aus, wie die Schauspielerinnen, die die Chinesinnen in Somerset Maughams Stücken auf den Londoner Bühnen verkörperten. Der Qipao war eben speziell für die Formen chinesischer Frauen geschaffen.

Er mochte sie nicht länger ansehen und drehte den Kopf zur Tür. Da kam gerade die Amerikanerin mit einem Europäer herein. So war das eben, niemand ließ seine Zeit ungenutzt verstreichen. Und wenn er selbst heute abend mit einer anderen Frau verabredet wäre, würde sich seine Begleitung mit den Rosen im Haar sicherlich auch anderweitig vergnügen.

Wozu mache ich mir eigentlich Gedanken um die beiden, fragte er sich entnervt. Er schloß die Augen und erinnerte sich daran, daß er auch nur mit den Frauen spielte; niemand war irgend jemandem etwas schuldig, das war doch die Grundregel des Spiels.

Er bemühte sich nach Kräften, sie zu unterhalten, doch der Abend blieb langweilig und zog sich in die Länge. Bisher war ihm gar nicht aufgefallen, wie geschwätzig sie war. Sobald sie das Obst zum Nachtisch gegessen hatten und der Wein ausgetrunken war, rief er ein Taxi, um die Engländerin nach Hause zu bringen.

Doch als sie im Auto saßen, bestand sie darauf, ihn nach Hause zu begleiten, da er sich nicht wohl fühlte. Er protestierte nicht.

An der Haustür küßte er sie auf die Wange, sagte gute Nacht und verschwand im Haus, ohne sie hereinzubitten.

Nachdem er die Tür wieder geschlossen hatte, atmete er auf. Die Topfpflanzen – Monatsrosen, Kakteen und Sommerastern – standen immer noch in voller Blüte. Nachdem die Azaleen verwelkt waren, hatte Wühlmaus Bambus gepflanzt. Der gefleckte Bambus stamme aus der Provinz Hunan, hatte er erklärt. Der Legende zufolge sei der sagenhafte Kaiser Shun, der zweite chinesische Kaiser seit der Schöpfung, auf einer Inspektionsreise in den Süden im hohen Alter verschieden. Da sie so lange nichts mehr von ihm gehört hatten, seien seine beiden Konkubinen aufgebrochen, um ihn zu suchen. Als sie schließlich die schreckliche Nachricht vernommen hatten, weinten sie so heftig am Xiang-Fluß, daß die Tränen auf den Bambus spritzten. Seitdem sei der Bambus gefleckt.

Julian gefielen solche Sagen. Er wusch sich und ging ins Bett. Doch da er sich nur schlaflos hin und her wälzte, erhob er sich und legte eine Platte auf. Vielleicht würde ihn die Musik einlullen.

Klagend zogen die Töne durchs Haus. Er hörte die hölzernen Klänge der Muyu, die er aus der Oper kannte; dazu gesellte sich das Plätschern von Wasser. Als die Musik verklang, schloß er die Augen und wurde von den Glocken des nahe gelegenen Tempels in den Schlaf gewiegt.

Nachtigallen sangen, ein Stein fiel ins Wasser eines Teiches. Eine chinesische Schönheit mit wolkenartig hochgesteckten Haaren voller Perlen und Jade kam aus dem Bambusdickicht in sein Schlafzimmer. Er kannte sie. Obwohl ihr Tränen die Wangen herabrannen, war sie makellos schön.

Bin ich tot? fragte er sich. Vergeblich versuchte er aufzustehen. Sie stand in der Mitte des Zimmers und zog sich aus. Mit jedem Kleidungsstück, das sie abstreifte, schien sie auch eine historische Epoche abzulegen; ihr Erscheinungsbild änderte sich fortwährend.

»Du fürchtest die Liebe«, schalt sie ihn laut, während sie sich weiter entblößte. »Die, die dich liebt, mußt du verletzen. Laß nicht zuviel Zeit verstreichen. Erst wenn ich nicht mehr da bin, wirst du verstehen, daß du ohne Liebe nicht leben kannst. Ich bin ein Teil deines Lebens, wenn du mich zurückweist, schadest du nur dir selbst. Ich bin eine Jungfrau, immer wieder von neuem, mein Verlangen nach Liebe ist so lebendig wie am ersten Tag. Ohne dich kann ich nicht sein, und ich kann mich nicht damit zufriedengeben, nur an dich zu denken. Du triffst andere Mädchen, um dich zu zerstreuen, und übst Verrat an mir. Schau mich an: Meine letzte Schicht ist nach der neuesten Mode geschneidert. Wenn ich sie ausziehe, werde ich zur reinen Frau. Kannst du mir zeigen, was du fühlst?«

Nackt streckte sie sich auf ihm aus und zuckte wie eine Schlange. Er konnte sich nicht mehr beherrschen und kam zu früh wie damals, zu Beginn ihrer Liebe. Sie war ganz offensichtlich nicht befriedigt und gab ihm eine schallende Ohrfeige. Seltsamerweise fühlte er keinen Schmerz, sondern schämte sich nur, daß sie ihn vollends verachtete.

Sie legte sich auf seinen bootsförmigen Schreibtisch. »Wenn das, was gehen muß, gegangen ist, wie kann dann das, was bleiben muß, bleiben?« sprach sie mit einer Stimme, die so leicht und sanft war, als ob sie ein altes Gedicht rezitierte.

Das Boot segelte mit ihr aus dem Fenster. Er wollte ihr nacheilen, aber es war schon entschwunden. Er schrie: »Lin!« Als er von seiner eigenen Stimme erwachte, war es erst drei Uhr in der Nacht.

Julian erinnerte sich an jedes Detail seines Traums, wenn er auch nicht wußte, was es bedeutete. Vor allem der Satz »Wenn das, was gehen muß, gegangen ist, wie kann dann das, was bleiben muß, bleiben?« brannte sich seinem Gedächtnis ein. Das Grammophon, das schon lange verstummt war, die Seidenstoffe im ganzen Zimmer, die beiden Vasen, der Schreibtisch, die Blumen und Bilder oben und unten im Haus, diese ganze glanzvolle, duftende Welt, die Lin geschaffen hatte, kam ihm ohne sie bruchstückhaft und unwirklich vor.

Es war ihm eigentlich schon lange bewußt, doch jetzt trat es in neuer Klarheit zutage: Er zerstörte, was er liebte. Und dann sank er immer tiefer in den Schmerz. Warum mußte er die Liebe fürchten? Er benahm sich wie ein Tyrann gegen sich selbst, von Lin einmal ganz abgesehen. Es war der reine Selbsthaß.

Julian suchte das Taschentuch aus gelbem Satin mit dem eingestickten *K*, das Lin ihm geschenkt hatte. Aber er konnte es nicht finden. Er suchte wie verrückt danach, bis er sich schließlich erschöpft auf den Treppenabsatz setzte.

Er gab es auf. Eines Tages würde es schon wieder auftauchen. Man konnte nichts erzwingen, alles lief seinen natürlichen Gang. Sehr taoistisch, lachte er bitter.

Am nächsten Morgen schickte Julian die Diener einkaufen und wartete, daß die Tür um acht Uhr von einer schlanken Hand geöffnet werde. Aber sie blieb verschlossen, und er vernahm keine vertrauten Schritte. So zog er sich an und verließ das Haus.

Mit großen Schritten, aber ohne zu rennen, näherte er sich ihrem Anwesen mit dem großen Garten. Lin saß auf den Treppenstufen der Terrasse, als ob sie auf ihn warten würde.

Die Sonne stieg gerade hinter dem Berg und zwischen den Bäumen auf, so daß beide vom Licht umfangen waren. Sie sahen sich an. »Ich hatte einen Traum«, sagten sie mit einer Stimme und verstummten sofort wieder.

Lin stand auf wie eine Schlafwandlerin. Unwillkürlich schritt Julian auf sie zu.

Hatten sie wirklich den gleichen Traum geträumt? Wenn Lin ihm jetzt eine Ohrfeige zur Erinnerung gäbe, wäre das gar nicht so schlecht. Er wollte ihr sagen, wie leid ihm alles tat und daß er auf sie gewartet hatte. Dann würde sie mit ihm gehen, und er würde sich mit seinem Körper für alle Mißverständnisse innerhalb und außerhalb des Traumes entschuldigen und alles wiedergutmachen.

Gerade als er den Mund aufmachte, öffnete sich hinter Lin knarrend die Tür. Aber nicht Cheng kam heraus, sondern ein junger Mann, den Julian nie zuvor gesehen hatte. Er war sehr groß und trug zu seinem blütenweißen Anzug eine farbenprächtige Krawatte und feine Lederschuhe. Julian war immer sicher gewesen, daß er männlicher wirkte als die meisten Chinesen. Doch dieser Mann war wesentlich attraktiver als er.

Der junge Mann nickte beiläufig in Julians Richtung, nahm Lin bei der Hand und ging mit ihr zu den Unterrichtsgebäuden. Er war so arrogant, daß er ihn nicht einmal richtig begrüßte! Julian spürte Zorn in sich aufsteigen. Ihr neuer Liebhaber, wahrscheinlich auch noch so ein Mondsucher von der Neumondgesellschaft! So wie die beiden Arm in Arm den Weg entlangschlenderten, schienen sie schon lange sehr vertraut miteinander zu sein. Sie sei immer wieder von neuem eine Jungfrau, hatte Lin in seinem Traum behauptet.

Julian schwirrte der Kopf. Er stellte sich vor, wie Lin nackt in den Armen eines anderen Mannes lag und dieser in sie hineinglitt. Sein Herz schlug wild bei dieser Vorstellung.

Außer sich rannte er in die Bibliothek, als ob er die beiden verfolgen wollte. Nachdem er dort eine Runde gedreht hatte, ging er ins Bürogebäude, obwohl der Unterricht noch lange nicht anfing. Zufällig traf er Cheng auf der Treppe. Sie wechselten einige belanglose Worte. Ohne zu überlegen, erzählte Julian, er habe einen außergewöhnlich gut aussehenden Mann mit Lin zusammen gesehen und die beiden seien sehr vertraut miteinander umgegangen.

Cheng lachte. »Das ist Lins kleiner Bruder«, erklärte er. »Er ist gerade zurück aus Amerika. Jetzt bleibt er für ein paar Tage in Wuhan. Soll ich Sie vorstellen?«

Lins Bruder? Es war kein Wunder, daß Lin unzählige Geschwister hatte, schließlich hatte ihr Vater dreizehn Frauen. Nun lachte auch Julian und versuchte, seine Erregung zu kaschieren. »Ja, ich würde ihn gern kennenlernen. Ich habe von zu Hause die schlechte Gewohnheit geerbt, daß mir gutaussehende Männer auffallen«, sagte er in scherzhaftem und entspanntem Ton.

Cheng wurde von einem anderen Lehrer in Anspruch genommen, und jeder ging seiner Wege. Julian machte dieser Vorfall zu schaffen. Es war ihm sehr peinlich, daß er sich so unverschämt verhalten hatte. Wenn der Mann nun nicht Lins Bruder gewesen wäre, was für Konsequenzen hätten seine Worte an Cheng dann gehabt? Er hatte sie verraten, mit dem einzigen Ziel, ihr zu schaden. Julian war bestürzt, denn er hatte genau das getan, was er am meisten haßte.

»Das alles hier kommt mir vor wie ein schlechter Roman«, hatte sein Vater Clive schon vor vielen Jahren Tante Virginia gegenüber bemerkt. Jetzt begriff Julian, wie mühsam und kompliziert die Beziehung zwischen seinem Vater, seiner Mutter und seiner Tante schon vor seiner Geburt gewesen sein mußte. Nur waren sie eben in England als Liberalisten bekannt, und zudem standen sie im Zentrum der intellektuellen Welt. Daher mußten sie die Werte, die sie verkündet hatten, bis zum bitteren Ende ganz selbstverständlich vertreten. Doch Mißgunst und Eifersucht beherrschten auch ihre Beziehung, und jede Gelegenheit zur Rache wurde wahrgenommen. Das beste Beispiel war Virginias Weigerung, seine Aufsätze zu drucken.

KAPITEL 11

Am nächsten Morgen wartete Julian im Bett auf Lin. Er war sich sicher, daß sie kommen würde. Die Mißverständnisse des gestrigen Tages waren einfach aus dem Nichts entstanden. Wenn sie nur erst wieder beisammenlagen, würden sie sie mit einem Lachen zerstreuen. Nachdem die Diener gegangen waren, hörte Julian ein Geräusch im Untergeschoß, gefolgt vom Zuschlagen der Tür. Er horchte nach ihren leichten, zarten Schritten auf der Treppe, die ihn noch mehr entzückten als das Zwitschern der Vögel.

Es war wieder still im Haus. Zu still.

Er hielt es nicht mehr aus und stürmte nackt die Treppe hinunter. Vor dem Topf mit dem gefleckten Bambus lag ein Brief. Er öffnete den Umschlag und fand ein kleines Notizbuch und einen Schlüssel darin. Es war der Schlüssel zu seinem Haus. Lins Duft lag noch im Haus, er konnte spüren, daß sie dagewesen war. Doch sie war nur gekommen, um ihm den Schlüssel zurückzugeben; das hieß, sie würde nicht mehr zu ihm kommen.

Habe ich ihr gestern nicht deutlich gesagt, daß ich sie liebe? Warum spielt sie mit mir? fragte sich Julian verzweifelt. Er war im Begriff, sie zu verfluchen.

Warum war es so schwer, mit chinesischen Frauen auszukommen? Nun gut, vielleicht war es so wirklich das beste für alle Beteiligten. Aber die beiden Frauen aus dem Institut hatte sie ihm dennoch gründlich verleidet.

Ihm fiel wieder ein, daß am Abend ein Empfang im britischen Konsulat in Wuhan stattfinden sollte. Seit er in China war, hatte Julian sich bemüht, jeglichen Kontakt mit den offiziellen Stellen zu vermeiden. Er vermutete, daß ihn das Konsulat beobachtete, seit er im letzten Semester wegen dieser Demonstration und der Kopfverletzung aufgefallen war. Doch die Sache mit Lin wühlte ihn derart auf, daß ihm diese Einladung eine willkommene Abwechslung war. Es war sicher eine gute Idee, sich dort sehen zu lassen.

Er zog sich an und steckte den Schlüssel in die Hosentasche. Da bemerkte er erst wieder das Notizbuch. Es enthielt Lins Gedichte, sie hatte das Büchlein selbst gebunden. In Peking hatte sie ihm erzählt, daß sie auch Gedichte schreibe. Ihre Lyrik sei jedoch bei weitem nicht so gewürdigt worden wie ihr erzählerisches Werk. Sie schreibe die Gedichte nur für sich selbst.

»Ich möchte sie lesen«, hatte Julian sie wissen lassen.

»Nein, bitte nicht jetzt, später vielleicht«, hatte sie ausweichend geantwortet. Als ob sie Julians nächste Frage erahnt hätte, setzte sie zu einer Erklärung an: »Der Grund ist …«

»… daß die Gedichte mit mir zu tun haben?« schlug Julian vor.

Sie schüttelte den Kopf. Er fragte, ob das ja oder nein heiße. »Weder noch«, sagte Lin und neigte den Kopf. Plötzlich war sie ganz in Gedanken versunken.

Doch warum gab sie ihm die Gedichte jetzt zu lesen? Sollte das ein neues Rätsel sein? Er blätterte das Heft durch. Seite um Seite war mit eleganten chinesischen Schriftzeichen beschrieben. Nur ein titelloses Gedicht hatte Lin ins Englische übertragen. Er las es sofort:

> Alles bricht auf, vom Regen abgesehen.
> Im Norden hängt am Eisenzaun die Seite
> eines Briefs

Mit eingezogenen Schwingen; dreimal scheitert
der Flug, dreimal.

In dir bläst der Sand.
Auf der Straße begegnet dir eine Frau,
die Augen am Boden.

Julian war sehr überrascht über dieses moderne chinesische Gedicht. Die Zeilen waren luzid und klar, und dennoch sehr komprimiert und voller Anspielungen. Den Stil fand Julian sehr fernöstlich. Das Gedicht handelte ganz offensichtlich von ihm, von der Angst, ihn zu lieben. Dadurch, daß Lin alles nur andeutete, erschien die Qual, die ihr diese Liebe bereitete, noch schmerzlicher. Im Vergleich dazu waren seine eigenen Gedichte schwerfällig, ein Dickicht von undurchsichtigen, eng miteinander verwobenen Metaphern. Während er eine ideale Verdichtung anstrebte, näherte Lin sich der klassischen chinesischen Tradition. Früher hatte er zeitgenössische chinesische Gedichte als stümperhafte Nachahmungen der westlichen Lyrik abgetan. Jetzt wurde ihm klar, wie kurzsichtig er gewesen war.

Er fragte sich, ob sie eine begabtere Dichterin als er war. Dieser Gedanke nagte an seinem Selbstvertrauen. Wenn er Lin im Bett nicht gewachsen war, so konnte er sich immerhin darauf berufen, daß diese Liebeskunst nichts als ein chinesisches Spiel war. Doch wenn er beim Dichten unterlag, verlor er auf seinem ureigenen Feld. Er war einfach nicht so talentiert wie Lin. Es hatte keinen Sinn, dies noch länger zu leugnen.

Gab es wirklich nichts mehr, womit er sich vor ihr auszeichnen konnte? Der einzige Unterschied zwischen ihnen war, daß seine Muttersprache Englisch war und er mehr europäische Bücher gelesen hatte. Dafür kannte sich Lin in der alten chinesischen Kultur aus und schöpfte daraus für ihre Werke. Sein einziger Vorteil lag also in der Sprache, die er von klein auf gelernt hatte. Mehr hatte er nicht zu bieten?

Julians Karriere als Schriftsteller führte in eine Sackgasse. Selbst seine eigene Tante fand seine Essays nicht gut genug. Und daß zumindest einige seiner Gedichte die Generationen überdauern würden, wie er noch vor kurzem fest geglaubt hatte, bezweifelte er nun auch. Er, der verheißungsvolle Erbe von Bloomsbury, fand sich plötzlich ohne Talent und ohne Stärken wieder. Durfte er da noch hoffen, in seinem Leben etwas zu erreichen?

Der neu eingestellte Koch, den Lin ihm empfohlen hatte, konnte leider kein Englisch. Obwohl der Mann gespenstisch dünn war und gar nicht wie ein Koch aussah, war das Essen deutlich besser als bei Hexer und Wühlmaus. Sie kamen ihm selten in die Quere und waren froh, daß sie nun weniger zu tun hatten.

Wieder etwas beruhigt, ging Julian in sein Zimmer zurück und setzte sich an den Schreibtisch. In einer Schublade fand er das englische Manuskript einer Erzählung von Lin mit dem Titel »Versuchung«, das er seiner Mutter schicken wollte. Er hatte sich immer zu begabten Leuten hingezogen gefühlt und war großherzig genug, ihr Talent anzuerkennen und zu fördern. Dem Manuskript legte er eine kurze Notiz bei: »Ich sende dir eine Erzählung von Lin, vielleicht bringt es dich dazu, mir mehr zu schreiben.«

Die Geschichte handelte von einem Ehepaar, bei dem ein Freund auf dem Sofa übernachtete. Die Frau war von dem unstillbaren Verlangen erfüllt, den Gast zu küssen. Als sie den Ehemann um sein Einverständnis bat, wurde dieser zuerst sehr zornig, aber schließlich gab er ihrer

Bitte nach. Doch kaum daß sie die Einwilligung ihres Gatten hatte, war ihr Verlangen auf seltsame Weise wieder abgeklungen.

»Für mich ist diese Erzählung ohne Zweifel ein Meisterwerk«, schrieb Julian weiter an seine Mutter. Lins Stil war leicht und elegant zugleich. Die Geschichte brach offen mit dem Moralismus, der derzeit in der chinesischen Literatur Konjunktur hatte. Lin hatte ihm das Manuskript nach ihrer Rückkehr aus Peking gegeben. Er war sich nicht sicher, ob sie ihm damit etwas andeuten wollte.

»Ich möchte, daß diese Erzählung in England publiziert wird«, schloß er den Brief. Lin wäre darüber sicher überglücklich. Sie hatte ihn nicht darum gebeten, und er würde es ihr auch vorläufig nicht sagen. Daß er ihr damit eine Freude machen konnte, war ihm Dank genug. Sei mir nicht böse, bat er sie im Geiste. Versuch, mich zu verstehen. Ich weiß, daß du mich für kaltherzig hältst. Aber jeder Mensch drückt seine Liebe auf andere Art und Weise aus.

Vor dem Tor des Far-East-Hotels auf dem Sun-Yat-Sen-Boulevard 897 drängten sich die Autos und Taxis, die die Gäste zum Empfang brachten. Hier, im Herzen der ehemaligen britischen Konzession, war vor acht Jahren das Hotel gebaut worden. Aus Stahlbeton errichtet, mit fünf Stockwerken und Balkonen auf jeder Seite, war es das größte und schönste Hotel in Wuhan. Julian trat in den großen Ballsaal und sah überall Herren im Frack und Damen in Abendgarderobe.

So herausgeputzt, waren alle Gäste bester Laune. Das britische Konsulat hatte anscheinend nicht nur die führenden Köpfe der ausländischen Diplomatie und Geschäftswelt versammelt, sondern auch die chinesische

Elite eingeladen. Von den vierhundert Gästen waren fast drei Viertel Ausländer. Julian kam gerade recht, als sich das Fest dem Höhepunkt näherte. Er erkannte einige berühmte Professoren von der Universität Wuhan. Diener in weißen Anzügen servierten Wein und Häppchen.

Julian hatte die Auswahl zwischen Rotwein, Weißwein und Sekt. Er fühlte sich zurück in die Londoner High-Society versetzt, wenn er auch das dort übliche Getue überhaupt nicht schätzte. Er war durstig und kippte wahllos einige Gläser Alkohol herunter, bis er in die richtige Stimmung für diesen Abend kam. Jedem Herrn, der ihm vorgestellt wurde, versicherte er, daß es ihm eine große Ehre sei, und die Damen begrüßte er mit einem Handkuß und einem sanften »Enchanté«.

Die meisten Frauen waren aufgetakelt, und Julian maß sie mit abschätzigen Blicken. Schöne Frauen waren hier dünn gesät. Die westlichen Damen waren wirklich nichts Besonderes, und auch die Asiatinnen fand er bestenfalls mittelmäßig. Julian erblickte sich in einem riesigen goldumrahmten Spiegel: Er war von Lichtern und Blumen umkränzt, jung und hochgewachsen. Die schwarze Fliege stand ihm phantastisch, er war sicher der bestaussehende Mann des Abends.

Die Band, die aus Ausländern und Chinesen bestand, war relativ groß. Die Musik, die sie spielte, war nicht gerade herausragend, doch sie erzeugte eine gute Stimmung und brachte die Leute zum Tanzen. In der Mitte des Parketts erblickte Julian eine wunderbare Chinesin. Seine Augen folgten ganz automatisch ihren wirbelnden Bewegungen. Als sie sich umdrehte, erkannte er bestürzt, daß es sich um Lin handelte. Ihr Kleid war in einem zarten Violett gehalten, das so hell war, daß er es erst für Weiß hielt. Ihr Haar war hoch am Hinterkopf aufgebunden, so daß es ihren langen Nacken und die Ohrringe betonte. Durch ihr schmales ärmelloses Kleid wirkte sie größer. Sie trug Gazehandschuhe, die bis über ihre Ellenbogen reichten.

Was machte sie hier? War er nirgends vor ihr sicher? Wahrscheinlich war es doch nur ein Zufall, er hatte sie einige Tage nicht gesehen. Der Ball des britischen Konsulats war ein Muß für alle in Wuhan, die etwas auf sich hielten. Selbstverständlich war Lin als bekannte Schriftstellerin eingeladen.

Julian sah sie zum ersten Mal in einem europäischen Abendkleid. Sie war dezent geschminkt und hatte ihre Brille zu Hause gelassen – wieder erschien sie ihm wie eine völlig neue Lin. Er hatte ihr einmal geraten, in der Öffentlichkeit ohne Augengläser aufzutreten, aber damals meinte er eigentlich, wenn sie in seiner Begleitung war. Sie wußte genau, wie anziehend sie mit bloßen Augen wirkte und daß die Brille sie als berufstätige Frau kennzeichnete. Sie wollte nicht verbergen, daß sie eine gebildete, fortschrittliche Frau war, doch gefiel sie sich wiederum auch in ganz anderer Aufmachung.

Sie schien sich auf dem Fest zu amüsieren, lachte und scherzte und tanzte in vollendeter Haltung mit einem attraktiven Blonden. Sobald das Stück verklang, eilte Julian zu Lin, griff höflich nach ihrer Hand und sagte erst dann »Gestatten Sie?« zu dem Mann. Lin war überrascht, ihn vor sich zu sehen, dennoch reagierte sie, ohne zu zögern. Als ob sie auf ihn gewartet hätte, legte sie ganz selbstverständlich ihre Hand auf seine Schulter. Die hohen Armausschnitte des Kleides enthüllten ihre runden Schultern. Beim Anblick ihrer weichen Haut und ihrer bloßen glatten Achselhöhlen wurde ihm heiß vor Verlangen.

Er ergriff ihre Hand und umfaßte ihre Taille mit seinem Arm. Zwar hatte sie ihren Blick zu Boden gesenkt, doch ein sanftes Lächeln umspielte die ganze Zeit ihre Lippen. Sie tanzte glänzend; sicher besuchte sie öfter solche gesellschaftlichen Anlässe.

Schließlich hob sie den Kopf, als ob sie für die Musik danken wollte. Ihre Augen spiegelten noch immer dieselben vertrauten Gefühle wider. Als Julian sie fest an sich preßte, ließ sie ihn gewähren. Er wußte, daß sie ihn noch immer liebte, daß sie nie aufgehört hatte, ihn zu lieben. Alle Vorwürfe, aller Groll gegen sie waren auf einmal verflogen. Er nahm den Schlüssel aus der Hosentasche und ließ ihn heimlich in ihre Hand gleiten. Sie lächelten einander an, doch plötzlich gefror Julians Gesichtsausdruck – ihm war eingefallen, daß Cheng ganz in der Nähe sein konnte.

Als die Musik zu Ende war, schlenderten Lin und Julian zu den Polstersesseln am Rande der Tanzfläche. Er schaute sich um. Cheng war anscheinend nicht gekommen. An der Universität ging momentan alles drunter und drüber, die Studenten protestierten, und viele Lehrveranstaltungen fielen aus. Wahrscheinlich war Cheng einfach nicht in der Stimmung für einen großen Ball. Dafür war die Engländerin, die Lin als L bezeichnet hatte, erschienen und bewegte sich geradewegs auf Julian zu. Lin hatte sie natürlich bereits kennengelernt; sie borgte sich von jemandem einen Füller und malte Julian drei chinesische Zeichen auf die Handfläche. Er kannte nur das erste Zeichen, es bedeutete »nicht«.

»Nicht eifersüchtig«, übersetzte Lin leise. Und das Subjekt? Wer war auf wen nicht eifersüchtig? Die Chinesen hatten die schlechte Angewohnheit, immer das Subjekt auszulassen. Lin meinte sicherlich sich selbst.

Gut, dachte Julian, sie war also nicht eifersüchtig auf die Engländerin.

Ein Mann bot Lin seinen Platz auf der Couch an. Sie

dankte ihm, setzte sich und plauderte mit Freunden oder Bekannten. Sie verhielt sich ganz anders als früher. Bei jedem Satz fing sie an zu lachen. Er wußte, daß sie mit dem Feuer spielte, und er konnte es nur brennen lassen. Während er mit der Engländerin sprach, nahm er deren Hand und sah ihr gefühlvoll in die Augen. Mit Frauen zu flirten war für ihn ein wohlvertrauter Zeitvertreib. Doch Lin schien ihn gar nicht zu beachten, seit jeher konnte sie sich besser beherrschen als er.

Die großen Fenster zur Straße reichten vom Fußboden bis an die Decke. Wo sie geöffnet waren, konnte man auf der anderen Seite des Stromes Wuchang bei Nacht sehen. In den geschlossenen Fenstern spiegelten sich der goldene Glanz der Kronleuchter, die Blumen und die Umrisse der wogenden Menschen.

Beim Galadiner saßen Julian und Lin zwar an einer Tafel, doch recht weit voneinander entfernt. Lin sah nie in seine Richtung, und sie lachte und scherzte wie zuvor. Julian fühlte sich entmutigt und hatte plötzlich keinen Appetit mehr. Von den Vorspeisen und vom Hauptgericht kostete er nur, seine Aufmerksamkeit war ganz bei Lin. Die Kellner brachten zum Nachtisch Eis, das mit großen Erdbeeren dekoriert war. Julian konnte es nicht anrühren. Je ausgelassener die Gesellschaft um ihn herum wurde, desto unerträglicher fand er den Abend. Er entschuldigte sich und kehrte allein nach Hause zurück.

Julian ließ die drei Schriftzeichen noch einen Tag auf seiner linken Hand stehen, bevor er sie abwusch. Er zeichnete sie immer wieder nach, bis er sie schließlich frei schreiben konnte. Der Begriff »eifersüchtig« bestand aus zwei Elementen, von denen eines für sich genommen »Frau« bedeutete. Alle Wörter, die das Symbol für »Frau« enthielten, hatten stets eine entweder sehr gute oder eine sehr schlechte Bedeutung. Das Zeichen schien sich lustvoll vor seinen Augen zu winden. Julian fragte sich immer noch, was Lin mit dem Schriftzug hatte sagen wollen, wer auf wen nicht eifersüchtig sei. Die chinesischen Zeichen schienen zu leben und eine Seele in sich zu tragen. Wenn die Leute auf der Straße Papier verbrannten, wurde das beschriebene Papier sorgfältig heraussortiert und auf einem separaten Stapel aufgeschichtet. Bevor es angezündet wurde, verbeugte man sich dreimal in tiefer Demut vor dem Himmel.

Julian dachte an Ezra Pound, der in seinen englischen Gedichten chinesische Zeichen ideographisch verwendet hatte. Er hatte ihn bisher für einen Spinner gehalten, aber vielleicht war er ein Genie, das instinktiv die verborgene Kraft der chinesischen Schrift erkannt hatte.

Obwohl er sich sicher war, daß Lin nicht kommen würde, schickte er die Diener am nächsten Morgen vorsichtshalber einkaufen. Mittlerweile war diese eine Stunde nicht nur der Begierde gewidmet, sie bedeutete ihm weit mehr. Im Traum hatte Lin gesagt: »Wenn das, was gehen muß, gegangen ist, wie kann dann das, was bleiben muß, bleiben?« Das war ihm einfach zu rätselhaft. Mit dem Schlüssel zu seinem Haus besaß Lin auch einen geheimen Zugang zu seinem Inneren. Aber was konnte er noch ausrichten, wenn sie den Schlüssel einfach nicht verwendete? Wie konnte er Lin davon überzeugen, wieder zu ihm zurückzukehren? Was mußte er ihr alles versprechen?

Doch Lin blieb nicht nur seinem Haus fern, auch im Hörsaal und auf dem Campus war sie nicht mehr zu sehen. Sie war wie vom Erdboden verschluckt. In dem letzten Brief an seine Mutter schilderte er, wie üblich ausführlich, was er erlebt hatte. Nur über seine Beziehung mit Lin verlor er nur einen kurzen Satz: »Es scheint alles aus zu sein.« Julian war in düsterer Stimmung. Ausgerechnet im Wonnemonat Mai, wenn alles blühte und grünte, war all sein Sehnen und Verlangen vergeblich.

Zunehmend ärgerte er sich über sich selbst. Ich bin ein Versager, sagte er sich. Es gab doch so viele schöne chinesische Frauen, eine neue Geliebte ließe sich doch leicht finden. Warum mußte es unbedingt Lin sein?

Nach einem Monat vergeblichen Wartens ging Julian zu ihrem Haus. Es war Sonntag, also würden beide zu Hause sein. Er klopfte an die Tür, und die Diener meldeten ihn als »Professor Bell« an.

Cheng bat Julian freundlich herein, und die Diener servierten Tee. Julian erklärte, daß er in Hankou Antiquitäten erstanden habe, einige Schüsseln und ein Bild. Er würde sich freuen, wenn die verehrte Gattin die Echtheit verifizieren könnte.

Das Wohnzimmer der Chengs sah unverändert aus, nur die Topfpflanzen hatten jetzt helle, weiße Blüten, wenngleich Julian sich dunkel daran erinnerte, daß Lin weiße Blumen nicht besonders mochte. Über dem Kamin stand neben dem Zeitungsausschnitt von Tagore und der Neumondgesellschaft, den er noch von seinem ersten Besuch kannte, nun ein weiteres gerahmtes Foto. Es war bei dem Abendessen, das zu Julians Begrüßung gegeben wurde, aufgenommen worden. Unsicher, aber froh sah er sich direkt neben Lin stehen. Es war aufschlußreich, daß sie das Bild ins Wohnzimmer gestellt hatte; so konnte sie ihn jeden Tag sehen. Daraus schloß er, daß sie ihn noch immer lieben mußte.

»Lin ist nicht zu Hause, sie geht jeden Tag in die Stadt.«

»Nach Hankou?« wollte Julian wissen.

»Einige Schriftsteller und Dichter aus dem Norden

sind auf Besuch hier. Es sind alles alte Freunde von uns«, erklärte Cheng. »Lin ist ja Literaturredakteurin bei der Wuhaner Zeitung. Also spielt sie die Gastgeberin und geht mit den Leuten in den Sun-Yat-Sen-Park, auf den Schlangenberg und die Zither-Terrasse. Ich glaube, heute sind sie im buddhistischen Tempel, um sich die Statuen der fünfhundert Arhats anzusehen.«

Julian verabschiedete sich, ohne seinen Tee auszutrinken.

Er war nicht eifersüchtig. Lin kam nicht, weil sie nicht kommen wollte. Das war eigentlich ein gutes Zeichen. Sie lebte ihr Leben als Schriftstellerin und Redakteurin und drohte ihm nicht länger mit Selbstmord. Er dachte an ihre Gedichte, ihre Begabung, ihre Bildung, ihre gesellschaftliche Stellung, an all die Vorzüge, die sie ihm gegenüber hatte. Noch nicht einmal im Bett war er ein würdiger Partner. Kein Wunder, daß sie nicht jeden Tag weinte und um seine Liebe bettelte.

An jenem Abend in der britischen Botschaft war Lin einfach wundervoll gewesen. Mit ihren Worten und ihrer Liebenswürdigkeit hatte sie ihn immer mehr fasziniert, obwohl er wußte, daß sie sich nur so unbeschwert gab, um ihn zu provozieren. Und jetzt widmete sie sich jeden Tag ihren Gästen, ohne Julian auch nur davon zu erzählen. Es schien, daß sie sich völlig von ihm gelöst hatte und ihr Leben ihn nichts mehr anging.

Chinesische Literaten! Als er mit den beiden Dozentinnen am Institut flirtete, wurde ihm zum ersten Mal klar, wie groß die Unterschiede zwischen der Muttersprache und einer Zweitsprache waren. Lin mußte das in Gesellschaft ihrer chinesischen Kollegen noch deutlicher spüren. Daß sie mit der Doppeldeutigkeit ihrer Sprache spielte, hatte er durchaus schon mitbekommen.

»Nicht eifersüchtig.« Erstaunt stellte er fest, daß er

nicht nur eifersüchtig war, sondern von der Eifersucht schier aufgefressen wurde – ohne daß er sich dagegen wehren konnte.

Erneut malte er die drei Zeichen auf seine Hand, und zwar so groß wie möglich; aber schon bald wurden sie vom Schweiß verwischt. Innigst wünschte er sich, daß Lin am Waldweg auftauchte. Er würde die Tür öffnen, Lin würde hereinkommen, und wie durch Zauberhand wäre sie entblößt und würde ihm ihre vollendete Schönheit offenbaren. Er schloß die Augen und beschwor dieses Bild.

Er konnte seine Sehnsucht nicht leugnen. Mit heftigem Verlangen erinnerte er sich an ihr morgendliches Liebesspiel, an die tödliche Spannung, entdeckt zu werden, und an die Süße, in der sich seine Seele wiegte. Er würde alles geben, um das noch einmal zu erleben.

In einer Hinsicht unterschied sich Hankou vom Luojia-Berg und dem Campus. Wenn die Nacht hereinbrach, belebten hier glitzernde Neonlampen die Straßen. Jetzt war das Gedränge in den Teehäusern, Restaurants, Hotels, Opiumhäusern und Theatern am größten. Überall wimmelte es vor Vergnügung suchenden Leuten.

Am Rand einer Straße stieß Julian auf eine große Menschenmenge. Die Luft war von Trommeln und Gesang erfüllt. Da er größer als die meisten Chinesen war, konnte er über ihre Köpfe hinwegschauen und sah eine Straßentheatergruppe. Die Schauspieler, die von einer jungen Frau angeführt wurden, sangen und tanzten. Alle hatten Wangen und Lippen mit Rouge bemalt, als Requisiten verwendeten sie nichts weiter als bestickte Taschentücher und Fächer. Das Trommeln hörte nicht auf. Julian löste sich von der Menge und bog rechts ab, um das Imperial Red House anzusteuern.

An der Bar bediente ihn Anna, die junge Weißrussin. Er trank einen Whisky und erklärte ihr, daß er gekommen sei, um Tango zu lernen. Sie führte ihn sofort zur Tanzfläche. Obwohl ihm die komplizierten Schritte nicht geläufig waren, konnte er ihren Bewegungen sofort folgen. Tango war ein Tanz der Verführung und Versuchung, es war ein ständiges Vordrängen und Zurückweichen. Sie ließen sich über die Tanzfläche treiben, und als Anna sich beim letzten Takt zurücklehnte, sah er ihr tief in die Augen.

Sie nahm ihn mit nach Hause, in ein winziges Zimmer in einer nahe gelegenen Pension. Sobald sie fertig waren, zog Julian sich wieder an. Sie setzte sich auf und fragte, ob er bei ihr übernachten wolle. Julian küßte sie auf die Stirn und versprach, das nächste Mal zu bleiben.

Verstohlen legte er einige Scheine neben das Kopfkissen. Sie tat so, als ob sie es nicht gesehen hätte. Natürlich würde er nicht wiederkommen – nicht, weil die Pension heruntergekommen und schmuddelig war, auch wenn das Bett sauber wirkte; vielmehr fühlte er sich nach diesem Versuch, seine sexuellen Bedürfnisse zu befriedigen, äußerst unwohl. Er ekelte sich vor sich selbst.

Draußen war es sehr dunkel. Trotz der warmen Jahreszeit lag immer noch eine Nebeldecke über der Stadt. Der leichte Abendwind brachte etwas Abkühlung. Auf den Straßen tummelten sich noch zahlreiche Leute. Immer wieder hielt eine Rikscha neben Julian, um ihn mitzunehmen, aber er ging lieber zu Fuß weiter. Diese Anna war eine typische Russin, sie hatte wohlgeformte Kurven und war kokett und neckisch im Bett. Während er mit ihr schlief, hielt er die Augen geschlossen und stellte sich Lin an ihrer Stelle vor. Beinahe wäre ihm noch ihr Name herausgerutscht. Die Russin war gesund und kräftig. Zwischen den Beinen und unter den Armen war sie dicht behaart und roch säuerlich. Ihre Haut war unrein und rauh wie Schmirgelpapier. Sie war nicht häßlicher als die anderen westlichen Frauen, nur Julians Erinnerung war in diesem einen Jahr etwas verblaßt. Solange sie jung waren, waren sie noch ganz hübsch, doch sobald sie die Dreißig überschritten, verloren sie sämtliche Reize.

Er nahm sich vor, nicht mehr länger an Lins seidene Haut und ihren geheimnisvoll duftenden Körper zu denken, sonst würde er noch in Selbstmitleid versinken. Er wollte nicht so enden wie diese russische Bardame.

Nein, niemals würde er dieser Russin einen Buchstaben verleihen, auch wenn er mit ihr im Bett gewesen war. Nach Lin war es keine Frau mehr wert, in sein Liebesalphabet aufgenommen zu werden. Er hatte Anna bezahlt, um sie aus seinem Gedächtnis zu löschen.

An diesem Abend verstand er plötzlich, was Lin mit den Schriftzeichen meinte. Es war eine Aufforderung an ihn, nicht eifersüchtig auf sie zu sein. Damit hatte Lin das Blatt gewendet und ihm seine Überlegenheit genommen. Es sah so aus, daß er in China eine Lektion in Sachen Freizügigkeit und Emanzipation erteilt bekam.

»Fuck you!« fluchte er.

Aber wen wollte er eigentlich beschimpfen? Er war ein kompletter Versager, schlimmer als die Landstreicher in Chaplins Filmen, ohne Beruf, ohne Zukunft und ohne Liebe.

Dumpf starrte Julian auf das gegenüberliegende Ufer. Der Luojia-Berg wurde vom Nebel verschluckt, nur hier und da sah man schwache Lichter. Aber er kannte seinen Weg so gut wie Lins Stöhnen, dieses singende Pfeifen. Plötzlich fiel ihm wieder ein, daß er das seidene Taschentuch mit dem K in die Schreibtischlade mit den Briefen seiner Mutter gelegt hatte. Er mußte darüber lachen, so vergeblich danach gesucht zu haben. Im rechten Moment war es von selbst aufgetaucht.

Julian fand sich vor dem Imperial Red House wieder. Scheinbar war er unbewußt hierhin zurückgekehrt. Drinnen dröhnte es vor Lärm, es waren viel mehr Leute da als sonst. Alle redeten aufgeregt durcheinander, es wurde viel getrunken und geraucht. Julian bestellte einen Brandy und fragte den Kellner, was los sei. In Spanien sei der Bürgerkrieg ausgebrochen, berichtete dieser; Deutschland unterstütze die eine Seite, Sowjetrußland die andere.

Julians Herz tat einen Sprung. Vielleicht würden sich einige seiner Freunde freiwillig melden! Als er Europa verlassen hatte, wütete dort bereits der Faschismus. Ein Krieg schien unvermeidbar, und der Konflikt in Spanien mochte der Vorbote sein.

Als er an der Tür eine Gruppe Engländer mit typischem East-End-Akzent hörte, wußte er gleich, daß es sich um Anhänger von Mosleys »British Union of Fascists« handelte. Daheim fanden sie keinen Job, doch hier rissen sie das Maul groß auf. Sie lobten General Franco über alle Maßen, weil er dem wild wuchernden Kommunismus Einhalt gebot. Deutschland und Italien, erklärten sie, kannten ebenfalls das wahre Gesicht der Roten. Die Welt brauche noch ein paar mehr Francos.

»Wenn General Chiang Kai-shek nicht ordentlich aufgeräumt hätte unter den Kommunisten, dann säßen die jetzt schon in Wuhan, und wir könnten alle einpacken!« sagte einer der Männer.

Im Grunde seines Herzens war Julian froh, daß er in Wuhan war. In England hätte er keine große Wahl gehabt, er hätte nach Spanien gehen und sich dem Kampf stellen müssen. Aber er fand es unerträglich, sich die irren Reden dieser Faschisten anhören zu müssen.

»Diese Kommunisten trampeln auf ihrem langen Marsch gerade unsere Nachbarprovinz Sichuan nieder!« empörte sich einer der Männer.

»Diese roten Schweine sind direkt vor unserer Nase!« übertönte ihn ein anderer. »Da wären mir ja selbst die Japaner lieber!«

Jemand warf ein, daß der Faschismus noch schwerer als der Kommunismus zu kontrollieren sei. Aber dann hieß es gleich, daß die Europäer wenigstens so zivilisiert seien, daß man mit ihnen verhandeln könne. Die Russen hingegen seien eine niedere Rasse, die keine Verträge kenne.

Jetzt hielt es Julian nicht mehr aus. »Man hätte schon längst einen Attentäter nach Berlin schicken sollen, um diesen Hitler umzulegen. Diese Leute verstehen nur die Sprache der Gewalt, Verträge bringen da gar nichts«, sagte er entschlossen.

»Hau ab, ich rede nicht mit Kommunisten!« erwiderte einer der Engländer.

»Verdammter Nazi! Hast du in London noch nicht genug auf den Kopf gekriegt?« entgegnete Julian.

Er hatte wirklich einmal in London an einer Demonstration gegen die »British Union of Fascists« teilgenommen. Doch bevor es zu einer Schlägerei kam, hatten sich die Faschisten, die in der Minderzahl waren, zurückgezogen.

Ehe Julian wußte, wie ihm geschah, landete eine Faust auf seiner Nase. Er taumelte nach hinten, als schon der zweite Schlag nahte. Er konnte nicht mehr ausweichen und krümmte sich unter dem Tresen zusammen. Dann richtete er sich auf, hielt sich die Fäuste schützend vor das Gesicht und plazierte einen linken Haken auf das quadratische Kinn seines Gegenübers. Der rutschte, zusammen mit den Gläsern und Aschenbechern, von der

Bar auf den Boden. Scherben klirrten, und die Umstehenden schrien auf. Manche wollten sich sofort ins Gemenge stürzen, andere versuchten, die Kämpfenden auseinanderzuhalten.

Der Kerl richtete sich auf und brüllte: »Einer gegen einen! Laßt mich diesen Roten fertigmachen!«

Julian drängte die Leute zur Seite und stellte sich in Erwartung des Angriffs auf. In Cambridge hatte er ein bißchen geboxt, war aber seinen Kommilitonen immer unterlegen gewesen. Doch heute fühlte er sich so herausgefordert, daß er sein Bestes geben wollte. Dieser Schläger aus dem East End hatte sicher an vielen feigen Angriffen auf die Londoner Juden teilgenommen und war im Faustkampf bestimmt geübt.

Mittlerweile rann ihm das Blut aus der Nase. Er wollte schon zuhauen, wurde jedoch wieder zurückgerissen. Diese Vermittler, die ihn zurückhalten wollten, machten ihn rasend. Immerhin war er angegriffen worden.

Julian schüttelte die Leute ab und brüllte außer sich vor Wut: »Entweder wir ruinieren mit den Faschisten die Welt, oder wir retten sie mit den Kommunisten. Es gibt keine andere Wahl!«

Die Russin war inzwischen auch wieder aufgetaucht. Sie eilte herbei und teilte den Haufen. Fürsorglich wischte sie Julian das Blut aus dem Gesicht und drängte ihn, sich in ihrem Zimmer hinzulegen. Er lehnte ab, schluckte das salzige Blut hinunter und stürmte aus der Bar.

Auf der Fähre wehte ihm der feuchte, kühle Wind entgegen, und er beruhigte sich wieder. Der Strom war breit, so daß die Überfahrt eine Weile dauerte. An diesem Abend schaukelte das Boot sehr stark. Das Ufer war finster und grau. Julian dachte an seine ersten Schritte in Richtung China zurück.

Als er sich in Cambridge für einen Auslandsposten beworben hatte, wählte er, ohne zu zögern, das weitentfernte Land. Vor seiner Abfahrt hatte er noch ein langes Gespräch mit Tante Virginia und ihrem Mann geführt. Leonard Woolf, der Politologe, lobte seine Wahl. China sei ein Brennpunkt der politischen Strömungen, erklärte er. Alles, was dort geschehe, werde von globaler Bedeutung sein.

Julian war stolz, daß die Älteren seine Wahl guthießen. Als sich das Schiff dem chinesischen Festland näherte, wuchs seine Entschlossenheit. Was konnte attraktiver sein, als an der Revolution teilzuhaben? Der antifaschistische Standpunkt der chinesischen Revolutionäre würde seine liberalen Ideen zur Entfaltung bringen. Und angesichts der weltweiten Ausbreitung des Faschismus konnte man nicht stillsitzen und Reden halten, so wie es die Labour Party und die englischen Intellektuellen taten. Nur die Revolutionäre wagten es zu handeln, und seine Seele fände keine Ruhe, wenn er nicht auch bald tätig würde.

Er hatte damals beschlossen, zunächst an eine Universität zu gehen, um die Lage auszukundschaften, bevor er selbst aktiv wurde. Er war fest entschlossen gewesen, nicht nur den Professor zu spielen.

Doch das Schicksal hatte ihm einen Streich gespielt. Er hatte sich verliebt und eine geheimnisvolle Affäre begonnen, die ihm sogar zum ersten Mal in seinem Leben Liebeskummer eingebrockt hatte. Darüber hatte er seine revolutionären Ambitionen völlig verdrängt. Jedesmal, wenn der Gedanke wieder in ihm aufstieg, verschob er seine Ausführung in die Zukunft. Er hatte sich völlig von der Außenwelt zurückgezogen, und was in der Politik vor sich ging, interessierte ihn immer weniger. Die Welt der sinnlichen Genüsse hatte ihn ganz und gar vereinnahmt und die Ankündigung seines »Testaments«, sich gegebenenfalls in China für die Sache der Menschheit zu opfern, in den Hintergrund gedrängt.

Wie konnte er nur zulassen, daß die körperlichen Freuden oder gar die Liebe zu seinem einzigen Lebensinhalt wurden? Lin war nichts als ein abstrakter Buchstabe, seine elfte Geliebte. Ob in Europa oder Asien, die Frauen waren überall gleich. Einzig ihre Körper und ihre sexuellen Fähigkeiten unterschieden sich. Er hatte eine Vorliebe für Lin entwickelt, so wie er unter den Stoffen die kostbare Seide bevorzugte oder unter den Bäumen die Nadelgehölze. Aber das waren alles nur Empfindungen, die seinen Geist nun nicht mehr länger bändigen sollten. – Nichts würde ihn mehr aufhalten! Nicht einmal Lin, schwor sich Julian.

Er führte sich noch einmal alle Szenen ihrer Beziehung vor Augen. Er war grausam zu ihr gewesen. Doch diese Grausamkeit war sicher immer noch besser als Feigheit und Betrug, denn es lag doch auf der Hand, daß er kaum sein ganzes Leben mit ihr verbringen würde. Als sie ihm mit Selbstmord drohte, spürte er den größten Drang, sie zu verlassen. Er hatte es noch nicht einmal geschafft, »Paß auf dich auf, ich mache mir Sorgen« oder etwas ähnliches über die Lippen zu bringen. Solche tröstenden, liebevollen Worte hätten ihn nur um so tiefer geschmerzt.

Er fragte sich kurz, wie sie nun ohne ihn weiterleben würde. Doch das ging ihn nichts mehr an.

Die ganze Welt würde im düstersten Mittelalter versinken, wenn man dem Faschismus freien Lauf ließe. Sein Entschluß war kein Verrat an Lin, und er hatte auch kein schlechtes Gewissen. Schließlich hatte er ihr nie etwas geschworen.

Bei K würde sein Liebesregister aufhören, L oder M würde es niemals geben. Das Böse, das die Welt bedrohte, würde nicht auf seine romantischen Eskapaden Rücksicht nehmen.

Plötzlich war er dem Kerl, der ihn im Imperial Red House zusammengeschlagen hatte, geradezu dankbar. Der Faustschlag hatte ihn aufgeweckt und aus dem Liebeskummer und der Eifersucht herausgerissen. – Ein Mann mußte sich den Problemen der Welt stellen und handeln.

KAPITEL 12

Sobald Julian zu Hause angelangt war, begann er zu packen. Er wollte nur das Nötigste mitnehmen, eine Taschenlampe, Zündhölzer und Karten durften nicht fehlen. Er plante, der Route der Roten Armee zu folgen, aber bevor er sie aufgespürt hatte, durfte er sich nichts anmerken lassen.

Sein Chinesisch reichte sicher nicht aus, um sich allein auf eine solche Reise zu begeben. Doch wer eignete sich als Dolmetscher und Begleiter? Er dachte an Yi, einen seiner Studenten, mit dem er sich ein wenig angefreundet hatte.

Julian hatte stets Distanz zu seinen Studenten gewahrt – bis auf Yi. Er war intelligent, sprach ein gutes Englisch und war auch sonst ein guter Redner, der sich in der Studentenbewegung hervortat. Allerdings sah er nicht gerade wie ein Geheimagent der kommunistischen Partei aus, doch das taten die wenigsten Studenten. Wenn sie erst einmal die Front erreicht hatten, würden sie sich sowieso trennen, und im Kampf würde er keine großen Sprachkenntnisse benötigen.

Julian war sich seines Entschlusses ganz sicher, bis es an seine Zimmertür klopfte. Wühlmaus berichtete ihm, daß die Frau Dekan dagewesen sei, weil Professor Bell sie um Rat wegen der alten Keramiken und Bilder gebeten habe.

»Wann war sie da?«

»Kurz nach acht heute morgen«, antwortete Wühlmaus. Sie habe ihm aufgetragen, dem Professor ihr Erscheinen auszurichten.

Julians Herz setzte einen Schlag lang aus und schmerzte zugleich heftig. Sie kam noch immer zur verabredeten Zeit, noch immer war sie sein.

Aber dann ermahnte er sich zur Vernunft. Wieso geriet sein Entschluß ins Wanken, sobald eine Frau auftauchte, um ihn zu sehen?

Julian dankte dem Diener und erklärte ihm, er werde den Besuch erwidern. Wühlmaus wünschte eine gute Nacht und ging. Obwohl es schon sehr spät war, wollte Julian nicht schlafen. Den ganzen Tag hatte er außer Haus verbracht und war ziellos umhergestreunt, da die Lehrveranstaltungen nicht stattgefunden hatten. Lin war pünktlich zur Stunde ihrer geheimen Liebe gekommen, doch sie hatte ihn nicht angetroffen – genauso, wie er sie vergeblich zu Hause gesucht hatte. Vielleicht hatte das Schicksal dafür gesorgt, daß sie einander verpaßten, um seine Entscheidung nicht zu gefährden.

Er mußte nur noch den Dienern sagen, daß er einen längeren Ausflug unternahm, dann konnte er abreisen. Nicht einmal Urlaub mußte er nehmen. Die Vorlesungen waren ohnehin von den Studentenunruhen unterbrochen, und die Ferien standen vor der Tür. Niemand würde sein Verschwinden bemerken.

Auch von Lin brauchte er sich nicht zu verabschieden. Er mußte hart bleiben. Er bemerkte erleichtert, daß er von der Liebe genug hatte.

Natürlich würde er nicht für das Empire kämpfen. Im letzten großen Krieg in Europa hatten alle männlichen Bloomsbury-Anhänger den Kriegsdienst aus Gewissensgründen verweigert. Ihnen war, ebenso wie Julian, der aufgeheizte Patriotismus unerträglich gewesen. Diesmal würde es anders sein. Die Pazifisten würden diesen und alle Kriege endgültig auslöschen, notfalls auch mit Gewalt. Seine liberale Grundhaltung verbot es Julian, für

König und Vaterland in den Krieg zu ziehen. Statt dessen wollte er für die internationale Sache kämpfen, notfalls bis zum bitteren Ende – nicht um als glorreicher Held zurückzukehren oder in Ehren begraben zu werden, sondern um seine innersten Überzeugungen zu verteidigen.

Noch in der Nacht suchte er Yi im Studentenwohnheim auf. Yi war von mittlerer Größe, trug eine Brille und war flink und gewitzt, ein typischer Südchinese. Als Julian ihm seinen Plan darlegte, zögerte sein Student zunächst. Doch als Julian ihm vorschlug, daß sie sich als Zeitungsreporter tarnen könnten und er bei Reuters in Hankou Presseausweise beschaffen würde, willigte Yi ein.

Julians neuer Kamerad wußte, daß die Rote Armee in den letzten zwei Jahren in Nord-Sichuan und Shaanxi operiert hatte. Es habe erbitterte Gefechte mit der Sichuan-Armee gegeben, bei denen beide Seiten Hunderttausende verloren hätten. Doch unlängst habe sich das Geschehen anscheinend nach Westen verlagert, weshalb man auch weniger Nachrichten erhalte. Das beste wäre es, wenn sie zuerst zu den alten kommunistischen Stützpunkten in Nord-Sichuan gingen, um sich dann weiter durchzufragen.

Per Schiff fuhren Julian und Yi den Langen Fluß hinauf. Nach den Drei Schluchten legten sie bei Wanxian an. Julian wollte ein Auto mieten, aber in der ganzen Kreisstadt gab es nur drei Mietwagen, die alle ausgeliehen waren. Der Garagenbesitzer sagte, daß eines der Automobile vielleicht gegen Abend zurückgegeben werde. Sie hatten Glück; tatsächlich wurde noch am späten Nachmittag ein wackliger Jeep wiedergebracht.

Julian zahlte die Kaution und nannte dem Fahrer ihr Ziel. Hastig aßen sie in der Stadt und kauften Proviant, bevor es am nächsten Morgen losging. Die Straßen befanden sich in solch einem schlechten Zustand, daß der Fahrer ohne Unterlaß fluchte. Julian verlor die Geduld; er schickte ihn auf die Rückbank und übernahm selbst das Steuer.

»Gut, daß wir den Jeep bekommen haben«, sagte Yi. »Aber bald wird uns auch der nichts mehr nützen.«

»Dann mieten wir eben Pferde«, erwiderte Julian.

»Mit Geld geht alles«, lachte Yi.

Julian wechselte sich mit dem Chauffeur ab. Sie fuhren auch nachts, und erst wenn sie vor Dunkelheit wirklich nichts mehr sehen konnten, suchten sie ein Quartier. Die Gasthäuser wurden immer schmutziger und die Flöhe immer zahlreicher, je weiter sie nach Norden kamen. Bald waren sie im Nordwesten von Sichuan angelangt. Bei Xuanhan, auf der Straße nach Daxian, hörten sie, daß die Hauptstreitmacht der sogenannten »Vierten Roten Frontarmee« diese Gegend vor wenigen Monaten verlassen hatte.

Wie Yi prophezeit hatte, wurde es tatsächlich immer schwieriger, mit dem Auto voranzukommen. Schmale Pfade schlängelten sich die Berge hinauf, und schon durch eine winzige Unachtsamkeit konnte man von der Fahrbahn geraten und abstürzen. Nachdem sie einige Male mit dem Schrecken davongekommen waren, schickten sie den Fahrer mit dem Auto zurück. Zu Pferde kamen sie nun viel besser voran und konnten geradewegs die Berge und Pässe überqueren und so von einem Dorf zum nächsten gelangen.

Hatte Julian auf seiner Reise von Wuhan nach Peking das Elend auf dem Lande nur aus dem Fenster seines bequemen Zugabteils gesehen, so kam er nun, ein halbes Jahr später, zum ersten Mal direkt mit der Armut in Kontakt. Sie durchquerten die Quxian-Gegend, die aufgrund der dortigen Hungersnot auch den Beinamen

»Reis-und-Wasser-Region« trug. Die Kartoffeln und Süßkartoffeln, die hier hauptsächlich gegessen wurden, vertrugen Julian und Yi nicht. Jedesmal, wenn sie ein Gasthaus erreichten, verschlangen sie daher große Portionen Nudeln und Dampfbrötchen, um sich etwas gehaltvoller zu ernähren. Manchmal blieb ihnen nichts anderes übrig, als bei einfachen Bauern zu übernachten. Dann trug man ihnen in finsteren Räumen wäßrige Brühe in schmutzigen, angeschlagenen Schüsseln auf. Sie mußten ihren Ekel überwinden, um diese Speisen essen zu können.

Nichtsdestotrotz rückten die beiden immer weiter nach Nordwesten vor. Jetzt sah man schon viele Soldaten am Straßenrand. Ob es sich um Regierungstruppen oder Kämpfer örtlicher Kriegsherren handelte, war nicht zu erkennen. Alle Soldaten waren ungenügend ausgerüstet und trugen zerlumpte Uniformen. Auch mit ihrer Disziplin stand es nicht zum besten. Viele hatten die Beute irgendwelcher Plünderungen geschultert, ohne daß die Offiziere eingriffen. Eine solche Truppe würde gegen die gut ausgebildeten Japaner nicht die geringste Chance haben.

Als die Pferde müde wurden, banden sie sie an, suchten ihnen etwas zum Fressen und setzten sich dann unter einen Baum. Sie sprachen über die Intellektuellen in Wuhan, die zwar Geld für den Kampf gegen Japan sammelten, jedoch in Panik ausbrächen, wenn die chinesischen Truppen geschlagen würden. Sie würden niemals den Mut aufbringen, ihr eigenes Leben aufs Spiel zu setzen, aber wer sollte dann die Japaner aufhalten?

Als sie schließlich die nördlichen Bergregionen erreichten, konnten sie ganz deutlich erkennen, daß hier vor kurzem Kämpfe stattgefunden hatten. Die Dörfer waren zerstört und kaum noch bevölkert. Selten tauchte ein Bewohner auf, nur um sich gleich wieder zu verstecken. In dieser Gegend waren selbst die Vogelrufe verstummt, und auf einer langen Strecke sahen sie keinen einzigen Tempel. Statt dessen fanden sie von Zeit zu Zeit Leichen. Man konnte nicht mehr erkennen, ob es sich dabei um Soldaten oder Zivilisten handelte; das Blut war längst eingetrocknet, und häufig waren die Körper schrecklich entstellt und kaum mehr als eine schwarze Masse ohne Gliedmaßen; vermutlich hatten wilde Tiere sie angefressen. Julian und Yi sahen sich ratlos an und trieben schnell ihre Pferde weiter.

Yi sagte, daß es in dieser Gegend wahrscheinlich auch Banditen gäbe und daß der Krieg nicht an allem schuld sei.

Plötzlich hob Julian den Kopf und riß sein Pferd unwillkürlich an den Zügeln; fast hätte er einen Schrei ausgestoßen, denn vor ihm hing an einem Tannenast eine nackte Leiche über dem Abgrund. Im Brustbein des Mannes steckte eine Axt. Der Gestank des verwesenden Fleischs raubte ihnen den Atem. Julian zog die Augenbrauen zusammen und hielt sich mit einer Hand die Nase zu. Die Pferde scheuten, und es schien, als wollten auch sie diese kriegsverseuchte Gegend hinter sich lassen.

Sie ritten so schnell wie möglich weiter, um diese grauenhaften Bilder zu fliehen und so schnell wie möglich wieder ein Dorf zu finden. Manchmal hörten sie von fern oder ganz in ihrer Nähe einzelne Schüsse. Sie wußten nicht, wer dort auf wen schoß, ob es Soldaten, Banditen oder Jäger waren. Sie fragten sich, wovon die Menschen lebten, da offenbar niemand die Felder bestellte.

Obwohl sie die Gegend, in der sie auf die Blutopfer gestoßen waren, schon hinter sich gelassen hatten, war Julian noch immer von Schrecken erfüllt und konnte nicht aufatmen. Welche Ungeheuerlichkeiten lagen noch vor ihnen? Um sich abzulenken, begann er mit Yi über Frauen zu reden. Bisher hatte er es vermieden, mit chinesischen Studenten über dieses Thema zu sprechen, und er hatte auch nur eine sehr ungefähre Vorstellung von ihren Ansichten. Es schien ihm, daß das Liebesleben der hiesigen Studenten längst nicht so ausgeprägt war wie das ihrer westlichen Kommilitonen. Doch jetzt, auf dem Weg durch diese unheimliche Region, wirkte das Gespräch über Frauen sehr beruhigend und nahm ihnen ihre Furcht. Yi hatte als hoffnungsvoller Sproß einer reichen Familie aus dem Süden einige Erfahrungen gemacht, über die er ohne Hemmungen sprach.

Julian dachte, daß vielleicht Yi ihn über einige Dinge, die ihm in seiner Beziehung mit Lin immer rätselhaft geblieben waren, aufklären konnte. Also fragte er ihn, ob er schon einmal von der taoistischen Liebeskunst gehört habe.

Yi antwortete ohne Umschweife: Dies sei nichts als feudaler Aberglaube, verdorben und rückständig, ein Zeichen des moralischen Verfalls der chinesischen Kultur.

Julian war bestürzt über diese deutliche und direkte Ablehnung, vermutete jedoch, daß die chinesischen Intellektuellen in dieser Frage übereinstimmten. Yi fuhr fort, er habe gehört, daß westliche Sinologen die erotischen Klassiker »Jin Ping Mei« und »Rouputuan« übersetzt hätten. Dies sei, ebenso wie das Sammeln von chinesischen Bildern erotischen Inhalts, eine schwere Beleidigung für seine Kultur. Chinesische Studenten in Deutschland hätten gar aus Protest die Fensterscheiben des Übersetzers des »Jin Ping Mei« eingeworfen.

Julian dachte an seine eigenen Leseerfahrungen mit diesem Buch, das ihn vielleicht erst auf China neugierig gemacht hatte. Er war schockiert über Yis rigorose Einstellung und fragte ihn, ob er jemals eines der Werke über die Liebeskunst gelesen habe.

Yi schüttelte den Kopf und gab offen zu, daß er nie ein solches Buch in Händen gehalten habe. Doch auch wenn er die Gelegenheit dazu gehabt hätte, hätte er es nicht gewagt, einen Blick hineinzuwerfen. Sei nicht ein bösartiger Landherr aus Hunan, der solche Bücher gesammelt und gedruckt habe, vor einiger Zeit von den Kommunisten umgebracht worden? Das sei eine gute Idee gewesen.

Da Yi offenbar nicht über die Liebeskunst reden wollte, wechselte Julian das Thema und sprach über weibliche Schönheit. Er erklärte seinem Begleiter, welche Merkmale im Westen als schön gälten, und fragte ihn nach den chinesischen Maßstäben. Yi gab die Frage umgehend an ihn zurück und wollte wissen, was Julian denn an den Chinesinnen gefiele.

»Ihr Körpergeruch«, antwortete Julian ausweichend.

Yi lächelte. »Chinesinnen riechen sicher weniger stark als westliche Frauen«, erklärte er. »Bei uns spricht man von ›Fuchsgestank‹ oder nennt es sogar den ›Gestank der Wilden‹.«

»Das meine ich nicht, ich rede von Parfum.«

»Darüber weiß ich nichts«, erwiderte Yi knapp.

Julian vermutete inzwischen, daß Yi doch nicht sehr viel Erfahrung mit Frauen gehabt hatte. Aber er wollte das Gespräch nicht abbrechen lassen und fragte ihn unverblümt: »Und was weißt du über Frauen ohne Haare unter den Achseln und an der Scham?«

Yi lachte peinlich berührt auf und antwortete: »Das ist alles nur Gerede. Ich habe noch nie eine solche Frau gesehen.«

»Was für Gerede?«

»Man behauptet, daß diese Frauen vom Stern des weißen Tigers stammen und ihre Männer töten.«

»Aber das ist doch nichts als Aberglaube!« protestierte Julian.

»Ob es nun Aberglaube ist oder nicht – auf keinen Fall darf man eine solche Frau heiraten.«

»Aber wie soll man das denn vermeiden? Ihr Chinesen kennt euch doch gar nicht vor der Heirat, von Sex ganz zu schweigen!«

Yi erwiderte gelassen, daß das in der Verantwortung der Heiratsvermittlerin läge. Heiratsvermittlerin sei in China ein angesehener und einträglicher Beruf. Außerdem hätte die Familie des Mannes das Recht, die Frau wieder zurückzuschicken, solange sie noch unberührt sei.

»Und wie findet so eine Frau dann einen Mann?« fragte Julian ängstlich.

»Männer, die keine bessere Gattin finden, nehmen auch mit einer solchen Frau vorlieb. Außerdem glauben die Intellektuellen nicht an den weißen Tiger. Aber im einfachen Volk kann so eine Frau nicht einmal eine Hure werden. Ich habe gehört, daß einmal ein Freier nicht genau hingesehen und aus Versehen mit so einer Frau geschlafen hat. Als er es bemerkt hatte, verwüstete er das Bordell, um die bösen Geister auszutreiben.«

»Aber der Freier hat sie doch nicht geheiratet!« warf Julian ein.

»Darauf kommt es nicht an. Jeder Mann, der sexuelle Kontakte mit einer solchen Frau hatte, ist dem Tode geweiht.«

Dann würde Cheng ja zuerst sterben, dachte Julian mit bitterer Ironie.

Diese Erklärung widersprach der von Lin auf der ganzen Linie, und Julian zog es vor, ihr zu glauben. Gleichzeitig tat sie ihm leid. Die tiefe Verachtung für Frauen, die solche seltenen, schönen und sinnlichen Körper hatten, empfand er als ungerecht. Es wurde ihm immer klarer, daß man in China – ob man sich nun dem Liberalismus und Antifaschismus widmete oder sich den höchsten Genüssen der Liebeskunst hingab – seinen Preis zu zahlen hatte.

Die Felsen entlang der Straße waren mit Parolen vollgeschmiert, die man allerdings nicht mehr lesen konnte. Rote Zeichen waren weiß, manchmal auch schwarz übertüncht worden, so daß man die Farben schon von weitem sah. Sie kamen durch ein Dorf, in dem nur noch alte Frauen und kleine Mädchen lebten. Die Männer waren entweder von der Weißen Armee als Sympathisanten der Rotgardisten erschlagen oder von der Roten Armee als Anhänger der Reaktionäre hingerichtet worden. Die wenigen Überlebenden hatten sich entweder den Kommunisten angeschlossen oder waren von den Regierungstruppen zwangsrekrutiert worden.

Sie vernahmen ein leises, dann stärker werdendes Plätschern. Von einer Hügelkuppe aus erblickten sie einen riesigen grünen Wald, durch den sich ein reißender Fluß von den westlichen Gipfeln bis nach Osten zog. Der steinige Uferstrand war breit und sauber, und ganz in der Ferne sah man einige Häuser. Die beiden stiegen ab, um auf der Karte ihren Aufenthaltsort zu bestimmen.

Yi meinte, daß sie sich wohl im Landkreis Zitong befänden.

Der Fluß war herrlich klar. Sie nahmen die Rucksäcke ab und führten die Pferde hinein, ohne sich auszuziehen. Das Wasser war angenehm kühl und reichte ihnen bis an die Hüften. Jetzt erst spürte Julian, wie heiß dieser Sommer war und daß der Schmutz an ihnen haftete. Sie hatten sich zwar bei jeder Gelegenheit gewaschen, aber nirgends war es so sauber gewesen wie hier. Er fischte ein paar Kiesel aus dem Flußbett und steckte zwei Steine mit ungewöhnlicher Zeichnung in seine Hosentasche. Triefend naß, mit den Rucksäcken auf den Schultern und den Pferden an der Hand, stiegen sie das andere Ufer hinauf und entledigten sich ihrer Kleider. In diesem Moment sahen sie eine Reihe Bajonette, die sich aus der Böschung auf sie zuschoben. »Juqi shou lai!« riefen ihnen die Soldaten entgegen.

Julian brauchte keine Übersetzung, um zu verstehen, daß er seine Hände heben sollte. Er gab Yi ein Zeichen mit den Augen. Dieser faßte sich sofort und rief, auf Julian deutend: »Ein ausländischer Reporter!« Ein Korporal befahl Yi zu sich hinüber. Julian sah, wie er aus den Kleidern die Pressekarten holte und beim Reden auf Julian deutete.

Bald senkten die Soldaten ihre Gewehre. Yi kam schnell zurück und erklärte, daß es sich um eine Straßensperre der Sichuan-Armee handele. Der Unteroffizier habe erklärt, daß sie zum nächsthöheren Offizier mitkommen müßten, da man sie nicht allein durch das Kriegsgebiet laufen lassen könne. Solange die lokale Verwaltung noch nicht wieder aufgebaut sei, herrsche hier Kriegsrecht. Yi lachte und erklärte Julian, daß seine große Nase, die ihn eindeutig als Ausländer identifiziere, noch mehr geholfen habe als die Presseausweise.

Am Fuße des Hügels lehnten verstreut einige wacklige Hütten. Sie mußten lange warten, bis sie ein berittener Stabsoffizier zum Hauptquartier der Brigade geleitete.

»Früher war dieses Gebiet in der Hand der Kommunisten«, erklärte Yi. »Doch es scheint, als ob sie schon weiter nach West-Sichuan gezogen sind. So wie es aussieht, sind wir wohl am Ende unserer Reise angelangt.«

Wir stehen doch gerade erst am Anfang, dachte Julian. Wenn Yi nicht mit ihm weiterwollte – aus welchem Grund auch immer –, dann würde er der Roten Armee eben allein folgen und einen anderen Führer anwerben.

Die Kreisstadt unterschied sich kaum von den anderen Städten, die sie zuvor gesehen hatten. Vielleicht war sie etwas belebter, weil die Armee hier ihr Quartier aufgeschlagen hatte. Sie traten durch ein Stadttor, das in die zum Teil erhaltene alte Stadtmauer eingelassen war. Hier standen noch einige zweistöckige Holzhäuser, die mit den Jahren eine bräunliche Färbung angenommen hatten. Doch die meisten Gebäude waren durch den Krieg in Schutt und Asche gelegt geworden.

Die Straße war mit Steinblöcken gepflastert. Ein Ochsenwagen, der notdürftig mit Bambusmatten zugedeckt war, kam ihnen entgegen. Er verströmte einen fürchterlichen Gestank. Dem Wagen folgten viele Jugendliche und kleine, halbnackte Kinder. Als sie sich an den Straßenrand drückten, um das Gefährt passieren zu lassen, sahen sie dreckverkrustete Arme und Beine unter der Deckmatte herausragen.

Es hatte wohl keinen Sinn, Fragen zu stellen. Hier hatte gerade erst der Krieg gewütet. Aber Julian hatte nicht den Eindruck, daß diese Leichen auf dem Schlachtfeld aufgelesen worden waren.

Sie wurden zum Hauptquartier gebracht und sogleich zum Kommandanten geführt. Der Befehlshaber trug weder Mütze noch Uniformjacke und regte sich gerade über irgend etwas auf. Als er allerdings den englischen Korrespondenten mit seinem Übersetzer in der Tür stehen sah, hieß er sie sofort mit einem Lächeln willkommen und bat sie, Platz zu nehmen. Die Pferde wurden unterdessen weggeführt und versorgt. Der Salon war geschmackvoll und mit wertvollen Lackmöbeln eingerichtet, Tisch und Stühle waren auf Hochglanz poliert. Das Haus hob sich deutlich von den Behausungen ringsum ab; Julian war sich sicher, daß es einem lokalen Krösus gehörte.

»Ohne Zweifel wird Ihre Reportage unseren Anstrengungen, das Land zu befrieden und die Ordnung wiederherzustellen, Gerechtigkeit widerfahren lassen«, sagte der Kommandant, während er rauchte. Man merkte ihm an, daß er die Worte mit größter Sorgfalt auswählte.

Julian sagte ihm, daß es seine Pflicht als Journalist sei, eine gerechte und objektive Reportage zu schreiben. Er hoffe, daß der Offizier es ihm ermöglichen werde, an die Front zu gehen, um dort eigene Nachforschungen anzustellen.

Der Kommandant setzte sich, schüttelte den Kopf und zog an seiner Zigarette. Dann sagte er, daß der Krieg in dieser Region längst beendet sei. Die Roten seien vernichtend geschlagen, der Feldzug gegen die Räuber sei siegreich beendet worden. Doch da es sich um ein ehemals von den roten Banditen besetztes Gebiet handele, versteckten sich immer noch versprengte Räuber und Mörder auf dem Land. Deshalb, sagte er, könne man sie nicht dabehalten, aber ebensowenig könne man die Herren Journalisten weiterziehen lassen, ohne ihre Sicherheit zu gefährden.

Nach einem langen Hin und Her erlaubte es der Kommandant Julian, einige Gefangene zu interviewen, um Material für einen Bericht über die siegreichen Regierungstruppen zu sammeln.

Nach kurzem Nachdenken befahl er einem Adjutanten, die beiden zum Gefängnis zu führen, nicht ohne den Offizier beiseite zu nehmen und ihm etwas einzuschärfen.

Die wenigen besseren Höfe der Stadt waren sämtlich von Soldaten beschlagnahmt worden. Auf den Feldern wuchsen etwas Hirse und Mais, wogegen das Unkraut hoch stand. Es war zwei oder drei Uhr am Nachmittag, die Sonne brannte stechend, und die Luft war von Leichengestank erfüllt. In der Ferne stieg Rauch zwischen den Feldern auf; vermutlich bereitete sich jemand eine Mahlzeit zu.

Auf einer Hängebrücke mit Holzplanken überquerten sie einen Gebirgsbach und gelangten so in eine gut bewachte Festung. Nachdem sie den Hof passiert hatten, betraten sie einen finsteren Keller, der nur mit ein paar Hockern und einem Tisch möbliert war. Die Steinwände waren voller Flecken und Rauchspuren. Es roch nach Schimmelpilz, dazu mischte sich ein undefinierbarer Pestgestank. Der Adjutant hieß sie sich auf einen Hocker setzen und zündete eine Petroleumlampe an.

Augenblicklich erkannten Julian und Yi, daß dies ein Kerker war und sie sich in der Verhörzelle befanden. Einzeln wurden die Gefangenen hereingeführt. Sie waren alle sehr jung und zerlumpt, und selbst den Verwundeten hatte man schwere hölzerne Joche umgelegt. Ein Wächter stand auf der steinernen Schwelle, das Gewehr im Anschlag. Die Gefangenen waren wie Bauern gekleidet und fast ausschließlich barfuß; sie sahen nicht wie Soldaten aus. Der Adjutant jedoch erklärte ihnen, hierbei handele es sich um versprengte Soldaten der Roten Armee, die man in den letzten Tagen gefangengenommen habe.

In den chinesischen Bürgerkriegen wurden Kriegsgefangene üblicherweise zur Verstärkung in die eigenen Truppen aufgenommen. Den Berichten einiger Gefangener allerdings konnten sie entnehmen, daß diese unter Mordanklage standen. Ihr Dialekt sei sehr schwer zu verstehen, sagte Yi, und außerdem würden sie viel zu schnell und gehetzt sprechen. Yi hörte sich immer nur ein, zwei Sätze an und ließ dann sein Gegenüber pausieren, um das Gesagte für Julian zu übersetzen.

Die Geschichten glichen einander. Alle Gefangenen waren Bauernsöhne aus der näheren Umgebung, die von den Kommunisten zur Landrevolte angestachelt worden waren. Im Zuge dessen wurden die Grundherren und ihre männlichen Verwandten erschlagen und anschließend die Höfe, das Vieh, die Felder und sogar die Töchter und Frauen unter den Aufständischen neu verteilt. So seien sämtliche Dörfer bald in zwei unversöhnliche Lager geteilt worden, in die Roten und die Weißen. Wenn sich nur ein Familienmitglied an der Landrevolte beteiligte, so hatten alle näheren Verwandten keine Wahl mehr: Sie gehörten nun zu den Roten. Umgekehrt verhielt es sich ähnlich.

»Hast du jemanden umgebracht?« fragte Julian einen jeden Inhaftierten.

Alle schüttelten entschieden den Kopf und beteuerten weinend, daß man sie verwechselt habe und falsch beschuldige. Offensichtlich hielten sie das Interview für ein weiteres Verhör.

Julian war enttäuscht, denn er kriegte fast nichts aus den Gefangenen heraus. Er wollte gerade aufgeben, als ein ganz junger Kerl in die Verhörzelle gestoßen wurde. Er war höchstens vierzehn oder fünfzehn Jahre alt, hatte lediglich eine verdreckte Hose am Leib und war so unterernährt, daß seine Rippen herausstanden. Aber er trat mit erhobenem Kopf und gerader Haltung in den Raum. Als Julian ihn befragte, verkündete er stolz, daß er dem Sohn des Grundherrn den Kopf abgehackt habe. Der Parteibeauftragte des Dorfes habe sie zur Revolte aufgefordert und ihn gefragt, ob er es sich zutraue, die

Bewegung anzuführen. Natürlich habe er diese Herausforderung angenommen, und so sei es ihm zugefallen, den gleichaltrigen jungen Herrn zu köpfen. Der erste Schlag sei noch nicht tödlich gewesen, doch der junge Herr habe geschrien wie ein Schwein am Schlachttag. Der Politkommissar habe neben ihm, dem Henker, gestanden und ihn angefeuert weiterzumachen.

»Warum mußten sie getötet werden?«

»Was für eine Frage! Rot zu sein bedeutet, Schädel einzuschlagen«, antwortete der Junge. »Nach ein paar weiteren Schlägen hat der junge Herr nicht mehr geschrien, doch sein Kopf hat immer noch auf dem Hals gesessen. Er hing ihm vor der Brust herab, anstatt über den Boden zu rollen«, fügte er mit Bedauern hinzu und betrachtete seine dünnen Arme in dem schweren hölzernen Joch.

Das war zuviel. Julian wurde es auf einmal schlecht; er stolperte aus der Verhörzelle, stieß den Wächter beiseite und rannte die Steinstufen hinauf. Das Sonnenlicht auf dem Hof war unerträglich hell, es flimmerte ihm vor den Augen. Er hockte sich auf den Boden, würgte und rang nach Luft.

Yi kam ihm nach und fragte: »Ist alles in Ordnung?«

Da Julian Yi gegenüber keine Schwäche zeigen wollte, stand er schnell wieder auf und ging zurück, als ob nichts geschehen wäre. Aber er irrte sich in der Tür und betrat einen leeren Raum, in dem zahlreiche Foltergeräte lagen: Eisenschrauben, Zangen und andere Werkzeuge, die zum Teil noch blutverschmiert waren. Diese Instrumente hatte man schnell aus der Verhörzelle geschafft, als sie für das Pressegespräch aufgeräumt wurde. Fliegen kreisten brummend über den Foltergeräten, und Julian mußte erneut kehrtmachen. Keinen der Räume wollte er je wieder betreten, aus Angst, noch Schlimmeres zu sehen.

»Es ist zu heiß. Er verträgt die Hitze nicht«, sagte Yi zu dem herbeigeeilten Adjutanten.

Die Soldaten brachten sie wieder zurück zum Hauptquartier. Der Kommandant war nicht mehr anzutreffen, doch er hatte Befehl erteilt, ihnen ein Nachtmahl zuzubereiten und eine Unterkunft zu verschaffen.

Das Essen war akzeptabel, es gab sogar Fleisch, aber den beiden war der Appetit vergangen. Danach wurden sie zum sogenannten Gästehaus geführt, in dem sie seit langem die einzigen Gäste zu sein schienen. Es war ein finsteres zweistöckiges Holzhaus. Die Wirtin, eine alte Frau, zuckte beim Anblick von Julian zusammen. Sie hatte solche Angst vor dem ausländischen Teufel, daß sie es kaum wagte, den Preis des Zimmers zu nennen.

Der Raum hatte zwei Betten, die jedoch nicht bezogen waren. Der Adjutant ließ einen Soldaten frisches Armeebettzeug holen. Da die Sommernächte noch immer sehr heiß waren, reichte ein Leinentuch zum Schutz gegen die Mücken als Decke.

»Wir haben Glück«, murmelte Yi, um Julian zu trösten. »Auf der ganzen Reise hat uns deine lange Nase vor Banditen und Soldaten bewahrt.«

Die Gästeunterkunft lag an der Hauptstraße, der einzigen richtigen Straße dieses Ortes. Das Holzfenster stand offen, und man hörte nur die Schritte der Patrouille und die Grillen in der Finsternis. Der schwarze Umriß der Alten erschien in der Tür; sie schlich in den Raum, um die schwache Flamme der Öllampe zu löschen.

Nun war es pechschwarz. Erst nach einigen Minuten sah man in den Fensterrahmen etwas Himmelslicht.

Yi wälzte sich auf seinem Bett hin und her. Julian schwieg, da er sich noch immer für seinen Schwächeanfall am Nachmittag schämte. Krieg war Krieg, und Revolution war Revolution. Gab es denn eine humane

Art zu töten? Seit der Abreise von Wuhan hatte er jeden Tag den Himmel angefleht, daß sie recht bald am Langen Marsch und an der Revolution teilhaben könnten. Aber schon beim Anblick der ersten Spuren der Revolution rebellierte sein Körper. Er mußte sich wahrhaftig schämen.

Ein Lufthauch zog durch das Zimmer und bescherte ihnen eine angenehme Kühle. Doch es bedrückte ihn sehr, daß er nicht mehr wußte, wie es weitergehen sollte.

Am nächsten Morgen wurden die beiden Männer von Trommeln und Becken, die plötzlich draußen vor dem Gasthaus erklangen, aus dem Schlaf gerissen. Die Straße war von Lärm erfüllt; Soldaten mit geladener Waffe standen auf beiden Seiten in einer Reihe und drängten mit ihren gezückten Bajonetten die wimmelnde Menschenmenge zurück. Obwohl diese Gegend weitgehend vom Krieg verwüstet war, tummelten sich vor ihrem Fenster unvorstellbar viele Leute. Vermutlich waren sie aus allen Dörfern der Umgebung zusammengeströmt, weil Markttag war.

Julian und Yi steckten die Köpfe zum Fenster hinaus. Da ihr Zimmer im ersten Stock lag, hatten sie eine gute Sicht auf das Geschehen. Drei Ochsenkarren ratterten langsam durch die Menge. Auf jedem Wagen saßen mehr als zwanzig Menschen, die alle das schwere hölzerne Joch trugen. Einige der Gefangenen hatten sie bereits am Vortag gesehen. An den Seiten jedes Wagens schritten die Henker mit gleichmütiger Miene einher, auf ihren Schultern trugen sie funkelnde Schwerter. Manche der Schaulustigen heulten und schluchzten, andere schimpften lautstark, doch viele sahen nur stumm zu.

Die Straße war nicht lang; am Ende angelangt, drehte die Prozession um und kehrte zu dem Richtplatz zurück, der fast genau gegenüber dem Gasthaus lag. Mit den Bajonetten trieben die Soldaten eine Gruppe nach der anderen von den Karren herunter. Ein Offizier verkündete in gedehntem Sichuan-Dialekt, daß jeder rote Bandit und Mörder einwandfrei identifiziert sei und das Urteil sofort vollstreckt werde, um ein Exempel zu statuieren.

Die Gefangenen, die nun auf dem Boden knieten, zitterten am ganzen Körper und waren weiß im Gesicht. Ein Soldat entfernte die Joche und band die Hände der Gefangenen auf deren Rücken zusammen. Ein Helfer riß die Köpfe nach hinten, um den Hals freizulegen. Dann hob der Henker das Schwert. Die Leute brüllten, und Julian konnte nicht unterscheiden, ob sie vor Schrecken oder aus Begeisterung schrien, wie damals im Theater. Yi setzte sich zurück auf sein Bett, am ganzen Körper bebend. »Mach das Fenster zu!« flehte er. »Bitte, mach das Fenster zu!«

Julian, der längst vom Fenster zurückgetreten war, hatte nicht erwartet, daß das Geschehen Yi noch stärker erschüttern würde als ihn selbst. Er wollte das Fenster schließen, doch der Rahmen war schon alt und ließ dies nicht zu. Da hörte er eine dünne Stimme krähen: »Hoch lebe die Revolution! Hoch lebe die Rote Armee!« Es war der Junge, der ihm gestern seine Bluttaten gestanden hatte. Er war der einzige Held, aber vielleicht hatte er auch als einziger wirklich getötet. Julian schaute unwillkürlich nach unten. Der Platz war von menschlichen Köpfen und Rümpfen übersät, es war ein einziges Blutbad. Er schloß die Augen. »Hoch lebe die …–«, hörte er den Jungen ein letztes Mal rufen, bevor der dumpfe Schlag erklang. Julian taumelte drei Schritte zurück, als wolle er dem spritzenden Blut ausweichen, und brach auf dem Boden zusammen.

Eine Feuersbrunst des Ekels durchfuhr seinen Körper.

»Warum, warum müssen sie so viel unnötiges Blut vergießen? Revolutionäre oder Konterrevolutionäre – warum sind sie alle so grausam?«

Die beiden saßen sprachlos im Zimmer. Die alte Wirtin ging apathisch vorbei, als ob niemand anwesend wäre.

Nein, dachte Julian, das war nicht seine Revolution. Er konnte weder das Anfachen von Klassenhaß noch das sinnlose gegenseitige Abschlachten gutheißen. Die chinesischen Bauern und Arbeiter waren sehr arm, aber sie waren noch nicht so weit, daß sie die Revolution von sich aus beginnen konnten. Und selbst wenn, warum mußten sie dann so blutig und haßerfüllt vorgehen?

Er dachte an das Zyankali, das er in seiner Tasche aufbewahrte. Seine Einschätzung der Lage war wirklich zu simpel gewesen. Er wäre zwar fähig, seinem eigenen Leben ein Ende zu setzen, aber er könnte niemals einen Jungen zum Mord an einem Gleichaltrigen anstiften, wie es dieser Kommissar getan hatte.

Welche Rolle konnte er dann noch in der chinesischen Revolution spielen? Der Lärm draußen war noch nicht verebbt, doch Julian wußte schon, daß an diesem Sommermorgen sein Traum von der kommunistischen Wende in diesem merkwürdigen Dorfgasthaus ein Ende finden würde.

Als sie wegritten, hingen mehr als zwanzig neue Köpfe über dem Stadttor, aus denen noch das Blut troff. Julian drehte sich nicht um. Sie ritten geradewegs zum Fluß, setzten über und durchquerten den Wald. Julian wollte so schnell wie möglich weiter.

Zu Mittag erreichten sie eine andere Kreisstadt. Überall wuchsen Pfirsichbäume, die mit Bambusstäben gestützt wurden und in voller Blüte standen. Die Einheimischen hatten Tücher um die Köpfe gewunden und trugen lange

Behälter auf dem Rücken. Sie erzählten, daß der Holzsteg, der im Osten der Stadt an den Klippen entlangführe, am Morgen eingestürzt sei und einige Menschen und Pferden in den Tod gerissen habe. Julian und Yi mußten also eine andere Route nehmen.

Julian tröstete sich damit, kein Deserteur zu sein. Der Liberalismus und Sozialismus, wie er sie aus England kannte, waren hier nicht verbreitet. Die Gewalttaten, die sie gesehen hatten, waren vielleicht in Asien Teil der Revolution, doch er kam aus einer anderen Welt und mußte seine Hände nicht in Blut tauchen, um seine Ideale zu verfolgen. Auch wenn es um eine gerechte Sache ging, waren die Unterschiede zwischen Ost und West einfach unüberbrückbar.

Je weiter sie nach Süden kamen, desto deutlicher sah er Lin vor seinem inneren Auge und desto klarer hörte er ihre Stimme. Er sehnte sich immer heftiger nach ihr, vor allem nachts, wenn ihm ihr helles Lachen geradzu greifbar nah erschien.

Sie fanden ein sauberes kleines Gasthaus, in dem sie verweilten. Während er auf das Essen wartete, stieß er in seinem Rucksack auf Lins Taschentuch. Er liebkoste die gelbe Seide mit dem Bambushintergrund, die sich wie Lins Haut an seine Hand schmiegte. Er betrachtete das eingestickte K in der Ecke und erschrak mit einemmal, da es ihn an eine jüdische Handschrift aus dem sechsten Jahrhundert erinnerte, die aus Syrien oder Palästina stammte. In diesem Text hieß es, daß das K der Buchstabe sei, der über das Leben bestimme.

Ja, Lin bestimmte über sein Leben. Wenn sie nur zusammenleben könnten, egal ob in Peking, Hongkong, England oder Amerika. Sie hatte recht, denn sie war ja doch ein Teil seines Lebens. Er würde ihr beweisen, daß er nicht so selbstsüchtig und gefühllos war, wie sie dachte. Seit dem ersten Tag liebte er sie, und daran hatte sich auch nie etwas geändert. Er liebte sie auf seine Weise, aber er könnte sie auch so lieben, wie sie es von ihm verlangte.

Sobald dieser Gedanke Form angenommen hatte, war er Julian schon gänzlich vertraut. Er verstand auf einmal, wie wunderbar Lin war. Sie hatte es ihm ermöglicht, die Welt, nach der er sich so sehr sehnte – das Schlachtfeld –, zu betreten, und nun holte sie ihn wieder aus dem Krieg zurück.

Selbst nach chinesischen Maßstäben war Lin einzigartig. Cheng war als Intellektueller über das Gerede von der Frau des weißen Tigers erhaben und konnte es sich erlauben, mit Lin verheiratet zu sein. Doch mit den gleichen vernünftigen Argumenten lehnte er die taoistische Liebeskunst, die Lin so viel bedeutete, von Grund auf ab. Sicher wagte sie es nicht, ihre Liebeskunst mit Cheng voll auszukosten. Doch welchen Sinn hatte diese Ehe dann für sie?

Ihm wurde klar, weshalb Lin so an ihm hing. Sie war in den Widersprüchen ihrer eigenen Kultur gefangen, und keiner ihrer Landsleute konnte sie verstehen. Er hingegen mußte als Ausländer weder auf den Volksglauben noch auf die fortschrittlichen Strömungen im Land Rücksicht nehmen. Er genoß in erster Linie die althergebrachte Liebeskunst; den damit verbundenen Aberglauben konnte er als amüsante Begleiterscheinung abtun.

Die Sache mit Lin war eine ungewöhnliche Liebesgeschichte – aber das paßte zu ihm. Schon seine Mutter war der unkonventionellen Liebe sehr zugeneigt gewesen; daß sie einen Bisexuellen zum Lebensgefährten gewählt hatte, verstand auch niemand. Vielleicht war Lin extra für ihn geschaffen worden.

In diesem Dorf in Sichuan, im Spätsommer 1936, fühlte sich Julian wie ein Schlafwandler, der endlich erwachte. Er begriff, daß Lins Liebe das einzig Wertvolle war, das ihm China bieten konnte. Als sie ihn nach Peking eingeladen hatte, hatte er eigentlich eine Reise in ihr Innerstes angetreten, in dem sich ihr Verlangen so lange aufgestaut und ihre Liebeskraft so lange verborgen gelegen hatte. Als sie ihm ihren Körper dargeboten hatte, hatte sie ihm ohne Scheu ihre Welt mit all ihren Mysterien offenbart.

Julian mußte diesen breiten und schmerzlich kalten Fluß durchschreiten, um zu erkennen, daß sie die ganze Zeit am Ufer auf ihn wartete.

In zwei Jahren würde er Dreißig werden und die mittlere Phase des Lebens antreten. In seiner Familie gab es einige Männer, die erst sehr spät reif wurden. Eine wundervolle Zeit lag vor ihm; sie würden gemeinsam Kinder haben. Solange sie sich fern von Haß und Chaos hielten, konnten sie überall auf der Welt zusammenleben – als Poet und als Erzählerin. Er konnte sich kein glücklicheres Dasein erträumen. Er brannte vor Ungeduld, sie wiederzusehen, jede Minute zählte.

Sie verschlangen Wasserreis mit grünen Bohnen, gebratene Teigtaschen und Tofu-Streifen mit Paprika. Julian sagte Yi, daß er so schnell wie möglich nach Wuhan zurückkehren wolle.

Das kleine Restaurant hinter sich lassend, ritten sie der strahlenden Sonne entgegen.

KAPITEL 13

Es war kurz nach fünf an jenem Nachmittag im Frühherbst, als Julian den Luojia-Berg hinaufstieg. Die Blumen, die bei seiner Abreise auf dem ganzen Berg geblüht hatten, begannen zu verwelken. Auch die Blätter der Bäume färbten sich schon gelb und braun. Von seinem Standort aus hatte Julian eine phantastische Aussicht auf die drei Städte Wuhans. Bei ihrem Anblick fühlte er sich plötzlich viel reifer, als ob er um Jahre gealtert sei. Er fragte sich, ob er direkt zu Lin gehen oder erst zu seinem Haus zurückkehren sollte.

Was würde sie wohl von seiner überstürzten Abreise halten? Er war ohne ein Wort einfach für anderthalb Monate verschwunden. Sobald er darüber nachdachte, verwandelte sich seine Sehnsucht in Angst. Er hoffte inständig, daß sie auf ihn gewartet hatte. Schließlich konnte man sein Abenteuer auch als eine Prüfung betrachten: Liebte sie ihn wirklich so glühend und leidenschaftlich wie er sie? Als würde ihm eine Antwort auf diese Frage erteilt, spannte sich in diesem Moment ein Regenbogen über den Himmel. Konnte es ein besseres Omen geben? Und wie um sein Glück zu vervollständigen, tauchte die Abendsonne den Ostsee in herbstliche Farben.

Die Diener waren verblüfft über seine unerwartete Rückkehr. Sie fragten, warum er ihnen nicht telegraphiert habe, um sich in Hankou abholen zu lassen. Noch während sie das Abendessen vorbereiteten, ging Julian ins Badezimmer. Gleich nachdem er aus dem Schiff gestiegen war, hatte er mit der Fähre den Fluß überquert. Seine Kleider und Schuhe starrten vor Schmutz. Seine Haare und sein Vollbart waren lang und verfilzt, er sah sicher aus wie die Barbaren auf den alten chinesischen Bildern.

Gebadet, rasiert und in frischen Kleidern, ging er die Treppe hinunter. Obwohl das Abendessen jeden Moment serviert werden konnte und sein Magen vor Hunger knurrte, eilte er den Waldweg entlang. Ständig rutschte er aus, weil Laub an seinen Schuhen klebte. Keuchend erreichte er Lins Haus.

Julian sagte, er wolle den Herrn Dekan sprechen. Der Diener kam mit der Nachricht zurück, daß Herr Cheng ihn in seinem Arbeitszimmer im ersten Stock erwarte. Im Hof und im Wohnzimmer saßen mehrere Gäste, doch Julian ging zielstrebig an ihnen vorbei. Erst zum zweiten Mal betrat er das Obergeschoß des Hauses. Cheng saß an seinem Schreibtisch, Lin stand neben ihm. Der Dekan erhob sich und schüttelte ihm die Hand, doch Lin bewegte sich nicht von der Stelle. Julian entschuldigte sich aufrichtig für das unangekündigte Verlassen seines Postens und bat förmlich um Verzeihung.

Cheng sagte höflich, daß dies nicht weiter schlimm sei. Er berichtete Julian, daß der Streik noch vor Semesterende zusammengebrochen sei, da die Studenten die Abschlußprüfungen nicht ausfallen lassen wollten. Das neue Semester habe gerade erst begonnen. Da man Julian nirgends gefunden habe, habe man eine neue Aushilfskraft eingestellt. Nun, da er zurück sei und weiter unterrichten könne, werde man die Aushilfskraft wieder entlassen müssen. »Wir haben alle gedacht, daß Sie verschwunden seien«, schloß Cheng, als die Diener mit einer Teekanne und Schalen hereintraten.

Statt ihm einen Vorwurf zu machen, erklärte ihm Cheng, daß er hoffe, Julian werde seine erfolgreiche

Lehrtätigkeit bis zum Ende seines zweijährigen Vertrages fortsetzen.

Julian begriff, daß einem solch unzuverlässigen Lehrer wie ihm der Vertrag sicherlich nicht verlängert werden würde, aber das war ihm jetzt auch egal. Sein Blick haftete seit geraumer Zeit auf Lin. Sie trug einfache Hauskleidung, die sich deutlich von ihrer früheren prächtigen Erscheinung abhob. Aber genau so wollte er sie sehen: als gewöhnliche Ehefrau. Sie wartete schweigend hinter dem Sessel ihres Mannes, und er mußte sich zwingen, seine Augen von ihr abzuwenden und das Gespräch mit Cheng fortzuführen.

Obwohl sie im Gegenlicht stand, hatte er erkennen können, daß sie ganz schmal im Gesicht geworden war. Sobald sein Blick sie neuerlich streifte, wurde es ihm schwer ums Herz. Die gleißende Abendsonne warf dunklere Schatten auf ihr Gesicht, doch als sie ihren Kopf noch weiter abwandte, als ob sie etwas verbergen wollte, sah er, daß sie Tränen in den Augen hatte. Sein Herz machte einen Sprung, und innerlich jubilierte er: Sie liebt mich, sie hat nie aufgehört, mich zu lieben! Lin nahm ihre Brille ab, fuhr mit dem Taschentuch über die Gläser und behielt sie dann in der Hand. Um ihr rechtes Handgelenk war ein roter Seidenfaden gebunden.

Weil Julian nichts mehr zu sagen hatte, stand er auf, um Abschied zu nehmen. Auch Cheng erhob sich und begleitete ihn hinaus. Lin folgte ihrem Ehemann, und als sie ins Licht trat, stand ihr eine unermeßliche Verzweiflung im Gesicht geschrieben.

Ohne Julian eine Chance zu lassen, ihr irgend etwas zu erklären, verschwand sie in der Küche. Cheng lud ihn ein, gemeinsam mit den anderen Gästen zum Abendessen zu bleiben. Doch da er befürchtete, daß alles nur noch schlimmer würde, wenn er länger blieb, dankte er für die

Einladung und erklärte, er habe schon gegessen und käme gern ein anderes Mal wieder.

Im Vorzimmer bestand Cheng noch darauf, daß sie zur Feier von Julians Rückkehr einen Brandy tranken. Diese übertriebene Höflichkeit fand Julian mittlerweile recht enervierend. Ihm blieb nichts anderes übrig, als dem Dekan noch einmal zu danken und ihn zu vertrösten.

Es war eine Regennacht. Julian hatte seinen inneren Frieden wiedergefunden und wußte ganz genau, was er zu tun hatte. Die Regentropfen, die gegen das Fenster schlugen, erinnerten ihn an England, an den Garten seiner Mutter an einem verregneten Nachmittag. Er stellte sich seine Rückreise und die Freude seiner Mutter vor, wenn sie ihn, in Begleitung von Lin, endlich wiedersah.

Er stieg abermals in die Wanne, hatte er doch den Schmutz von sechs Wochen abzuwaschen. Das Fenster ließ er einen Spalt offen, so daß die vom Regen ganz frische Luft hereindrang. Nach dem Bad kroch er ins Bett und schlief sofort ein.

Am nächsten Morgen wurde er durch einen vertrauten Duft und einen weichen nackten Körper, der sich an ihn drängte, geweckt. Er brauchte nicht die Augen zu öffnen, um zu wissen, um wen es sich handelte. Es war ein herrliches Gefühl, Lin wieder genau so in den Armen zu halten, wie er es die ganze Zeit erträumt hatte. Er erkannte ihre Zunge, ihr Haar, ihre Haut und ihren Atem wieder; fast fürchtete er, sie anzublicken und damit den Traum zu zerstören.

Ihre Hand glitt an ihm hinunter, so wie er es sich auf seiner beschwerlichen Reise vorgestellt hatte. Sie führte ihn weit weg vom grausamen Krieg und brachte ihn an den Rand des Himmels.

An diesem Morgen war ihr Liebesspiel ganz zart und

sanft. Sie verfielen nicht in die verzweifelte Raserei lang getrennter Liebespaare, sondern liebten sich im zärtlichen Einklang eines seit Jahren verheirateten Paares. Miteinander verschlungen, wanden sie sich langsam und genossen den hingebungsvollen Körper des anderen. Sie streichelten einander das Gesicht, die Haare, den Hals, die Schultern und die Brust, jeden Teil, den sie vermißt hatten.

Ob sie es sich nun eingestanden oder nicht, ihre Liebe war längst mehr als eine verbotene, flüchtige Affäre. Die Vertrautheit ihrer Körper, ihr Verlangen und der süße Rhythmus, der sich jedesmal von selbst einstellte, wenn sie miteinander schliefen, waren Beweise genug. Bei all ihren Begegnungen hatten sie sich noch nie so geliebt wie jetzt, wie einander innig verbundene Eheleute. Julian begriff, daß nur eine von Herzen geliebte Frau ihm das wahre Glück und den wahren Frieden geben konnte.

Mit keinem Wort fragte Lin, warum er ohne ein Abschiedswort weggegangen sei und wo er sich überhaupt aufgehalten habe. Sie machte ihm keine Vorwürfe, sondern küßte ihn ununterbrochen und schmiegte sich dicht an ihn. Hin und wieder seufzte sie leise vor Genuß.

Eine Trennungszeit konnte man nicht mit dem Kalender bemessen, und daher kam es Julian vor, als ob sie sich seit zehn Jahren nicht gesehen hatten und um ein Haar für immer voneinander getrennt gewesen wären. Er dankte dem Himmel, daß sie nun wieder vereint waren, und dann riß er die Augen auf, um die Frau zu betrachten, die er liebte.

Der rote Seidenfaden, der ihm gestern aufgefallen war, befand sich immer noch an ihrem rechten Handgelenk. Voller Neugier fragte er sie, was es damit auf sich habe.

Der Faden schütze sie und den Menschen, den sie liebte, im Jahr ihres Tierkreiszeichens vor dem Bösen, erklärte sie Julian. Der Klang ihrer Stimme, den er so lange hatte entbehren müssen, versicherte ihm, daß es kein Traum war.

Noch stand ihm der Höhepunkt bevor, und da er sie voller Verlangen anblickte, begriff er plötzlich einen schlichten Zusammenhang: Jedesmal, wenn sie einander bei der Liebe ansahen, wurde er regelrecht vom Orgasmus überwältigt; doch wenn sie sich mit geschlossenen Augen küßten, ebbte das Gefühl allmählich ab, und deshalb war Julian noch immer nicht gekommen, obwohl er so lange keine Frau mehr berührt hatte. Wenn die Ekstase nahte, war er nun nicht länger der Spannung ausgesetzt, die seinen Körper schier zerbersten lassen wollte. So konnte er zum ersten Mal einen wunderbaren multiplen Orgasmus genießen, ohne zu ejakulieren.

War das vielleicht das Geheimnis der Liebeskunst? War dafür nicht nur Übung nötig, sondern auch ein Gefühl, das über die pure Leidenschaft hinausging? Offenbar erforderte diese Kunst aufrichtige Liebe! Julian wurde mit einemmal klar, daß er, wenn er eine Frau wirklich liebte, sich naturgemäß viel mehr Mühe gab, sie zu befriedigen und das Liebesspiel mit ihr hinauszuzögern. Wenn er sein eigenes Verlangen vernachlässigte, konnte er sich besser beherrschen und es schließlich auch selbst länger genießen.

Das Bett schien zu schweben. Es hatte den Anschein, als habe es sich ausgedehnt und drehe sich in der Luft um die eigene Achse. Julians Augen glitten über Lins Qipao, der auf dem Boden neben dem Bett lag. Die in changierendem Rot eingestickten Drachenzungen und Lotusblumen auf dem blauen Hintergrund tanzten vor seinen Augen. Die Farben dufteten und tönten wie ihre Liebe. Die Zeit hatte ihre Fesseln abgelegt.

Von unten drang eine Folge dumpfer Geräusche herauf, es klang, als schlüge jemand mit den Fäusten gegen das Haustor. Julian rührte sich nicht. Er hielt Lin in seinen Armen und blieb, ebenso wie sie, still liegen. Das Geräusch ließ ihn an einen nachlässigen Bootsmann denken, der nachts über den Ostsee ruderte und die Riemen achtlos gegen die Wände des Bootes schlagen ließ.

Nun hörte man, wie die Diener die Tür öffneten. Jetzt erst fiel ihm wieder ein, daß er ganz vergessen hatte, die beiden wegzuschicken und ihnen zu sagen, daß sie nicht vor neun zurückkommen sollten. War es vielleicht schon später als neun Uhr? Doch Julian und Lin blieben ganz ruhig und hielten sich weiterhin fest umfangen.

Hastige Schritte stoppten vor der Schlafzimmertür, dann ein Klopfen und die Stimme des Hexers: »Herr Dekan Cheng möchte Herrn Professor Bell sofort sprechen.«

Lin schauderte in seinen Armen. Das, was sie die ganze Zeit gefürchtet hatten, war nun eingetroffen. Julian sprang aus dem Bett und schlüpfte in seine Kleider. Als er sich gerade das Hemd zuknöpfte, flog die Tür auf. Sie hatten vergessen, den Riegel vorzuschieben, so daß Cheng nun ungehindert hereinstürzen konnte.

Sein Gesicht war weiß vor Wut. In seinem Talar sah er sehr eindrucksvoll aus, bei weitem nicht so schmächtig, wie Julian ihn in Erinnerung hatte. Zitternd richtete er einen Finger auf Julian und versuchte, seine Wut in Worte zu fassen.

»Sie sind kein Gentleman!« brachte er schließlich hervor, wobei sich seine Stimme beinahe überschlug.

Julian hatte die ganze Zeit gespannt darauf gewartet, was Cheng wohl sagen würde, und sich in stiller Panik gefragt, was er darauf antworten könnte. Aber als Cheng mit seinem Sätzchen fertig war, mußte er lachen.

»Ich hatte nie vor, ein Gentleman zu sein. Auch in meiner Familie und unter meinen Freunden werden Sie keine Gentlemen finden!«

Cheng schien ihn nicht verstanden zu haben, denn er sagte abermals: »Sie benehmen sich nicht wie ein Gentleman.«

Cheng wußte offensichtlich nicht, was man in einer solchen Situation sagte. Wahrscheinlich war er zu aufgeregt, um die passenden Worte zu finden. Plötzlich tat Julian dieser in England ausgebildete Professor leid, der sich nicht ausdrücken konnte. Er hatte sein Englisch aus Büchern gelernt und sprach eine völlig andere Sprache als er selbst.

Also setzte sich Julian an seinen bootsförmigen Schreibtisch und wartete einfach ab, was Cheng als nächstes sagen oder tun würde. Lins Ehemann schwieg und bemühte sich nach Kräften, nicht zum Bett zu schauen. Dieses schweigende Kräftemessen regte Julian auf. Es schien ihm nutzlos, sich zu rechtfertigten, und darüber hinaus fühlte er sich nicht des kleinsten Vergehens schuldig. Schließlich gehörte Lin niemandem.

Als Julian sich umdrehte, sah er, daß Lin immer noch nackt im Bett saß, notdürftig in ein Laken gewickelt. Ihr prächtiger Qipao und ein Paar hochhackige Schuhe lagen auf dem Boden. Wie früher war sie nur mit einem einzigen Stück Stoff am Körper zu ihm gekommen. Da es morgens nicht so kühl war wie im Frühjahr, hatte er es nicht eher bemerkt.

Julian begann nachzudenken. Wie waren sie in diese Situation geraten? Lin war länger geblieben als jemals zuvor, sie hatte keine Uhr mitgebracht und auch gar nicht auf die Zeit geachtet. Vielleicht war sie um acht gekommen, vielleicht noch früher; sie hatte ja einen eigenen Schlüssel. Das hieße, daß die Diener, die ja noch früher aufstanden, sie wahrscheinlich gesehen hatten. Außerdem war sie sonst immer sehr darauf bedacht gewesen, den Riegel vor die Schlafzimmertür zu schieben; ausgerechnet heute schien sie dies vergessen zu haben.

Ein furchtbarer Verdacht stieg in Julian auf. Hatte sie es darauf angelegt, daß ihr Mann sie und Julian in flagranti erwischte? So, daß es nichts mehr abzustreiten gab? Doch warum?

Vielleicht wollte Lin alles auf eine Karte setzen, um eine Lösung zu erzwingen. Hatte sie die Krise herbeigeführt, um dem einen die Scheidung und dem anderen die Hochzeit aufzudrängen? Die ganze Zeit über hatte sie geglaubt, daß all ihre Probleme nur auf Julians Unwilligkeit zurückzuführen waren, sich zu entscheiden; weder durch ihre unendliche Geduld noch durch ihre List hatte sie ihn dazu gebracht, sich endlich zu ihr zu bekennen.

War ihre Liebe vielleicht in Haß und Rachsucht umgeschlagen? Er schalt sich, nicht gleich mit ihr gesprochen zu haben, denn sein Entschluß hatte festgestanden: Er wollte alles tun, was sie verlangte, nur um mit ihr zusammensein zu können.

Doch heute hatten sie sich so lange geliebt, daß er keine Gelegenheit hatte, es ihr zu sagen. Noch bevor sie sich hätten aussprechen können, ließ sie ihren fatalen Plan seinen Lauf nehmen. In der Zeit, die er gebraucht hatte, um eine Entscheidung zu treffen, hatte auch sie sich entschieden. Sie wollte zu einem Ende kommen, wollte ihr chaotisches Verhältnis ordnen, koste es, was es wolle.

Warum hatte sie keine halbe Stunde länger warten können? Warum hatte sie ihm nicht wenigstens einen versteckten Hinweis gegeben? Statt dessen jagte sie unwiderruflich alle drei Beteiligten wie von Sinnen ins Verderben. Jetzt saß er in der Falle. Das, wovor er sich am meisten gefürchtet hatte, war eingetreten: Er hatte die Freiheit, selbst zu wählen, verloren und würde die dümmste Entscheidung treffen müssen.

Doch dann drängte sich ihm noch eine weitere Variante auf, die ihm noch wahrscheinlicher erschien: Danach wußte Cheng seit langem über sie Bescheid. Auch wenn sie es nicht nach außen trugen, hatten Cheng und Lin sich schon viele Male heftig gestritten. Cheng war davon überzeugt, daß Lin es nicht wagte, ihre Ehe aufs Spiel zu setzen, und daß sie irgendwann zu ihm zurückkehren würde. So hätte er in der Universität und vor der chinesischen Intelligenzija sein Gesicht wahren können. Scheinbar hatte er ihnen deshalb nie irgendwelche Schwierigkeiten bereitet – Chinesen waren ja immer so geduldig und überaus höflich. Doch in der Zeit, als Julian verschwunden war, mußte irgend etwas vorgefallen sein, das Chengs Widerstand geweckt hatte. Lin mußte in ihrer Verzweiflung etwas Unvernünftiges getan haben – ihrem leichenblassen Gesichtsausdruck nach zu schließen, hatte sie die Selbstmorddrohung in die Tat umsetzen wollen – offenbar ohne Erfolg. Danach blieb ihr nichts mehr übrig, als alles zu bereuen und ihrem Mann zu versprechen, das Verhältnis zu beenden.

Ihm fiel ein, daß Lin heute morgen immer wieder tief geseufzt und mit leiser tiefer Stimme geflüstert hatte: »Du bist weggegangen, warum kommst du jetzt zurück?« Ihm war es so vorgekommen, als ob sie diese Worte nicht an ihn richtete, sondern nur für sich selbst wiederholte.

Seine Diener konnten ihn jederzeit verraten haben, um sich beim Dekan beliebt zu machen. Mit dem ersten Schritt über die Schwelle dieses Hauses hatte ihm der Gedanke mißfallen, mit ihnen unter einem Dach zu leben. Zweifelsohne hatten sie von Anfang an sämtliche

Details weitergeleitet. Cheng hatte es wirklich leicht – vermutlich war er von Anfang an über alles informiert gewesen. Heute hatten die Diener sie vermutlich angeschwärzt, so daß Cheng sich gezwungen sah zu handeln. Julians Geduld mit Lin war ganz und gar nicht mit der Geduld ihres Mannes zu vergleichen.

Er dachte an den Romancier E. M. Forster, eine weitere Vaterfigur in seinem Leben.

Dieser hatte zu seiner Mutter gesagt: »Trotz seines wilden Benehmens ist Julian tief im Herzen ein echter englischer Gentleman.« Jetzt, an diesem Vormittag im Frühherbst nach einer Regennacht, wurde ihm bewußt, daß er tatsächlich ein waschechter Engländer war. China – seine Frauen, seine Revolution und alles andere – würde ihm für immer ein unerklärliches Rätsel bleiben. Auch diese Liebe.

Er sah Lin mit einem fremden, beinahe wahnsinnigen Ausdruck auf dem Bett sitzen. Sie schien auf etwas zu warten, von dem sie wußte, daß es niemals eintreffen würde. Cheng räusperte sich, um das Schweigen zu brechen. Wahrscheinlich wollte er noch einmal wiederholen, daß Julian kein Gentleman sei.

Julian wußte jetzt, was er zu tun hatte. Gelassen stand er auf und sagte zu Cheng: »Ich möchte hiermit mein tiefstes Bedauern zum Ausdruck bringen. Ich übernehme die volle Verantwortung für dieses Vorkommnis und reiche hiermit meine Kündigung ein. Ich werde China verlassen.«

Er ging aus dem Zimmer. Als er schon auf der Treppe stand, hörte er Lin heiser aufheulen, darauf folgten einige chinesische Worte, die er nicht verstand. Vermutlich verfluchte sie ihn. Als sie nach einiger Zeit erneut ihre Stimme erhob, klang es wie das verzweifelte Wehklagen eines angeschossenen Tieres.

Für ein paar Sekunden blieb er auf der Treppe stehen und wartete darauf, sie weinen zu hören. Doch er vernahm nichts mehr.

Auf seiner Rückreise nach England hatte er mehrmals am Tag das starke Verlangen, einfach wieder nach Wuhan zurückzukehren. Doch in Hongkong brach in einem Hotel plötzlich sein Heimweh aus, und damit bekämpfte er erfolgreich seine Gedanken an eine Umkehr. Er schrieb an seine Mutter und schlug ihr vor, im Garten ein Schwimmbecken anzulegen. Ein bißchen Wasser, auch wenn es kein Fluß oder See war, mochte ein Trost für ihn sein.

Wuhan rückte nicht nur auf der Landkarte in die Ferne. Seine Zeit in China war so intensiv gewesen, daß ihm die wenigen Monate wie unzählige Jahre vorkamen. An die hundert Briefe hatte er in dieser kurzen Spanne an seine Mutter geschrieben. Obwohl die Wochen und Monate in Wuhan und Peking nur einen kleinen Abschnitt in seinem Leben darstellten, wußte Julian, daß er nie wieder lieben würde. Vielleicht würde er irgendwann auch dieses Gefühl im Herzen loswerden können. Es war nicht nur Schmerz, sondern vor allem Reue und Abscheu vor sich selbst.

Wenn er auf der Straße Chinesinnen begegnete, die Lin glichen, wich er ihnen aus. Er wollte sie vergessen.

Eines Nachts wachte er schweißgebadet auf. Er hatte sie im Traum gesehen, ganz in Schwarz gekleidet. Diese Farbe hatte sie niemals getragen.

Kein einziges Mal hatte Lin in seiner Gegenwart geweint. Stets hatte sie gewartet, bis er außerhalb der Hörweite war. Das war das letzte bißchen Selbstachtung, das sie sich bewahrt hatte.

An diesem unglücklichen Ende war sie durchaus nicht unschuldig: Weil sie ihn geliebt hatte und immer noch liebte, weil sie ihn jeden Tag noch ein wenig mehr liebte, wollte sie nicht länger nur seine heimliche Geliebte sein. Es beschämte sie, daß er sich nicht traute, sie in aller Offenheit zu lieben, und nur eine geheime Affäre mit ihr haben wollte. Eine solch ungerechte, ungleiche Beziehung konnte sie nicht länger ertragen.

Sie hatte ihn an jenem unheilvollen Vormittag durchschaut. Er war genauso rassistisch wie alle anderen Ausländer, nur daß er sich dessen nicht bewußt war. Tief in ihm verborgen lag eine Geringschätzung für die Chinesen, selbst für den Menschen, den er am meisten liebte. Seiner entschiedenen Gefühllosigkeit gegenüber Lin und Cheng lag letzten Endes nichts anderes als die Arroganz eines Europäers zugrunde.

Es schmerzte ihn, sich das einzugestehen. Er hatte sich immer für einen Kosmopoliten gehalten, doch dann hatte er in seiner China-Mission nicht mehr als eine exotische Abwechslung gesehen. Sein Platz war im Westen, ob er sich nun in amouröse Abenteuer oder in die Revolution stürzen wollte.

Plötzlich fiel ihm ein, daß K der Anfangsbuchstabe von »Kitai« war. Dieses Wort war der Ursprung von »Cathay«, dem alten Namen für China. Er würde diesen elften Buchstaben des Alphabets niemals enträtseln können.

Das Schiff segelte langsam aus der Bucht auf den Ozean, wendete und fuhr gen Westen. Mit jeder Meile nahm sein Trübsinn etwas ab, und als das Festland nur noch als vage Linie zu erkennen war, spürte er sein Leiden kaum noch. Das Schiff war jetzt nur noch ein kleiner Punkt auf dem Ozean, der genauso weit und blau wie der Himmel war. Julians Kummer war in sein Blut gesickert und tief in sein Gehirn eingedrungen. Er stand auf dem Deck und sah, wie sich die Wellen brachen und wie Himmel und Wasser immer durchsichtiger wurden, bis sie überirdisch leuchteten.

KAPITEL 14

Am 7. Juli 1937 greift das faschistische Japan Peking an und erklärt damit ganz China den Krieg. Fast am gleichen Tag beginnt die entscheidende Brunete-Offensive im Spanischen Bürgerkrieg.

Einen Monat zuvor erfährt Lin von der Engländerin am Institut, daß Julian schon vor langer Zeit zu den Internationalen Brigaden nach Spanien gegangen ist. Sie nimmt die Briefe, die sie an Julian geschrieben hat, nachdem er Wuhan verlassen hatte. Eigentlich wollte sie sie ihm nach England schicken, doch dazu ist es nun zu spät. Sie ordnet sie nach dem Datum, schnürt so für jeden Monat ein Bündel und verstaut sie.

Die Sonne scheint in Wuhan mit der gleichen Kraft wie in Spanien. Jeden Tag steigt die Temperatur. Oft geht sie allein zu dem Haus, in dem Julian gewohnt hat. Sie hält den Haustürschlüssel in der Hand, als ob er noch immer in diesen Wänden anzutreffen sei.

Außer den Briefen, die nun in der Schublade liegen, hat sie schon lange nichts mehr geschrieben. Auch spricht sie kaum noch, weder mit Cheng noch mit sonst irgend jemand. Vor allem an Regentagen tut sie nichts, als mit gekreuzten Beinen am Fenster zu sitzen, und so läßt sie einen Vormittag, einen Nachmittag verstreichen. Sie starrt teilnahmslos auf die dicht belaubten Bäume im Garten und empfindet keine Einsamkeit und auch keine Verzweiflung mehr. Sie trägt nur Weiß und Schwarz. All ihre prächtigen Kleider hängen in einem Schrank, ohne Kampfer, damit die Motten und die Zeit sie verzehren.

Die Flammen des Krieges breiten sich von Norden nach Süden aus. Die Bevölkerung Wuhans wird mobilisiert. Alle drei Städte an den zwei Flüssen werden von einer antijapanischen Welle erfaßt, die schließlich über dem Campus der Universität Wuhan zusammenschlägt. Aber Lin findet, daß der Krieg nichts mit ihr zu tun hat.

Als sie an diesem Tag mit festem Schritt im Zimmer hin- und hergeht, leuchten ihre Augen. Im Spiegel sieht sie, daß sie so schön wie noch nie ist. Sie hat keine Zweifel, daß Julian in Spanien fallen wird. Sie kennt ihn so gut und weiß, daß er sterben will, genau wie sie. Der einzige Unterschied ist, daß er von anderen getötet werden will, während sie den Mut aufbringt, es selbst zu tun.

Die Mitte des siebten Monats im Mondkalender ist erreicht, das Fest der Geister ist in vollem Gange. Das Tor der Unterwelt ist weit geöffnet, um alle aufzunehmen, die vortreten.

Ganz in Weiß gekleidet, sitzt sie in der Mitte ihres Arbeitszimmers in einem Kreis von brennenden Kerzen. Während des Totenfests verbrennen die Leute Geld und Möbel aus Papier, um die Geister gütig zu stimmen. Sie schließt die Augen und sieht Schatten, die herrliche Scherenschnitte tragen: Papierhäuser, Papierkleider, Pferdekutschen und Rinderkarren aus Papier, papierne Lotusblumenlampen und Sänften. Der Umzug zieht sich vom Jangtse den Luojia-Berg hinauf.

Vor ihr steht ein viereckiges, dreifüßiges Bronzegefäß, von dem sich kräuselnder Rauch aufsteigt. Julian wird nun all die Briefe, die sie ihm geschrieben hat, lesen können.

Nach Sonnenuntergang hört man das Geräusch eines dumpfen Falls. Man rennt Treppen hinauf und hinunter, Lichter werden angezündet, Türen fliegen auf. Es ist nicht das erste Mal, daß Lin sich umbringen möchte. Nach mehreren Versuchen wissen Professor Cheng und die Diener genau, was sie tun müssen.

Das Krankenhaus, in das sie gebracht wird, ist mit Verletzten, Soldaten und Offizieren überbelegt. Entnervt betten sie die Ärzte auf eine Tragbahre mit Rollen. Sie muß im Flur warten. Im schwachen Licht hält Cheng neben ihr Wache, mit ausdruckslosem Gesicht.

Sie kann nicht mehr sprechen und ist kaum noch bei Bewußtsein. Sie hat es wieder getan, weil es die einzige Möglichkeit ist, Julian zu sich zurückzuholen. Vor einem Jahr, als er mehr als einen Monat verschwunden war, hat es ebenso funktioniert.

Auch jetzt sieht sie ihn wieder. Vom Ende des Ganges, wo die Leichenkammer ist, kommt er auf sie zu. Er trägt Uniform, Stiefel und Stahlhelm und lächelt sie ironisch an.

Glücklich schließt sie die Augen. Er ist schon bei ihr und streift ihr die Kleider vom Leib. Ihre Brustwarzen werden hart und schmerzen ein wenig, als seine eiskalte Hand sie berührt. Sie streckt ihm die Arme entgegen und öffnet ihre Lippen, um ihn zu küssen. Ihre Schenkel weiten sich und enthüllen ihre feuchtglänzende Scham. Sie empfindet nichts als Süße, als Julian in sie eindringt. Ihre schweißnassen Körper sind dicht aneinandergedrängt. Noch nie haben sie sich mit solch glühender Leidenschaft geliebt. Um sie herum drehen sich Himmel und Erde in unendlicher Trägkeit, und über ihnen brandet der glitzernde Strom.

»Seltsam«, sagt eine Krankenschwester, »ich habe diesen weißen Vorhang gerade erst aufgehängt, und jetzt ist schon ein Blutfleck darauf.«

Lin kann sie nicht hören. Für sie ist das Totenfest noch nicht vorüber.

GEDICHTE VON K AN JULIAN

Peking

– Unser Selbstporträt

Was ist mit dem Pflaumenzweig?
Granitene Augen brachen vom Warten.
Aber ich höre dich noch sagen,
Daß wir alt zusammen schlafen.

Der Winter der Entfernung auf eine Vase skizziert –
Ich war einmal dort, das Rouge der Geschichte
Rinnt mir durch die Finger und treibt
Auf das Eis im Stadtgraben. Die Palastdame
Erinnert sich an ein Pfeifen von dir, im Herzen.

Wuhan

– Ich höre dich über »The Waste Land« dozieren

Was der Fischerkönig fürchtet,
Ist nur der Fluch der Augen,
Die frischen Lippen zu verpassen,
Die Brüste aus Jade.

Und du drehst dich Schritt für Schritt mit
 dem Korridor: Die Qual
Ist es wert, die Nächte zu ertragen.
Kannst du die Freude der Mutter an mir
 wiederholen?
Väter sind leer, die glauben, Frauen seien Frauen.

Mütter sind fleischgewordene Kunst –
Buddha zu führen, wie er durchs Salzwasser
schwimmt.

Luojia-Berg
– Erinnerung an ferne Dinge

Ich hörte dich sagen, gestützt auf das Kissen:
»Ich kann dich sehen durch die Nacht.«
Ich liebe diesen Satz gleich für mehrere Leben.

Du brachtest vom Berg einen Strauß frischer Iris,
»Im März ist das Regenwasser am besten.«
Ich bin im März geboren, du weißt es nicht.
Jetzt fehle ich dir.

Mein doppelter Schatten
– Du kommst an meinem Haus vorbei

Zwei Stockwerke sind nicht hoch genug,
Der Mond ist gelb und wird ein Becher.
Ich heb ihn hoch, zum wievielten Mal
Will ich mich heute betrinken?

Jede Nacht bin ich im Traum bei dir.
Du wirst nicht wieder in meinen Garten kommen.
Die Sophoren standen in voller Blüte,
Als du endlich gelernt hast, was ein Rendezvous ist.

Der Holzfäller
– Die Kleider nach der Jahreszeit wechseln

Wie viele Ming-Vasen gibt es in deinem Haus?
»Du brauchst Wasser«, sagtest du.
Ich fürchte mich vor dem Blau deiner Augen.
Nur eine Welt aus Wasser hat dieses Blau.
Jeden Tag nach dem Aufstehen soll ich nachsehen,
ob Wasser in der Vase ist?
Ich willigte ein.
Als ich nach Hause zurückrannte,
Hast du den Fluß überquert.
Doch wenn ich vom Berg hinunterschaue,
Fließt im Fluß kein Wasser mehr,
Und der Holzfäller geht an mir vorbei.

Absurder Traum
– Dein Schreibtischboot

Nur eine Minute, und ich werde lachen.
Du rennst auf dem Richtplatz im Kreis,
Der Strick hängt neben meiner Hand,
Noch eine Minute, dann bin ich ruhig.

In dieser Nacht hör ich ein Rufen
Aus deinem Herzen, das fordert
Vom Tod, daß er gut ist zu mir.
Wer Nächte verliert, verliert nur sein Gedächtnis.
Da ist soviel Dunkelheit, wie kann ich
An deine Seite geraten, ganz lautlos?

Die Zitherterrasse
– Ich hab gehört, du hast L

»Er nimmt mich mit zum Pferderennen.«
Die Engländerin ist schön,
und ihr Herz ist auch nicht schlecht, wie mir scheint.

Auf der Zitherterrasse bin ich allein,
Ich bin der Musiker aus der alten Sage,
Aber du hörst mich nicht.

Und du würdest es auch nicht verstehen:
Die Faszination der Monotonie –
Der kalte Wind weht mich hinunter,
Bergab führt der einzige Weg für mich.

Am Ende der Brücke
– Warten auf deine Entscheidung

Daß diese Büste existiert, läßt die Brücke erzittern.
Ich denke an die vielen Leute,
Die sich am anderen Ufer versammeln.
Was sie unter den Kiefern dort treiben,
Kann niemand erraten.
Aber sie werden sicher kommen,
Aus den Hölzern, aus dem Stahlbeton werden
sie kommen.

Ich muß daran denken, daß es die Büste von einem
dieser Menschen ist.
Ich muß verstehen, daß die Brücke unter seinen Füßen
schwanken wird.
Um mich gewaltsam wachzurütteln.

NACHWORT DER AUTORIN

Ich schreibe auf chinesisch und lebe im Westen. Was zwischen den Menschen vorgeht, erfahre ich erst später aus der Zeitung oder aus dem Fernsehen. Nicht, daß ich mitmachen wollte, wenn eine Million Leute auf der Straße jubeln oder wenn fünf Millionen ein Pferderennen sehen. Aber ich erfahre einfach nicht davon. Wenn ich frage, lachen die Leute – wer in dieser Gesellschaft lebt, muß doch informiert sein.

Das ist der Schlüssel für diesen Roman: Es geht nicht um Materialien, um Angelesenes, sondern um die kulturellen Gene. Ich betrachte die Dinge durch eine gläserne Wand, und ich frage mich, wie geht es einem Europäer in China? Wozu wird ihn diese Wand noch treiben?

Wenn ich einen Roman schreibe, gibt es für mich nur ein Kriterium: Es soll eine gute Geschichte werden, die auf die beste mögliche Art und Weise erzählt wird. Vor dem Schreiben und während des Schreibens ist alles andere zweitrangig. Und nachher ist es natürlich zu spät, um festzustellen, woran man vor dem Schreiben hätte denken sollen.

Wie bin ich zu dieser Geschichte gekommen?

In den 1980er Jahren in China nahm ich als Schriftstellerin bis zu einem gewissen Grad am offiziellen literarischen Leben teil, doch ich gehörte auch zum Untergrund. In beiden Welten kursierten viele Gerüchte, und so hörte ich von einer Affäre, die einen englischen Dichter betraf, der in den 1930er Jahren in Wuhan unterrichtet habe. Ich begegnete sogar mehreren Menschen, die ihn damals gekannt hatten.

In den frühen 1990er Jahren, als ich schon in England lebte, ging ich oft in die Bibliothek der Abteilung für asiatische und afrikanische Studien an der Universität London. Jedesmal kam ich an den Häusern der berühmten Menschen vorbei, die dort in Bloomsbury gewohnt hatten. Und so dachte ich wieder an Julian Bell.

Obendrein erschienen meine Bücher auch gerade im Bloomsbury-Verlag. 1994 veröffentlichte der Verlag eine Sammlung der Briefe von Vanessa Bell. Darin finden sich viele Schreiben an ihren ältesten Sohn Julian, in denen „K“ oft erwähnt wird. Die gefühlvolle Beziehung zwischen Mutter und Sohn, die in diesen Briefen sichtbar wird, hat mich besonders bewegt.

Eines Tages fuhr ich ans Meer und kam an Charleston vorbei, wo das Landhaus Vanessas heute als Museum eingerichtet ist. Darin hängen viele Porträts von Vanessas Hand, am häufigsten hatte sie Julian gemalt. Einige chinesische Kunstgegenstände sind mir ebenfalls aufgefallen, darunter zwei Bronzegefäße und eine Statue der Guanyin, der weiblichen Gottheit der Barmherzigkeit im chinesischen Buddhismus. Das mußten Geschenke sein, die Julian seiner Mutter gemacht hatte, dachte ich.

Und ich sah jetzt auch die andere Seite der Geschichte vor mir, von der ich damals in China gehört hatte.

Wenig später nahm ich in London an einem Bankett im Dorchester Hotel teil, das zum hundertjährigen Jubiläum des Duckworth-Verlags veranstaltet wurde, den der ältere Halbbruder von Vanessa Bell und Virginia Woolf geführt hatte. Zwischen den prächtigen und seltenen Blumen tanzten im schmeichelnden Glanz der Kronleuchter bedächtig die Herren und Damen, die noch zu Vanessas und Virginias Kreis gehört hatten. Mir war, als sähe ich Julian unter ihnen – aber Gott sei Dank war er ja in der Blüte seiner Jugend entschlafen.

In der Hauptbibliothek der Universität London fand ich die Gesamtausgabe der Gedichte und Briefe Julians und sogar das letzte Foto, das von ihm gemacht wurde. Darauf lehnt er sich an einen Rettungswagen, neben ihm stehen zwei Männer; er trägt Stiefel und einen Helm, unter dem er für mich wie ein Gespenst aussieht.

In ihrem Tagebuch notiert Virginia, daß ihr Neffe als ein anderer aus China zurückgekehrt sei: »Julian ist zum Mann geworden – er ist energisch, beherrscht und verbittert, nehme ich an. Es liegt etwas in seiner Traurigkeit, das ich als tragisch empfinde; eine größere Anspannung ist in seinen Gesichtszügen zu sehen; als habe er in großer Einsamkeit nachgedacht. ... Ich konnte spüren, daß er sich verändert hatte.«

Ich kannte den Grund.

Anscheinend hatte noch niemand die beiden Hälften der Geschichte zusammengefügt. Ich konnte der Versuchung nicht länger widerstehen, und so schrieb ich »Die chinesische Geliebte«. Das war im Sommer 1998.

Natürlich fehlten mir anfangs noch viele Details und Stationen, die mußte ich aus meiner Phantasie ergänzen. Ich wollte ja schließlich einen Roman schreiben und keine Biographie.

Wenn ein Buch fertig ist, kann ich sein Schicksal nicht mehr kontrollieren – es geht mir wie Vanessa, die Julian nicht zurückhalten konnte. Aber jetzt ist mein Roman schon in zahlreichen Ländern erschienen, daher ist es meine Aufgabe, einige Fragen von Lesern und Kritikern zu beantworten.

Wer meine Autobiographie gelesen hatte, wollte wissen: »Haben es die Chinesen wirklich so schwer?« Und wer »Die chinesische Geliebte« gelesen hatte, fragte in die andere Richtung: »Gab es jemals dieses süße Leben in China?«

In gewisser Weise heben die beiden Fragen einander auf. China ist sehr groß, es hat immer mehrere Chinas nebeneinander gegeben. Ein amerikanischer Kritiker von der »Washington Post« stellte nach der Lektüre eines meiner Bücher die Frage: »Warum sind Bücher über China immer so trostlos?« Ich habe den vorliegenden Roman geschrieben, damit dieser Kritiker einmal etwas anderes aus China besprechen kann. Selbstverständlich haben auch Chinesen ihr Leben genossen, besonders in der ersten Hälfte der 1930er Jahre, als die Ausssichten für eine Modernisierung des Landes noch vielversprechend waren.

Zum zweiten wurde ich gefragt: „Sind asiatische Frauen wirklich so verführerisch? Sind westliche Männer immer so selbstsüchtig und arrogant?" Wer so fragt, denkt schon in gewissen Kategorien. Westliche Männer müssen stählerne Helden sein, östliche Frauen dagegen sanft und gehorsam. Julian konnte diese Vorurteile nicht ablegen, das war sein fataler Fehler. Es ist der klassische »Orientalismus«, wie ihn Edward Said beschrieben hat.

Julian fand erst später heraus, daß jeder Mensch mit seinen eigenen Widerspüchen zu kämpfen hat. Sind chinesische Frauen wirklich so sexy und hedonistisch wie »K«? Ich kann nur nochmals betonen, daß »K« keineswegs die typische Asiatin oder Chinesin repräsentiert. Wer in dem Roman einen Leitfaden für amouröse Abenteuer sieht, hat ihn nicht verstanden.

Wenn es eine Moral dieser Geschichte gibt, dann ist es die Botschaft, daß das oben angesprochene Kategorisieren töricht und gefährlich ist.

Die dritte Sorte von Fragen verfolgt mich jetzt schon seit mehreren Jahren. Plötzlich tauchte in England eine über siebzigjährige Dame auf, die behauptete, die Tochter der »K« zu sein, die ich im Roman beschrieben habe, und ihr Vater sei eben jener Dekan aus dem Roman. Sie verklagte mich in China, weil es dort seit den 1990er Jahren ein Gesetz gibt, das es den Nachkommen gestattet, eine Rufschädigung ihrer Vorfahren bis ins dritte Glied zu verfolgen. Ihre Mutter sei keineswegs so unmoralisch gewesen wie im Roman, und ihr Vater könne auf keinen Fall als impotent gelten.

Als ich zum ersten Mal davon hörte, konnte ich nur staunen. Ist die »K« des Romans wirklich so unmoralisch? Und »impotent« ist der Dekan des Romans wirklich keineswegs. Außerdem hatte ich auch keine Namen von historischen Personen verwendet, abgesehen von Julian.

Die Eltern jener Dame sind bekannte Persönlichkeiten der chinesischen Zeitgeschichte. Nicht einmal der Schatten eines Verdachts darf offenbar auf solche Persönlichkeiten fallen, selbst wenn es um private Dinge geht.

Die werte Dame scheint in den letzten Jahren ihre Zeit damit verbracht zu haben, Beziehungen zu wichtigen Personen in China zu pflegen, um meinen Roman verbieten zu lassen. Ich bin eine freie Schriftstellerin, die weder das Geld noch die Zeit hat, immer wieder vor Gericht ihre Bücher zu verteidigen. Nach fast drei Jahren und mehreren Prozessen ist in China das Urteil ergangen, daß »Die chinesische Geliebte« »obszön« sei und »niemals wieder« erscheinen dürfe. Ich bin noch einmal nach China gereist und habe abermals Berufung eingelegt. Im Sommer 2003 hat mir das übergeordnete Gericht zu verstehen gegeben, daß ich nachgeben und öffentlich eingestehen müsse, im Unrecht zu sein. Ich mußte die werte Dame für ihre »seelischen Verluste« mit einer hohen Summe entschädigen und ihre Anwaltskosten übernehmen, und der Roman darf in China auch weiterhin nicht gedruckt werden.

Es war sinnlos, weiter zu kämpfen, also habe ich es aufgegeben.

Ist dieser Roman ein Verbrechen? Ich weiß mittlerweile schon selbst nicht mehr, was ich darüber denken soll. Könnten mir die Leser vielleicht ihre Meinung dazu sagen?

E-Mail: hhhyyy21@hotmail.com (Bitte auf englisch schreiben!)